LE MYSTÈRE GIOTTO

DU MÊME AUTEUR

Le Cercle de la Croix, Belfond, 1998, et Pocket, 1999
L'Affaire Raphaël, Belfond, 2000, et 10/18, 2002
Le Comité Tiziano, Belfond, 2000, et 10/18, 2002
L'Affaire Bernini, Belfond, 2001, et 10/18, 2002
Le Songe de Scipion, Belfond, 2002, et 10/18, 2002
Le Jugement dernier, Belfond, 2003, et 10/18, 2003

IAIN PEARS

LE MYSTÈRE GIOTTO

Traduit de l'anglais
par Georges-Michel Sarotte

belfond
12, avenue d'Italie
75013 Paris

Titre original :
GIOTTO'S HAND
publié par HarperCollins Publishers, Londres.

Si vous souhaitez recevoir notre catalogue
et être tenu au courant de nos publications,
vous pouvez consulter notre site internet :
www.belfond.fr
ou envoyer vos nom et adresse
aux Éditions Belfond,
12, avenue d'Italie, 75013 Paris.
Et, pour le Canada, à
Havas Services Canada LTEE,
1050, bd René-Lévesque-Est,
Bureau 100,
Montréal, Québec, H2L2L6.

ISBN 2-7144-3781-8

À Régine

1

La triomphale campagne du général Taddeo Bottando ayant abouti à la révélation que Geoffrey Forster, l'évanescent marchand de tableaux, était le voleur le plus génial de sa génération fut déclenchée par une lettre portant le cachet de la poste de Rome qui apparut sur son bureau, au troisième étage du service chargé de la protection du patrimoine artistique, par une matinée particulièrement radieuse de la fin du mois de juillet.

Cette petite grenade cachetée et timbrée demeura là jusqu'à ce que le général – qui ne s'écartait jamais de son rituel matinal avant d'être assez réveillé pour oser improviser – eût terminé l'arrosage quotidien de ses plantes vertes, la lecture des journaux et l'absorption de la première tasse du café fourni à intervalles réguliers par le bistrot situé de l'autre côté de la piazza Sant'Ignazio.

Il entreprit ensuite l'examen méthodique du courrier placé dans le plateau d'arrivée par sa secrétaire, creusant peu à peu le tas des diverses missives jusqu'au moment où, finalement, à environ 8 h 45, il saisit la mince enveloppe de papier bon marché et l'ouvrit prestement à l'aide de son coupe-papier.

À première vue, il n'était pas intéressé outre mesure. L'écriture en pattes de mouche de l'adresse suggérant le grand âge de l'expéditeur, le général était certain que la lecture de la lettre serait une perte de temps. Toutes les institutions attirent leur lot de toqués cherchant à se distinguer, et la brigade chargée de la protection du patrimoine ne faisait guère exception à la règle. Chaque membre du service possédait son favori parmi cet assortiment disparate mais dans l'ensemble inoffensif. Celui de Bottando était l'homme de Trente qui prétendait être la réincarnation de Michel-Ange et exigeait qu'on lui restitue le *David* de Florence, sous prétexte que les Médicis ne le lui avaient pas entièrement payé. Flavia di Stefano – qui montrait parfois un curieux sens de l'humour, dû peut-être au fait qu'elle vivait avec un Anglais – avait un faible pour le quidam qui, soucieux de la condition du campagnol des Pouilles, menaçait sans trêve de recouvrir de confiture le monument à Victor-Emmanuel II afin d'attirer l'attention de la presse internationale. Flavia jugeait que cet acte de terrorisme gastronomique ne pourrait qu'embellir l'atroce monstruosité, et il fallait l'empêcher d'encourager l'individu à mettre sa menace à exécution. Elle fit remarquer que, dans certains pays, cette sorte de projet était subventionnée.

C'est donc sans empressement particulier que, s'appuyant au dossier de son fauteuil, Bottando déplia le feuillet et le parcourut du regard. Puis, fronçant les sourcils comme lorsqu'on tente de se rappeler un rêve qui vous échappe, il revint au début et reprit sa lecture, avec plus d'attention cette fois-ci.

Ensuite il décrocha le combiné pour appeler Flavia afin qu'elle jette elle aussi un coup d'œil à la lettre.

Estimé et honorable monsieur,

(Ainsi débutait la missive, utilisant ces formules d'excessive politesse dont les Italiens se servent encore dans leur correspondance.)

Je vous écris pour avouer un délit, ayant été impliquée dans le vol d'un tableau, jadis la propriété du palais Straga de Florence. Ce vol que j'avoue spontanément a eu lieu en juillet 1963. Puisse Dieu me pardonner car je sais que moi, je n'en suis pas capable.

Avec mon très profond respect,
Maria Fancelli

Flavia lut ce texte avec un minimum d'attention avant de vérifier qu'elle n'avait rien sauté. Ensuite elle réarrangea ses longs cheveux, se frotta le nez du plat de la main d'un air pensif, puis livra enfin son verdict.

« Bah ! Et alors ? »

Bottando secoua la tête avec une certaine gravité.

« Et alors... quelque chose. Peut-être.

— Qu'est-ce qui vous fait penser ça ?

— L'âge a ses avantages, répondit-il avec solennité. Et l'un d'eux consiste à conserver des fragments de la mémoire primordiale, contrairement à une petite gamine comme vous.

— Trente-trois printemps depuis la semaine dernière.

— Une gamine entre deux âges comme vous, si vous préférez. Disons que le palais Straga, ça me rappelle quelque chose. »

Bottando se tapota les dents avec son stylo, fronça les sourcils, leva les yeux au plafond.

« Hum !... Straga. Florence. 1963. Tableau. Hum !... »

Immobile, il regardait par la fenêtre d'un air songeur, tandis que, patiemment assise en face de lui, Flavia se demandait s'il allait lui révéler ce qu'il avait en tête.

« Ah ! s'exclama-t-il peu après avec un sourire de soulagement, comme si sa mémoire se remettait à fonctionner. J'y suis. Auriez-vous, ma chère, la gentillesse d'aller voir dans le coffre des affaires classées ? »

Le « coffre des affaires classées » désignait en fait un petit placard à balais où croupissaient les dossiers des causes désespérées, c'est-à-dire les énigmes qui n'avaient quasiment aucune chance d'être jamais résolues. Il était plein à ras bord.

Flavia se leva pour s'exécuter.

« Je dois dire, fit-elle d'un ton sceptique en ouvrant la porte, que votre mémoire m'étonne. Vous en êtes sûr ? »

Bottando fit un geste désinvolte.

« Voyez ce que vous pouvez dénicher, déclara-t-il avec assurance. Ma mémoire ne me fait jamais défaut, vous savez. Nous, les vieux éléphants... »

Elle partit donc, descendit au sous-sol, où elle abîma ses vêtements en fouillant dans les monceaux de poussière pendant une demi-heure, avant d'en émerger, victorieuse mais extrêmement mécontente.

Lorsqu'elle regagna le bureau, chargée d'un gros dossier encombrant, les plaintes qu'elle allait adresser à son patron furent momentanément retardées par une série d'éternuements.

« À vos souhaits, ma chère ! dit courtoisement Bottando tandis qu'elle rugissait.

— C'est votre faute ! lança-t-elle entre deux éternuements. Quel foutoir là-dedans ! Si toute une pile de documents ne s'était pas effondrée par terre, je ne l'aurais jamais trouvé.

— Mais vous l'avez trouvé...

— En effet. Gardé, sans la moindre logique, dans un énorme dossier étiqueté *Giotto*. De quoi s'agit-il, bonté du ciel ?

— Oh ! s'écria Bottando en retrouvant peu à peu le souvenir. Giotto... Voilà pourquoi je m'en souviens !

— Et alors ?

— L'un des grands génies de son époque », déclara le général en ébauchant un vague sourire.

Flavia se renfrogna derechef.

« Je ne parle pas de ce Giotto-là, expliqua Bottando. Mais d'un être d'une habileté surhumaine, d'une audace à vous couper le souffle, d'une invisibilité quasi totale. Si malin, si astucieux qu'il n'existe pas, hélas ! »

Elle le gratifia du regard réprobateur que mérite ce genre de commentaire sibyllin.

« Une chimère qui a surgi au milieu d'un été calme, il y a environ deux ans, reprit-il. Juste après la disparition à Milan du Vélasquez. Quand était-ce donc ? Oui, c'est ça... En 1992. »

Flavia le fixa avec curiosité.

« Le portrait ? Appartenant à la collection Calleone ?

— Exactement. Opportune panne du système d'alarme. Le voleur entre, s'empare du tableau et disparaît. Ni vu ni connu. Il s'agit du portrait d'une jeune fille appelée Francesca Arunta. On ne l'a jamais retrouvé, et deux ans, ça fait un bail ! Un joli tableau, de plus – paraît-il, car il n'en existe aucune photo.

— Quoi ?

— Eh oui. Aucune photo. Incroyable, n'est-ce pas ? Il y a des gens bizarres ! Quoique, en fait, ce soit extrêmement fréquent. Voilà ce qui m'a mis la puce à l'oreille. La maison regorgeait de peintures, et la seule qui a été volée était précisément celle qui n'avait jamais été photographiée. En l'occurrence, il y avait au moins une gravure exécutée au XIXe siècle. Là-bas, regardez. »

Il désignait un panneau d'affichage à l'autre bout de la pièce, couvert de ce qu'on avait appelé la « collection du diable » : photos de tableaux, de sculptures et de divers autres objets ayant disparu sans laisser de trace. Flavia aperçut, à moitié cachée par un calice du XIVe, sans doute dès longtemps fondu en lingots, une photocopie écornée d'une gravure tirée d'une peinture. Pas la sorte de document permettant d'identifier une œuvre devant un tribunal, mais juste assez nette pour donner une idée du tableau.

« De toute façon, poursuivit Bottando, c'était gênant, surtout parce que le vieux Calleone avait la possibilité de créer un scandale, ce dont il ne s'est pas privé. Et nous avons fait chou blanc. Les voies classiques n'ont mené à rien. Le voleur n'était pas l'un de nos habitués, ce n'était pas non plus l'œuvre du crime organisé, mais il s'agissait à l'évidence d'un vrai pro. C'est pourquoi, en désespoir de cause, j'ai décidé d'étudier tous les anciens dossiers, à la recherche d'une indication suggérant l'identité du coupable. Le résultat : une liste de peintures non photographiées ayant disparu dans des conditions similaires. J'ai continué sur ma lancée : de là l'énorme dossier. J'ai même entamé plusieurs enquêtes. Mais finalement j'ai pris du recul, examiné l'affaire d'un œil froid et compris que je perdais complètement mon temps.

— Votre idée était à mon avis excellente, répondit Flavia en s'installant sur le sofa, le dossier Giotto posé à côté d'elle. Êtes-vous sûr d'avoir fait fausse route ?

— En théorie, la méthode ne laissait rien à désirer. Ce qui montre les limites des théories. Le problème, c'est qu'en me mettant à réfléchir à la question je me suis rendu compte que j'avais désormais un seul coupable, que j'ai surnommé Giotto...

— Pourquoi donc ? »

Le général sourit.

« Parce que mon personnage imaginaire était un maître éminent dans son domaine, une véritable sommité, mais nous ne savions pratiquement rien sur sa personnalité ou quoi que ce soit d'autre. Un peu comme Giotto di Bondone. Mais, comme je l'ai dit, j'avais fait de cet individu issu de mon imagination l'auteur de plus d'une vingtaine de vols depuis au moins 1963, dans quatre pays différents. Et chaque fois il dérobait des tableaux non photographiés qui n'ont jamais réapparu. Sans que personne, dans plus d'une dizaine de services de police spécialisés en la matière, ne soupçonne même son existence. Sans qu'aucun receleur ou acheteur brise la loi du silence et fournisse le moindre renseignement. Sans qu'une seule œuvre ne soit jamais retrouvée.

— Mmm...

— Et puis, bien sûr, toutes mes hypothèses ont volé en éclats lorsque je suis tombé sur une note rédigée par les carabiniers déclarant que six mois plus tôt ils avaient arrêté quelqu'un pour un vol dans lequel j'avais cru reconnaître la griffe de Giotto. Giacomo Sandano. Vous vous souvenez de lui ?

— Le voleur le plus inepte du monde ?

— En effet. Il avait piqué un Fra Angelico à Padoue. S'est fait pincer, évidemment. Selon mes calculs, il aurait eu trois ans et demi à l'époque du vol commis au palais Straga, et il est de toute façon bien trop bête pour échapper longtemps à la justice. Voilà pourquoi j'ai classé toutes ces affaires. C'était la preuve irréfutable que je m'étais fourvoyé. Giotto se couvre de poussière depuis environ deux ans, et à mon avis il faut le remettre au rebut.

— Bonjour, mon général. »

La porte s'ouvrit, la voix précédant un petit corps trapu. Un homme ressemblant étonnamment à un chat siamois bien nourri pénétra dans la pièce, l'air particulièrement goguenard. Bottando lui renvoya son sourire affable, mais les connaisseurs comme Flavia en percevaient l'entière facticité.

« Bonjour à vous, *dottore,* répondit-il. Quelle joie de vous voir ! »

Le *dottore* Corrado Argan était l'une de ces créatures que produisent périodiquement les grands organismes dans le seul but de rendre quasiment insupportable la vie des autres employés. Il avait débuté sa carrière comme historien d'art – ce qui lui permettait de s'attribuer des références plutôt douteuses dont il se servait à satiété –, avant de s'apercevoir que le système universitaire italien et international était bien trop raisonnable pour lui offrir un poste et de graviter vers les sphères de l'administration, en particulier celle des *beni artistici*, corps amorphe dont l'œil surveille le patrimoine du pays.

Après avoir magistralement réussi à créer le chaos dans plusieurs services de ce bel organisme, il bouillait désormais d'indignation en constatant que certains éléments du patrimoine artistique n'avaient toujours pas été retrouvés. Il avait donc décidé que la lutte contre le vol d'objets d'art avait besoin, pour accroître son efficacité et mieux définir ses cibles, de l'aiguillon de sa puissante intelligence.

Il n'était pas le premier à imaginer pouvoir améliorer le système, et force est de reconnaître qu'il ne manquait certes pas d'enthousiasme, qualité dont le principal effet était de le rendre plus exaspérant encore. Bottando était passé maître dans l'art de traiter les notes envoyées au service par des fonctionnaires extérieurs l'exhortant à l'action, suggérant certaines campagnes ou prônant de nouvelles méthodes. Sa longue expérience lui avait appris que la meilleure façon d'agir, en l'occurrence, était de se déclarer en profond accord avec toutes ces suggestions, d'en remercier les auteurs et de les oublier séance tenante.

Mais il éprouvait de plus grandes difficultés lorsqu'un étranger pénétrait dans les lieux, occupait un bureau et s'y installait pour un séjour prolongé afin de rédiger des rapports fondés sur l'observation des activités quotidiennes du service. Et c'était ce qu'avait fait l'odieux Argan. Depuis six mois il épluchait les fichiers, assistait aux réunions, la pipe au bec, un sourire condescendant aux lèvres, prenant des notes que personne n'avait le droit de voir et marmonnant que le service ne conceptualisait pas sa stratégie de manière suffisamment holistique.

Pour une fois Bottando avait été long à la détente, et aujourd'hui il payait le prix de son insouciance face à la menace. Argan était si ridicule qu'il ne l'avait pas pris au sérieux. Il n'avait découvert la gravité du problème qu'au moment où, s'étant lancée de son propre chef dans une opération d'espionnage, sa secrétaire lui avait remis les photocopies des innombrables rapports et autres comptes rendus que l'homme avait envoyés aux diverses autorités.

Bref, Argan convoitait le poste de Bottando et faisait tout son possible pour l'obtenir. Il soutenait que, à une époque où la délinquance était internationale, les méthodes policières surannées (lisez : les policiers surannés – dont le général Taddeo était le plus bel exemple) n'étaient plus à la hauteur. Il fallait une organisation efficace (c'est-à-dire rentable), dirigée par un expert en gestion du personnel et des fonds (autrement dit, lui-même). Pas la moindre allusion dans tous ces mémorandums à l'arrestation de voleurs ou à la récupération d'œuvres dérobées.

Ç'avait d'abord été une guerre en dentelle, Bottando étant conscient que sa nonchalance passée empêchait la réaction qui s'imposait : il était trop tard désormais pour virer l'odieux personnage, sous peine d'être accusé de vouloir cacher quelque chose. Dans la mesure du possible, il lui refilait des renseignements bidons pour le ridiculiser. Mais hélas ! Argan ne déviait pas le moins du monde de sa route, vu qu'en bon historien d'art il n'accordait guère d'importance aux faits.

Bottando bénéficiait de l'appui de l'institution policière, laquelle considérait, à juste titre, les amateurs zélés comme une menace. De son côté, Argan était soutenu par les bureaucrates, toujours convaincus que la valeur d'un organisme dépend du nombre d'administrateurs qu'il recrute. Et ce sont eux qui tiennent les cordons de la bourse.

Depuis un mois, la contre-offensive du général s'enlisait. Argan s'étant approprié tous les termes qui font mouche – « résultats », « efficacité », « rentabilité » –, Bottando n'avait pas trouvé le moyen de s'opposer à lui sans risquer de paraître vieux jeu, encroûté, ringard. Il en était donc réduit à grommeler rageusement, en espérant que l'autre commettrait quelque bévue. Jusque-là sa patience n'avait pas été récompensée, surtout parce que Argan ne faisait rien, se contentant d'observer les autres et d'expliquer après coup comment il eût fallu s'y prendre.

« Et comment allons-nous ce matin ? s'enquit cet ambulant défi à toutes les traditions de bonne stratégie policière. Toujours occupé à résoudre l'énigme de ces vols, à ce qu'il paraît... Je n'ai pu éviter d'entendre par hasard votre fascinant exposé sur les enquêtes criminelles. »

Bottando se renfrogna.

« J'espère que vous l'avez trouvé instructif ?

— Fort intéressant, en effet. Un important site étrusque a été dévalisé cette nuit, n'est-ce pas ? »

C'était l'autre ennui, avec ce type : il ne manquait jamais de jeter un rapide coup d'œil sur les rapports parvenus le matin et donnait donc toujours l'impression que rien ne lui échappait. L'attention de Bottando ayant été retenue par Giotto, il n'avait pas encore eu le temps de se mettre au courant.

« Je sais, répondit-il d'une voix ferme malgré tout. Mais on ne peut pas faire grand-chose avant de recevoir une liste détaillée des objets volés. » Voilà un commentaire passe-partout qui n'engageait à rien.

« Moi, je pense qu'on devrait s'intéresser à l'affaire sans attendre. Un beau dossier comme ça, c'est très alléchant. Il faut mettre le service en vedette, après tout. Et la destruction de notre héritage, victime de la spoliation de sites d'une immense signification historique... »

Sur quoi il se lança dans une longue tirade, comme s'il s'adressait à une classe de bambins de cinq ans. Un autre de ses défauts, avait un soir expliqué Bottando d'un ton lugubre à un collègue compatissant du service chargé de la lutte contre la corruption, était qu'en plus de son incapacité à laisser passer une occasion de faire un cours Argan tenait davantage de l'attaché de presse que du policier. L'efficacité du service lui importait moins que son image.

« Nous ne sommes pas encore en charge du dossier, insista Bottando tandis qu'Argan continuait sur sa lancée, à moins que vous ne souhaitiez être accusé de braconnage sur les terres d'autrui. Je peux, si vous voulez, téléphoner aux carabiniers pour leur annoncer que vous tenez à prendre les choses personnellement en main...

— Oh non ! Bien sûr, je m'en remets à votre expérience en la matière, répliqua Argan, bien trop malin pour se laisser happer par un piège aussi grossier... Alors, reprit-il, quel est donc le sujet de cet entretien avec la charmante signorina ? »

La charmante signorina serra les dents tandis que Bottando souriait. Argan tentait de se mettre dans les petits papiers du personnel du général. Il s'y prenait plutôt mal avec Flavia. Quelques autres, cependant...

« La charmante signorina et moi organisions notre journée, répondit Bottando.

— Autour de ça ? demanda Argan en saisissant la lettre avec dédain.

— Je vous prie instamment de ne pas lire mon courrier sans ma permission.

— Désolé, dit Argan en reposant le feuillet, un sourire narquois sur les lèvres, avant de s'asseoir sur le sofa à côté de Flavia, qui se leva aussitôt. Je suppose que vous n'allez pas donner suite. Un délit commis il y a trente ans ne peut guère être de toute première importance.

— N'importe quel délit est de toute première importance, rétorqua Bottando pompeusement.

— Mais certains le sont davantage que d'autres, n'est-ce pas ? Et s'occuper d'une vieille affaire tout en négligeant un vol commis cette nuit même... »

On avait l'impression de parler à un mur, se disait Bottando.

« Combien de fois devrai-je vous répéter que notre principale mission consiste à retrouver des œuvres d'art ? fit-il avec humeur. Les voleurs ne viennent qu'en deuxième position dans nos priorités. Si on peut récupérer une peinture, peu nous chaut qu'elle ait disparu la veille, il y a trente ans ou un siècle. Et rater une occasion parce qu'on a omis de procéder à une vérification élémentaire constituerait un impardonnable oubli de nos devoirs.

— Bien sûr, ronronna Argan, cédant avec une bonne grâce suspecte. C'est vous le patron, mon général, c'est vous le patron. »

Et il partit sur ces paroles ambiguës. Ce n'est qu'un peu plus tard, quand Bottando se fut suffisamment calmé, qu'il se rendit compte qu'une bonne partie du dossier Giotto avait disparu avec lui.

« Non ! s'exclama ce soir-là Jonathan Argyll d'un ton dûment préoccupé, tandis que, assis en tête à tête sur le balcon de leur appartement, Flavia et lui sentaient enfin décliner la lumière du soleil. Ça ne me dit rien qui vaille. Vous devrez le coincer. »

Flavia avait passé la majeure partie du repas à décrire les iniquités de Corrado Argan. Il est difficile d'éviter une certaine obsession lorsqu'on a occupé le plus clair de sa matinée à calmer son patron et à le persuader qu'il vaut mieux réfléchir posément que trépigner en hurlant de rage.

« Et d'abord, de quel tableau s'agit-il ? demanda Argyll, tout disposé à repousser la décision de faire la vaisselle. Est-ce qu'il mérite vraiment qu'on se lance dans une enquête ?

— Pas la moindre idée, répondit-elle en secouant la tête. Il est censé être d'Uccello, une Vierge à l'enfant. Si c'est exact ou non, je suis incapable de te le dire. Il n'y a aucune photo de la peinture et les descriptions sont plutôt rudimentaires.

— Vous êtes bien consciencieux de prendre autant de peine.

— Pas du tout. C'est de la politique. Argan ne veut pas que Bottando fasse une enquête, alors, pour montrer que c'est lui qui commande, Bottando s'empresse de s'occuper de cette affaire. Ayant déclaré qu'il remuait ciel et terre pour récupérer les tableaux disparus, il est obligé de retourner le moindre caillou. Autrement, il paraîtrait négligent, selon ses propres critères. »

Argyll hocha la tête, puis se leva pour ramasser les assiettes sales. Il y avait trop de mouches ce soir-là.

« Ça va lui attirer des ennuis un de ces jours, tu sais, affirma-t-il avec gravité. Est-il obligé d'être si pugnace ? »

Elle sourit d'un air entendu.

« On voit bien que tu n'as jamais travaillé dans une grosse administration. Argan est un idiot, mais il possède une telle confiance en soi qu'il réussit à convaincre les naïfs. Ce qui signifie qu'on lui donne toujours des postes de commandement. Si bien que tous les autres sont forcés de perdre beaucoup de temps à lui faire des croche-pieds. Ça fait partie du boulot.

— Alors je suis content d'être un travailleur indépendant.

— Mais, contrairement à toi, on est payés même si on se tourne les pouces. D'ailleurs, dans le cas d'Argan, moins il en fait, plus il touche. »

C'était un point sensible. Argyll restait convaincu qu'il y avait quelqu'un, quelque part, qui voulait à tout prix acheter au moins l'un de ses tableaux. Mais trouver cette personne s'avérait très difficile pour le moment. Au point qu'il devait sérieusement envisager ce qu'il appelait avec tristesse des « solutions de rechange ». Une crise majeure avait été déclenchée par l'arrivée d'une lettre d'une université internationale de Rome, laquelle accueillait de jeunes créatures ardemment désireuses d'acquérir des notions d'art et de culture. L'un de ses historiens d'art l'ayant quittée au dernier moment pour un meilleur emploi, elle s'était rabattue sur Argyll. Serait-il intéressé, demandait la lettre, par un contrat de deux ans pour enseigner l'art, des Carrache à Canova ?

Flavia avait jugé que c'était la solution de tous ses problèmes, mais Argyll n'en était pas aussi certain. Il avait énormément travaillé pour s'établir comme marchand de tableaux. Renoncer maintenant ressemblerait beaucoup à un aveu d'échec et il détestait l'idée d'être contraint de tout laisser tomber. En outre, enseigner lui paraissait un travail de galérien.

Tout ça était très déprimant. S'il gagnait assez d'argent pour faire bouillir la marmite, il n'avait pas encore réussi à passer la vitesse supérieure. Il devait acquérir des tableaux de plus grande valeur. Mais pour cela il avait d'abord besoin de posséder un certain capital, et il en était loin. Après avoir grommelé dans sa barbe durant des semaines et des mois, il avait décidé d'aller à Londres consulter son ancien mentor et employeur afin de voir s'il avait quelque suggestion à faire.

Ces derniers temps, Argyll n'avait guère été d'agréable compagnie. Flavia non plus, d'ailleurs. Elle ne lui reprochait pas de ne pas gagner assez d'argent mais d'atermoyer à propos de sa carrière. Voilà près de deux semaines que l'offre de l'université traînait là et il n'y avait toujours pas répondu. Ses perpétuelles tergiversations commençaient à l'agacer. Elle était très tolérante en général, mais puisqu'il devrait tôt ou tard prendre une décision, elle ne comprenait pas pourquoi il n'en finissait pas une fois pour toutes.

« Qu'est-ce que c'est que cette affaire Giotto ? demanda-t-il pour faire diversion et donner à la conversation un tour moins déprimant.

— Bah ! pas grand-chose... Juste une hypothèse du général quand le vol d'un Vélasquez lui a donné du fil à retordre.

— Celui qu'il avait accroché dans son bureau il y a deux étés ? Et qui lui a causé des ennuis auprès du ministère ?

— Exactement. Le propriétaire ayant des relations, ça valait la peine de faire un petit effort, mais il a eu raison de mettre au rebut toute sa théorie. Il avait repéré une vingtaine de vols apparemment commis par la même personne. Dans des demeures abritant des collections anciennes et des peintures n'étant pas apparues sur le marché depuis des décennies, sinon des siècles. Mal répertoriées et dont on n'avait souvent aucune photo. De petits tableaux de grande valeur, datant du début de la Renaissance. Tous choisis par un œil expert et tous dérobés avec beaucoup d'habileté : aucune violence, aucune trace d'effraction, pas le moindre dégât. L'auteur ou les auteurs de ces vols sont entrés et ressortis en quelques minutes ; ils savaient exactement ce qu'ils cherchaient et n'ont jamais été dérangés. Un seul tableau à la fois. Ces opérations indiquaient de manière suspecte, d'après le général du moins, le même degré de patience et d'adresse.

— Ça me semble une bonne hypothèse. Qu'est-ce qui cloche dans cette théorie ?

— Elle va à l'encontre du bon sens et, selon lui, de la loi fondamentale du vol d'objets d'art, à savoir que les voleurs ne sont pas d'ordinaire aussi malins. Et il a tout à fait raison. Ils sont cupides, impatients, maladroits, et généralement peu intelligents. Ils commettent des bévues, parlent trop, sont donnés par des complices. Ils ne poursuivent pas méthodiquement leur carrière pendant trente ans sans surestimer leur adresse, sans commettre la moindre erreur, sans jamais mal placer leur confiance, ni céder à la tentation de montrer au monde à quel point ils sont futés. Et aujourd'hui la plupart travaillent pour le crime organisé. La race des voleurs solitaires a pratiquement disparu. “Giotto” est une chimère, et Bottando a trop les pieds sur terre pour se laisser égarer par ce genre d'absurdité. Tu le connais... Il me semble que c'est ton tour de faire le café. »

2

L'adresse où la troublante lettre avait commencé son voyage avant d'atterrir sur le bureau de Bottando s'était avérée celle d'une maison de repos située dans le quartier Parioli, à Rome. Retirée, luxueuse et sans doute plutôt onéreuse, elle avait pour pensionnaires de vieux Romains fortunés. C'était l'un de ces établissements dont le nombre ne cesse d'augmenter aujourd'hui, le travail, car le manque d'espace et le stress de la vie moderne empêchent les grands-parents de vivre chez leurs enfants, sonnant ainsi le glas du règne de la *mamma*.

Flavia arriva assez tôt, dans l'espoir d'en finir au plus vite et de rentrer au bureau avant que la chaleur ne devienne insupportable. Elle contempla les lieux avec intérêt puis pénétra à l'intérieur. Les portes bien briquées, les sols de marbre et l'ambiance de soins attentifs et coûteux n'étaient pas vraiment le décor auquel elle s'était attendue, l'écriture en pattes de mouche de la lettre suggérant une personne sans grande éducation.

La première difficulté surgit dès l'accueil, où une réceptionniste vive, à l'air efficace, annonça que ce n'était pas encore l'heure des visites. Flavia montra son insigne de police, mais cela n'y fit rien. Elle était en train d'expliquer que, règlement ou pas, il était important qu'elle vît la signora Fancelli quand ses propos furent entendus par un prêtre passant par là qui s'arrêta et intervint.

« Vous êtes la personne à qui elle a écrit ? demanda-t-il après s'être présenté comme le père Michele et avoir assuré à la réceptionniste qu'il s'occuperait de la visiteuse.

— Elle a écrit à mon chef, répondit Flavia. On m'a envoyée pour m'entretenir avec elle.

— J'en suis ravi. Absolument ravi. Elle était dans tous ses états à propos de la décision à prendre. Si vous le souhaitez, je vais vous mener jusqu'à elle. »

Flavia opina de la tête et le père Michele la refit sortir du bâtiment car, expliqua-t-il, en cette saison, la plupart des pensionnaires – qu'il appelait « résidants » – étaient conduits en fauteuil roulant dans le jardin pour y prendre un peu le soleil.

« C'est incroyable le degré de chaleur qu'ils supportent, dit le père alors qu'ils traversaient l'allée et se dirigeaient vers un bosquet. Par des températures qui font s'évanouir la plupart des gens, ils réclament à cor et à cri des chandails supplémentaires.

— Est-elle fortunée ? demanda Flavia en pensant au salaire du crime. Ça doit coûter les yeux de la tête de vivre ici.

— Mon Dieu, non ! Pauvre comme Job. Fauchée comme les blés, en fait.

— Mais alors...

— Elle a un fils en Amérique, semble-t-il. Elle est arrivée ici il y a quelques mois, quand elle a commencé à décliner. C'est lui qui règle la note. Et je dois ajouter qu'elle va mourir ici. Elle s'y prépare. »

Il désigna une frêle personne dans un fauteuil roulant, le regard perdu dans le vague.

« La voilà. Bon, je vous quitte. Ne croyez pas, je vous prie, que la signora ait perdu la tête en même temps que ses forces physiques. Elle est très malade et a du mal à se concentrer mais ses facultés mentales sont intactes, même si les analgésiques la font somnoler. Cependant, tâchez d'empêcher qu'elle s'agite trop. »

Il était évident que le prêtre avait dit la vérité, pensa Flavia au moment où elle approchait du fauteuil en espérant que l'occupante ne s'était pas endormie. Le teint blafard, la pâleur maladive, les bras minces comme des allumettes, les maigres touffes de cheveux éparses, tout indiquait qu'elle n'avait plus longtemps à vivre. L'esprit n'était pas non plus aussi clair que Flavia l'aurait souhaité ; toutefois, lorsqu'elle se présenta, elle vit nettement que la vieille femme faisait un grand et pénible effort pour se concentrer.

« Signora Fancelli ? commença Flavia. Je suis venue en réponse à une lettre que vous avez écrite. À propos d'un tableau. Et j'aimerais vous interroger à ce sujet.

— Ah oui ! fit la vieille dame en levant les yeux et en essayant de les fixer sur Flavia. Je vous ai écrit, dites-vous ? Il y a longtemps, n'est-ce pas ?

— Apparemment vous avouiez un vol. Je dois dire que cela me paraît tout à fait improbable.

— Ce forfait a été un grand poids sur ma conscience durant toutes ces années. Je me réjouis d'avoir la chance de pouvoir vous parler. Quel qu'en soit le prix. »

Vu son état de santé et le train habituel de la justice italienne, il n'y avait guère de risques que le prix soit très élevé. Pas dans ce monde, en tout cas. Elle n'était pas si âgée, en fait. La petite soixantaine peut-être. Mais, à l'évidence, ses jours étaient comptés.

« Voulez-vous m'expliquer ? »

Il y eut un long silence avant que la malade se reconcentre sur la question.

« Je ne savais pas ce que je faisais, voyez-vous. Si je l'avais su, je ne l'aurais pas fait. J'étais pauvre, certes. Mais absolument pas malhonnête. J'espère que vous me croirez là-dessus. »

Flavia hocha la tête avec patience. Tant que la vieille femme ne disait rien de précis il n'y avait guère d'autre choix.

« Mes parents étaient pauvres, je n'étais pas mariée et je n'avais personne pour s'occuper de moi. J'ai dû quitter l'école et travailler comme bonne, femme de ménage, en fait. En partie dans une école pour jeunes étrangères dont la directrice s'appelait Mme della Quercia et en partie pour la famille Straga. C'était à Florence. Vous l'ai-je déjà dit ? »

Alors qu'il n'était pas encore onze heures et qu'elles se trouvaient à l'ombre des arbres, il commençait à faire chaud ; le moment de l'année où la chaleur est tonifiante était déjà loin. La canicule était accablante, et le pire à venir. Très sensible à la chaleur, Flavia ne tarda pas à piquer de plus en plus du nez tandis que son esprit vagabondait. Elle commençait à transpirer, et seul ce léger désagrément l'empêchait de s'endormir complètement.

« Je cherchais à me marier, je le reconnais, disait la vieille femme, quelque part à l'extrême gauche de la conscience de Flavia dont l'acuité allait diminuant. De nos jours, on ne se préoccupe plus de ce genre de chose, mais, à l'époque, si une fille n'était toujours pas mariée à dix-huit ans, on pensait qu'elle avait quelque problème. On se moquait constamment de moi. La vieille fille... Mais j'étais romanesque. Je ne voulais pas seulement un mari. J'attendais d'avoir le coup de foudre pour un personnage passionnant et chevaleresque.

» Il y avait un jeune homme qui fréquentait beaucoup les élèves de l'école. Il s'appelait Geoffrey. Geoffrey Forster. Un Anglais. Très beau, très séduisant.

Riche – d'après ses propres dires, en tout cas. N'arrêtant pas de citer les gens célèbres comme s'il était leur meilleur ami. Dépensant sans compter, conduisant des voitures rapides.

» Bien sûr, quand il s'est intéressé à moi, j'ai été flattée et je me suis fait des illusions. J'ai cru qu'il était amoureux de moi. Personne ne m'avait traitée ainsi auparavant. Naturellement ce n'était qu'une chimère. J'ai bientôt découvert la vérité. Mais entre-temps il m'avait emmenée en vacances... »

Par pure politesse – à l'évidence ces révélations coûtaient énormément à la vieille dame –, Flavia hocha la tête d'un air grave et l'encouragea à poursuivre son récit.

« Un beau jour, il m'a invitée à passer un week-end romantique en Suisse. J'ai bien sûr accepté. Je n'ai pas le moins du monde pensé que quelque chose clochait. Je n'avais jamais quitté la Toscane auparavant et la perspective d'aller en Suisse, de descendre dans des hôtels de luxe, était un rêve dépassant mes plus folles espérances. J'ai cru que cela constituait un avant-goût des voyages que nous ferions bientôt ensemble. Je me croyais déjà enceinte, voyez-vous. »

Flavia était désormais davantage intéressée, tirée de sa torpeur par l'âpreté et l'amertume soudaines de la voix. Elle fixa la signora Fancelli d'un œil plus attentif et se garda toujours d'interrompre son récit.

« Il a emporté un paquet, reprit la vieille femme en esquissant un geste pour suggérer un objet de moins de cinquante centimètres carrés avant d'abandonner la partie, l'effort étant trop pénible. Mais il ne m'a pas dit ce que c'était, déclarant qu'il s'agissait d'un cadeau pour un ami. Je savais que c'était faux, bien entendu, et dans ma naïveté je pensais que les amants ne devaient pas avoir de secret l'un pour l'autre. Voilà pourquoi, tandis que le train filait vers le nord, j'ai entrouvert le paquet. Juste assez pour jeter un coup d'œil à l'intérieur.

» Il s'agissait d'un tableau représentant la Vierge Marie. J'ai reconnu la peinture parce que je l'avais vue au palais Straga et l'avais trouvée très jolie, même si je ne savais rien à son sujet. J'ai refermé l'emballage et finalement Geoffrey est sorti, le paquet sous le bras. Et il est revenu sans.

— Qu'en avait-il fait ?

— Aucune idée. Nous étions descendus dans un charmant hôtel et je croyais que je menais vraiment la grande vie. J'étais trop amoureuse pour poser des questions ou chercher à comprendre.

— Et puis ?

— Et puis nous sommes revenus à Florence, et une semaine ou deux plus tard j'ai annoncé à Geoffrey que j'étais enceinte.

— Je me doute qu'il n'a pas sauté de joie... »

Elle secoua la tête.

« Ç'a été terrible ! Il a poussé des cris d'orfraie. Puis il a nié y être pour quoi que ce soit. Il m'a traitée de tous les noms avant de me chasser. Mes employeurs ont eu vent de l'affaire et m'ont mise à la porte. Sans la gentillesse d'une des élèves, je ne sais pas ce que j'aurais fait. »

Flavia réfléchit à ce récit. Tout s'emboîtait à merveille. L'Uccello volé au palais Straga représentait bien une Vierge. Ils avaient supposé qu'on l'avait sorti du pays en catimini, et l'affaire s'était bien passée vers cette époque. Un ou deux détails, cependant...

« Dites-moi... Qu'est-ce qui vous a donné à penser que le tableau avait été volé ? »

Elle parut perplexe durant quelques instants, puis son front s'éclaircit.

« Quand je suis rentrée, tout le monde était au courant. Toutes les filles de l'école s'étaient plusieurs fois rendues au palais. Quand le vol s'y était produit, la nouvelle s'était très vite répandue. Je l'ai apprise dès que je suis revenue de Suisse. Il y avait eu un bal au palais, voyez-vous. La signora y faisait inviter ses élèves chaque année. Il avait dû le dérober à ce moment-là.

— Vous n'avez rien dit ? Vous n'avez pas voulu vous venger de lui ? »

Elle parvint à esquisser un sourire narquois.

« C'est précisément ce qu'on aurait pensé, non ? Qui m'aurait crue ? Je ne pouvais pas révéler le nom du nouveau propriétaire parce que je ne le connaissais pas. Et j'étais terrifiée à la pensée d'être jetée en prison moi aussi. Ça lui aurait tout à fait ressemblé de me jouer ce vilain tour. D'affirmer que j'étais sa complice.

— Et avez-vous jamais revu ce Forster ?

— Je suis partie à Rome pour trouver un autre emploi. J'ai eu mon enfant et l'ai envoyé chez des parents d'Amérique. Ça n'a pas été facile, vous savez. Ce n'était pas comme aujourd'hui. »

Propos un rien décousus mais, comme elle paraissait vaguement sur le point de révéler quelque chose, Flavia ne la brusqua pas.

« Et maintenant vous nous écrivez... Puis-je vous demander pour quelle raison ? »

La signora Fancelli désigna son corps décharné comme si c'était une réponse suffisante.

« Le prêtre, dit-elle, le père Michele m'a dit que ça pourrait soulager ma conscience. Et c'est vrai.

— Très bien alors. Nous allons devoir, bien sûr, vérifier avec soin votre déclaration et vous aurez une déposition à faire.

— Est-ce que cela va avoir des conséquences fâcheuses ?

— Grands dieux, non ! s'écria Flavia en secouant la tête. Sauf si vous avez inventé toute cette histoire et m'avez fait perdre mon temps...

— Pour lui, je veux dire. Pour Forster, dit-elle, avec une haine soudaine que Flavia trouva presque choquante.

— Nous soumettrons vos révélations à une enquête approfondie. C'est tout ce que je peux dire. Bon. Et si on mettait tout ça par écrit ? »

« Geoffrey Arnold Forster, expliqua Flavia à Bottando après avoir regagné le bureau, posé sa sacoche, et s'être laissé emmener séance tenante dans un petit restaurant pour discuter de l'affaire tout en déjeunant, est né en Angleterre le 23 mai 1938 et a donc aujourd'hui cinquante-six ans. Yeux marron, environ un mètre quatre-vingt-cinq. »

Bottando arqua un sourcil d'un air sceptique.

« Vous m'affirmez qu'elle se souvenait de tout ça après plus de trente ans ? Quelle femme remarquable !

— Ça m'a d'abord étonnée, moi aussi. Mais c'est assez probable, malgré tout. Elle savait qu'elle aurait à fournir un certificat à la naissance de l'enfant et elle ne voulait pas que la rubrique "père" reste vide. Elle a donc tiré ces éléments du passeport avant qu'ils se disputent.

— Elle devait par conséquent se douter qu'il allait se rebiffer », suggéra Bottando en remuant le sucre dans son café, avant d'avaler une petite gorgée du breuvage sirupeux qui rend la vie digne d'être vécue.

Flavia haussa les épaules.

« Ça me semble une précaution raisonnable. Elle était pauvre, sans grande instruction, enceinte, et elle avait en outre presque dix ans de plus que lui. Quoi qu'il en soit, c'est ainsi qu'on a eu tous ces détails. La question est de savoir ce qu'on en fait. Se rendre à Parioli pour enquêter sur un délit vieux de trente ans est une chose, mais courir jusqu'en Angleterre et se lancer dans toutes sortes de demandes internationales est une autre paire de manches. Sans parler de la possibilité que l'homme ait déjà passé l'arme à gauche. »

Bottando réfléchit un instant avant de hocher la tête.

« Oui. Vous avez tout à fait raison. C'est une perte de temps. Trop de difficultés à surmonter. Je suppose qu'un tel effort serait envisageable si on pouvait aisément déterminer l'identité précise de Forster. Mais comme nos chances de récupérer le tableau sont nulles, le jeu ne paraît guère en valoir la chandelle.

— Je vais jeter un coup d'œil au livre noir pour voir si Forster est l'un de nos fidèles clients. Simple mesure de précaution. »

Bottando opina du chef.

« D'accord. Et faites un modeste rapport pour boucler l'affaire. Indiquez qu'il n'y a aucune suite à donner. Vous avez obtenu une déposition en bonne et due forme ?

— Oui. Elle est trop malade pour venir ici en personne, alors je l'ai rédigée moi-même à la main et la lui ai fait signer. Elle décline à vue d'œil, la malheureuse. Mais elle en veut toujours étonnamment à Forster. Elle considère qu'il a détruit sa vie et elle ne lui a jamais pardonné.

— Si elle dit la vérité, elle a sans doute raison.

— Écoutez, poursuivit Flavia, une pensée lui traversant soudain l'esprit, Jonathan s'envole demain pour l'Angleterre... Je pourrais le charger de poser quelques questions. Rien que pour voir si quelqu'un a jamais entendu parler de cet individu. Et, pendant ce temps, je me rendrais à Florence vérifier la véracité du récit de cette femme. Si quelqu'un est encore en vie pour me le confirmer... »

Bottando réfléchit à la proposition puis secoua la tête.

« Non, ça n'en vaut pas la peine. Ce serait une perte de temps.

— Oh ! fit-elle, un tantinet déçue. D'accord, si c'est ce que vous pensez... Mais puisqu'on parle de perte de temps, s'enquit-elle tandis qu'arrivait l'addition, comment va l'ami Argan ?

— N'essayez pas de me manipuler en le mettant dans la course, maugréa le général en se renfrognant, cette affaire n'a rien à voir avec lui.

— Évidemment !

— De plus, il est tout à fait charmant... en ce moment.

— Ah ! vraiment ?

— Vraiment. Il est dans son bureau et n'a fourré son nez dans rien de toute la journée. Doux comme un agneau.

— Vous avez donc décidé que c'est un brave type ?

— Sûrement pas. J'ai décidé qu'il tramait quelque chose et j'attends de découvrir ce que c'est, de crainte de faire un faux pas.

— Je vois.

— Donc, si vous avez l'occasion d'apprendre ce qui le met de bonne humeur...

— Je vais voir ce que je peux faire. »

3

Le lendemain, la réinsertion d'Argyll dans son pays natal prit la forme d'un vaillant combat contre l'antique réseau du métro londonien. Il était de mauvaise humeur depuis le moment où il avait découvert, en arrivant devant les guichets du contrôle des passeports, que la majorité des habitants du globe venait d'atterrir à l'aéroport de Heathrow quelques minutes avant lui. Ensuite il dut attendre un siècle pour récupérer ses bagages et par-dessus le marché, selon la voix éraillée de l'annonceur qui n'offrit d'ailleurs pas la moindre excuse, tous les métros pour Londres avaient du retard à cause de divers incidents techniques.

« Bienvenue en Angleterre. Vous entrez désormais dans le tiers monde », marmonna-t-il entre ses dents une demi-heure plus tard, accroché désespérément à une barre de soutien dans une rame qui sortait de la station en grinçant et en cahotant. Le compartiment était tellement bourré de malheureux passagers souffrant du décalage horaire qu'il était difficile d'imaginer qu'une seule personne de plus pourrait s'y glisser. C'est ce qui se passa pourtant à la station suivante, puis le train s'arrêta complètement durant un quart d'heure quelques centaines de mètres après l'entrée du tunnel. Environ une heure plus tard, Argyll émergea à Piccadilly Circus, se sentant comme Livingstone après avoir traversé une jungle particulièrement dense. Il entra dans un bar pour se revigorer.

Grave erreur ! Il s'en aperçut dès que le café lui fut servi. Il s'agissait d'un breuvage grisâtre et aqueux dont l'arôme, quelle que soit la décoction, n'avait rien à voir avec celui du café. Seigneur ! pensa-t-il en découvrant que le goût n'avait rien à envier à l'apparence, où va ce mien pays ?

Il abandonna bientôt la partie et ressortit dans la rue, s'engageant dans Piccadilly avant de tourner dans Bond Street. L'endroit où il se rendait se trouvait à quelques centaines de mètres. Il frissonna. Passer de Rome à Londres en juillet peut causer un certain choc à l'organisme. Le ciel était gris foncé et plombé. Il n'était pas assez chaudement vêtu et avait négligé de se munir d'un parapluie. Il éprouvait déjà le sentiment de gaspiller son temps et son argent dans le seul dessein de reculer de quelques jours sa prise de décision.

« Jonathan, mon cher garçon... Vous avez fait bon voyage ? » demanda Edward Byrnes tandis qu'Argyll pénétrait dans la galerie vide de clients. Son ancien employeur transportait un tableau, une œuvre de Pannini, semblait-il, d'un côté à l'autre de la salle.

« Non.

— Oh ! » Byrnes reposa la peinture, la contempla quelques instants, avant d'appeler un assistant qui se trouvait dans l'arrière-salle pour le prier de l'accrocher durant son absence à un endroit précis. « Quoi qu'il en soit, poursuivit-il, allons tout de suite déjeuner ! Peut-être cela vous remontera-t-il un peu le moral. »

Ce voyage servirait au moins à quelque chose. Byrnes était un bon vivant qui appréciait un excellent déjeuner. Argyll allait en tout cas passer le reste de la journée avec l'agréable sensation d'avoir fait bonne chère. Byrnes sortit le premier de la galerie, laissant son employé s'occuper du Pannini, après lui avoir donné des instructions très strictes au cas peu probable où un client entrerait dans la galerie ; puis il enfila d'un pas vif des rues de plus en plus étroites, avant de descendre enfin quelques marches minables menant à un sous-sol.

« Sympathique, n'est-ce pas ? dit Byrnes d'un air satisfait comme ils pénétraient, au bas des marches, dans ce qui devait être un restaurant.

— Où sommes-nous ?

— Ah ! c'est le Cercle de dîneurs établi par un groupe de marchands d'art qui en avaient assez des prix absolument exorbitants pratiqués dans tous les restaurants du quartier. Le genre d'endroit où l'on peut emmener un client susceptible de faire gagner pas mal d'argent sans avoir à doubler le prix de ce qu'on lui vend pour payer les frais de bouche. Une idée splendide. La cuisine est bonne, le vin est bon, on jouit d'une ambiance raffinée, tout en étant copropriétaire d'une nouvelle affaire. N'est-ce pas merveilleux ? »

Personnellement, Argyll préférait ne pas avoir à fréquenter ses confrères de trop près. Cela ne lui semblait pas une très bonne idée de devoir assister à des ventes aux enchères et prendre ses repas en leur compagnie. Il comprenait cependant ce que trouvait là un incorrigible amateur de ragots comme Byrnes. Avoir sous les yeux, en plus d'une assiette bien garnie, un bel échantillon de maîtres du marché de l'art devait lui paraître un avant-goût du paradis.

« Venez donc, mon cher garçon, fit-il d'un ton de plus en plus enthousiaste à mesure que ses yeux s'habituaient à la pénombre, je meurs de faim ! »

Ils s'installèrent, commandèrent l'apéritif. Byrnes contempla quelques instants Argyll d'un air radieux avant que, la curiosité étant trop forte, son regard parcoure les tables alentour.

« Mmm », murmura-t-il d'un air songeur en apercevant un jeune homme onctueux, aux joues rebondies, en train de verser galamment un verre de vin à une dame d'un certain âge à l'appendice nasal particulièrement développé.

« Ah ! » poursuivit-il en passant à un groupe de trois hommes dont les têtes rapprochées leur donnaient l'air de conspirateurs.

« Tiens, tiens ! » fit-il d'un ton rêveur en découvrant deux autres individus dont l'un arborait un beau costume italien de luxe, tandis que l'autre portait un veston sport et des jeans.

« Allez-vous m'expliquer un peu de quoi il retourne ou tout garder pour vous ? s'enquit Argyll d'un ton un tantinet vexé.

— Désolé. Je croyais que vous étiez contre les ragots.

— En effet. Mais ça ne veut pas dire que je n'aime pas les entendre. Allons ! Juste des noms sur quelques visages... Ce gandin qui parle à la vieille sorcière dans le coin ?

— Ah ! Lui, c'est le jeune Wilson. Débordant d'enthousiasme et un petit pois dans la tête. Il croit réussir grâce à son charme. S'il s'agit là de sa dernière cliente, je crains qu'il ne tarde pas à déchanter sérieusement.

— Et les trois mousquetaires dans l'autre coin là-bas ?

— Je connais deux d'entre eux, répondit Byrnes en appréciant le spectacle en vrai connaisseur. L'un d'eux est Sebastian Bradley, homme de grandes ambitions et au sens moral atrophié, qui ces dernières années déploie de grands efforts pour dépouiller l'Europe de l'Est de ses trésors les plus précieux.

— En toute légalité ?

— J'en doute fort. L'homme assis à son côté s'appelle Dimitri. J'ignore son nom de famille, mais il fournit des objets d'art à Sebastian : tableaux, meubles, statues, à peu près tout, du moment que c'est tombé de l'arrière d'un camion. Je ne connais pas son ami éthéré.

— Moi non plus. »

Byrnes soupira.

« Dites donc, vous n'êtes guère coopératif !

— Désolé. Et les deux autres ? Le beau parleur en face du type au crâne rasé près du pilier ?

— Vraiment, Jonathan, il m'arrive de désespérer de vous ! Le beau parleur – j'admire votre perspicacité, entre parenthèses –, c'est l'odieux Winterton, lequel, comme il serait le premier à vous l'apprendre, est le galeriste le plus célèbre et le plus distingué de la terre. Sinon de tout l'univers exploré.

— Oh ! » fit humblement Argyll. Il avait entendu parler de Winterton, le seul sérieux rival de Byrnes pour le titre de galeriste le plus en vue de Londres. Évidemment, ils se détestaient cordialement.

« Et l'autre est Andrew Wallace, premier acheteur chez...

— Oh oui ! Je sais. Peut-être serait-il intéressé par un croquis de Guido Reni que j'ai acheté il y a six mois...

— Je ne vous conseillerais pas de lui vendre quelque chose, vous savez. Ça n'en vaut vraiment pas la peine. Tuez-vous plutôt. Ce sera plus agréable et ça vous reviendra moins cher. »

La conversation s'interrompit quelques instants pendant qu'ils étudiaient le menu et que Byrnes se remettait du choc de devoir dîner dans la même pièce que

Winterton. Reprenant ses esprits, il refit un radieux sourire à Argyll.

« Alors, comment vont les affaires ? »

Argyll haussa les épaules.

« Pas trop mal, je suppose, répondit-il sans entrain. Le musée Moresby continue à m'envoyer mes subsides mensuels pour des services que je ne rends pas souvent, et ça paie les factures. J'ai vendu récemment quelques dessins pour une somme raisonnable. Mais c'est tout. Le reste du temps, je regarde tourner les aiguilles de la pendule. Je commence à en avoir bigrement assez. »

Ils soupirèrent de concert.

« Je sais, je sais, gémit Byrnes d'un ton nostalgique. Ah ! la merveilleuse époque des années quatre-vingt, quand la cupidité, l'individualisme et l'ostentation vulgaire balayaient tout sur leur passage. La Sainte Trinité des beaux-arts. Quand reviendront-elles, ces vertus sous-estimées, hein ? »

Ils déplorèrent le soudain accès de frugalité affectant le monde et regrettèrent le désir rétrograde et égoïste des gens de ne pas vivre au-dessus de leurs moyens. Une longue tirade plaintive de Byrnes sur sa faillite imminente se termina par le conseil de prendre le foie gras truffé, pour commencer. Il était tout à fait correct, précisa-t-il. Pour la saison.

« Eh bien ! reprit Byrnes quand il devina que la morosité d'Argyll n'était pas uniquement due à son habituelle tendance au pessimisme quant à la profession, que puis-je faire pour vous ?

— Vous pouvez me donner un conseil si vous le souhaitez. Je ne vends rien et on m'a proposé un boulot. À ma place, que feriez-vous ? Je ne peux pas me tourner les pouces le reste de ma vie en attendant que quelque chose se passe.

— Ah non, sûrement pas ! s'écria son mentor. Ça peut être très déprimant quand les affaires ne marchent pas fort. Je parle d'expérience. Surtout si les réserves sont maigres. Ce qu'il vous faut, bien sûr, c'est un soutien financier. Ou alors une extraordinaire découverte d'une importance inégalée. Une centaine de milliers de livres sterling environ vous fourniraient une gentille assise.

— Pour le moment, les découvertes extraordinaires et les soutiens financiers sont encore plus rares que les clients ! se récria Argyll. En outre, mon palmarès n'est guère reluisant. Pourquoi quelqu'un prendrait-il le risque de parier sur moi ?

— Allons, allons ! le réconforta Byrnes. La morosité est une chose, le désespoir en est une autre. Vous avez vendu une ou deux très belles choses.

— Une ou deux, en effet », admit Argyll, le pessimiste invétéré. Étrangement, parler à Byrnes, dont la réussite était spectaculaire, ne lui mettait guère de baume au cœur à cet instant. « Une ou deux bonnes ventes ne constituent pas une carrière, cependant.

— Que voulez-vous exactement ?

— Je veux vendre des peintures. Sinon, à quoi sert d'être marchand de tableaux ? C'est à peu près tout. Comprenez-moi, je ne cherche pas vraiment à gagner des dizaines de millions ou ce genre de chose. Je ne sais pas ce que je fais mal.

— Vous ne faites rien mal, répondit gentiment Byrnes. En ce moment personne ne vend. Pas à bénéfice, en tout cas... Bien entendu, c'est peut-être de là que vient le problème...

— Que voulez-vous dire ?

— Ne rien faire de mal. Normalement, l'honnêteté est une grande vertu, mais elle représente un léger handicap pour un marchand d'art. Et je pense qu'en matière d'honnêteté vous en rajoutez parfois un peu. Vous vous rappelez le Chardin ? »

Byrnes faisait allusion à un petit tableau qu'Argyll avait acheté dans une vente un ou deux ans auparavant. Il pensait, sans en être sûr, qu'il s'agissait d'un Chardin et avait persuadé un acheteur de l'acquérir pour une somme considérable. La semaine suivante, il avait découvert que ce n'était pas du tout un Chardin mais l'œuvre d'un peintre beaucoup moins coté.

« Alors que la transaction était franche et honnête, le morigéna Byrnes, vous avez éprouvé le besoin de retourner voir l'acheteur pour lui présenter les preuves qu'il n'aurait pas trouvées lui-même, lui démontrer que ce n'était pas un Chardin et reprendre le tableau après l'avoir remboursé intégralement. En toute sincérité, j'admire votre intégrité. Mais pas votre jugement.

— Mais j'ai cru que c'était une bonne idée, protesta Argyll. Il s'agissait d'un important collectionneur et je cherchais à lui inspirer confiance. Il m'aurait acheté d'autres tableaux...

— ... si, trois semaines plus tard, il n'avait pas été arrêté pour corruption et liens avec le crime organisé, lui rappela Byrnes d'un ton grave. Vous ne vouliez pas lui faire dépenser son argent à mauvais escient. Félicitations ! À part ce minuscule détail : ledit argent ne lui appartenait pas !

— Soit, soit, concéda Argyll d'un ton lugubre, mais je n'aime pas cet aspect du métier. Je sais que je devrais laisser mes scrupules au vestiaire. Mais quand l'occasion se présente d'être roublard ou tant soit peu rusé, ma conscience se met en travers de la route. Et ça vous va mal de me le reprocher, vous êtes exactement pareil.

— Il y a une différence cependant. Je répugne à le souligner, mais je suis bien plus riche que vous. Je peux me permettre d'avoir des scrupules. C'est un luxe onéreux. »

Argyll paraissant encore plus morose, Byrnes continua à lui assener ses vérités. Pour son bien, croyait-il. Cela faisait un bout de temps qu'il avait l'intention de lui parler franchement. Il aimait beaucoup Argyll et le tenait en haute estime, mais il fallait le former aux dures réalités de la vie.

« Vous devez voir les choses en face, Jonathan, reprit-il avec douceur. Vous aimez vos clients et vous aimez les tableaux. Ces deux qualités sont rares chez les marchands et, franchement, ni l'une ni l'autre ne sert à grand-chose. Votre travail consiste à recevoir le plus d'argent possible et à donner le moins possible en échange. À repérer les bonnes occasions et à ne rien dire. Révéler au monde qu'un Chardin n'en est pas un est un bon point pour un connaisseur ou un historien, mais ce n'est pas très malin pour un marchand d'art. Entre vos scrupules et vos revenus, il faut choisir. Vous ne pouvez avoir le beurre et l'argent du beurre. »

La conversation se poursuivit dans cette veine, Byrnes donnant d'aimables conseils, expliquant tout ce qu'Argyll savait déjà parfaitement mais refusait d'entendre. Pour finir, Byrnes conclut que la seule véritable option restant à Argyll, s'il ne souhaitait pas accepter le poste d'enseignant, était simplement d'attendre que le marché reprenne des couleurs. « Ce ne sera jamais plus comme à la belle époque, annonça-t-il, mais il ne peut que redresser la tête. Si vous arrivez à survivre encore une année ou deux, vous vous en tirerez. »

Argyll fronça le nez de frustration. À l'évidence, il avait été idiot de penser que Byrnes – par ailleurs très bien disposé envers lui – allait lui présenter une solution miracle. Comme l'avait indiqué son ancien employeur, une découverte capitale, de préférence à bon prix, ferait l'affaire. On peut toujours rêver, se dit-il.

« Ah, bien ! répondit-il. Je vais devoir y réfléchir encore un peu.

— Je crains de ne pas vous être d'un très grand secours, déclara Byrnes avec compassion.

— Vous ne pouvez rien faire concrètement. Sauf commander une autre bouteille de vin... »

Sitôt dit, sitôt fait. Bizarrement, que Byrnes n'eût rien à suggérer remonta peu à peu le moral d'Argyll. D'une part, parce que cela lui confirmait qu'en tout cas il n'avait pas négligé une option et, d'autre part, parce que même Byrnes faisait maigre, semblait-il. S'il faut souffrir, ça soulage un peu d'avoir des compagnons d'infortune.

« Changeons de sujet ! dit-il après avoir bu la moitié d'un verre de la nouvelle bouteille. J'ai eu tout mon soûl de réalité pour la journée. Le nom de Forster vous dit-il quelque chose ? Geoffrey Forster ? »

Byrnes le regarda d'un air prudent.

« Pourquoi ?

— C'est pour Flavia. Quelqu'un l'a accusé d'avoir volé un tableau il y a des décennies. Elle m'a chargé de chercher à savoir qui c'était. Sans être très important, je suis sûr qu'elle apprécierait tout renseignement que je pourrais dénicher. Ce n'est pas absolument vital, à mon avis. Mais vous la connaissez... Qui est-ce ?

— Un marchand. En tout cas il l'était jadis. Voilà des années que je ne l'ai pas vu. Quand le glas des années quatre-vingt a sonné, il s'est reconverti en expert indépendant.

— Ah, vraiment ? Que fait-il au juste ?

— Il joue surtout les charognards, expliqua Byrnes avec une certaine admiration. Il se nourrit des corps de vieilles familles moribondes. Il conseille, voyez-vous, les aristocrates à demi ruinés et vend leur collection en leur nom. Il occupe une sorte de poste à mi-temps auprès d'une vieille dame dans le Norfolk. C'est là qu'il habite désormais. Comment traverser des temps difficiles... Voilà pour vous un modèle à étudier.

— Quelle chance il a !

— Oui. C'est un travail d'appoint rémunérateur. Son grand problème, c'est qu'il est d'un commerce un peu difficile.

— Que voulez-vous dire ?

— Il ne me plaisait pas, disons. Tout à fait charmant à sa manière, si vous aimez ce genre. D'ailleurs, rares étaient les clients qui le supportaient sur le long terme. C'est pourquoi il n'a jamais bien réussi. Il y avait quelque chose d'insidieux chez lui. Difficile à décrire, vraiment.

— Malhonnête ?

— Pas à ma connaissance, non. Et s'il l'avait été, personne n'aurait hésité à le dire... De quel tableau s'agit-il ? »

Argyll expliqua de quoi il retournait.

« Une erreur de jeunesse ? suggéra Byrnes. C'est tout à fait possible. Flavia veut-elle le coincer ? »

Argyll haussa les épaules.

« Pas coûte que coûte. Mais si on pouvait boucler l'affaire en deux temps, trois mouvements, je suis certain qu'elle adorerait lui faire passer un sale quart d'heure. Seulement, autant que je peux en juger, il n'y a guère de chances de pouvoir faire grand-chose d'autre.

— En effet. Pas après tout ce temps. Même si vous arriviez à prouver sa culpabilité. Êtes-vous censé fureter partout à la recherche d'indices ?

— Pas vraiment. Mais, par ailleurs, je n'ai rien d'autre à faire. Et puisque je dispose d'un jour ou deux à passer ici, je peux au moins prendre contact avec lui. Avez-vous ses coordonnées ? »

Byrnes secoua la tête.

« Non. Mais il loue un local chez Winterton. Juste pour avoir une adresse respectable et un numéro de téléphone, je ne crois pas qu'il y mette jamais les pieds. Ce n'est qu'à cinq minutes d'ici. Vous pourriez vous y rendre pour vous renseigner. Là, on doit les connaître. »

Même si aucun effet concret ne s'en était suivi, la gentillesse compréhensive de son mentor, doublée de sa connaissance des bons vins, avait enfin réussi à donner un coup de fouet au moral d'Argyll. La perspective d'une démarche n'ayant rien à voir avec sa carrière couronna ce processus et, malgré la grande fragilité de cet état d'esprit, il était presque de bonne humeur lorsqu'il arriva devant la galerie Winterton.

Il exposa l'objet de sa visite – en partie, à tout le moins – à la secrétaire. Geoffrey Forster se trouvait-il là ?

Non.

Savait-elle comment on pouvait le joindre ?

Pour quoi ?

Pour affaires, expliqua Argyll. Venant d'Italie, il passait à Londres en coup de vent et souhaitait lui parler avant de reprendre l'avion.

Avec une extrême réticence, la secrétaire répondit qu'il se trouvait sans doute dans sa maison du Norfolk. Il ne venait presque jamais à la galerie. Si Argyll pensait que c'était très important, elle pouvait essayer de lui passer un coup de fil.

Argyll pensait que c'était très important.

Forster avait ce phrasé qui constitue pratiquement la marque de fabrique d'une certaine catégorie de marchands d'art anglais. La sorte d'accent, d'intonation, qui peut donner le sentiment à un comte dont le titre remonte aux croisades qu'il n'arrive pas socialement à la cheville de son interlocuteur. C'était l'une des raisons qui faisaient que Jonathan aimait beaucoup l'Italie. Même au téléphone, il sentit les poils de sa nuque se hérisser lorsque Forster lui demanda de ce ton à la fois traînant et impatient le but précis de son appel.

Argyll expliqua qu'il cherchait des renseignements sur un tableau et qu'il croyait comprendre que celui-ci s'était jadis trouvé en la possession de Forster.

« À quoi jouez-vous ? Aux devinettes ? Dites-moi de quel tableau il s'agit. Je me suis occupé d'une ou deux toiles au cours de ma carrière. »

Argyll suggéra une rencontre. Il s'agissait d'une affaire trop délicate pour qu'on s'en entretienne par téléphone.

« Cessez vos idioties ! Dites-moi de quoi il retourne, ou arrêtez de me faire perdre mon temps.

— Très bien. J'aimerais vous interroger sur un Uccello que vous avez eu entre les mains peu de temps après qu'il a été volé au palais Straga, en 1963, à Florence. »

Il y eut un long silence à l'autre bout du fil, suivi de manière irritante par ce qui ressemblait fort à un éclat de rire. La secrétaire de la galerie fut, elle aussi, impressionnée.

« Sans blague ? s'exclama Forster. Bien, bien... Alors peut-être devrais-je vous parler de *ça*. Qui que vous soyez. »

Il réussit à prononcer ces paroles d'un ton presque narquois. Bien qu'Argyll le détestât déjà cordialement, il accepta de le rencontrer dans le Norfolk le lendemain matin à onze heures. Quel dommage, se dit-il en reposant le combiné, qu'il ne fût guère parvenu à persuader Flavia de passer à l'action pour le coffrer.

« Je vous comprends, dit la secrétaire avec l'accent atone des quartiers sud de Londres, interprétant correctement sa mine agacée. Quel sale type ! »

Argyll lui jeta un coup d'œil et décida de parler franc.

« Est-il aussi horrible qu'il en a l'air au téléphone ?

— Hélas, oui ! Pire, même. Heureusement qu'il vient très peu ici.

— Mais pourquoi prend-il la peine de passer ? Je croyais qu'il travaillait pour une vieille dame ?

— Ah ! elle est morte à la fin de l'année dernière. L'héritière l'a viré séance tenante. C'est pourquoi il est un peu à court d'argent. Dieu seul sait d'ailleurs pourquoi on lui permet de venir ici ; mon patron le déteste. Mais Forster fait partie des meubles en quelque sorte. Chaque fois qu'il débarque, ma vie est un enfer. Un salaud de la pire espèce... Dites donc, de quoi s'agit-il ? Il a été un méchant garçon, c'est ça ? »

Argyll haussa les épaules d'un air vague.

« Plutôt un garçon très malin, à mon avis, répliqua-t-il, en s'efforçant de noircir sans vergogne la réputation d'un homme qui était peut-être, en réalité, innocent comme l'agneau qui vient de naître.

— Ah oui ? Vous avez fait allusion à un tableau volé. Il l'a piqué, pas vrai ? Quand ça ? »

Même Argyll gardait, malgré tout, une once de discrétion. Il prit donc un air dubitatif, affirma qu'il ne connaissait pas tous les détails et s'enquit de la manière de se rendre au village de Weller, dans le Norfolk. Désappointée, la jeune femme lui indiqua d'un ton maussade qu'il fallait d'abord gagner la gare de Liverpool Street.

Sur le trottoir il réfléchit à la question. Allait-il se donner cette peine ? Il avait certes du temps à tuer avant de reprendre l'avion, mais d'un autre côté ça l'ennuyait de trop intervenir dans les affaires professionnelles de Flavia. Au fil des ans, il était parvenu à la conclusion que moins il se mêlait de ses enquêtes policières, mieux se portait leur relation. Seul le désir purement pervers d'en faire rabattre à l'arrogant personnage qu'il avait eu au bout du fil l'empêcha d'arrêter là les frais.

La nuit porte conseil, se dit-il. Puisqu'il devait rendre visite à des amis, il irait les voir ce soir-là. Ensuite il se reposerait, se détendrait et réfléchirait à cette affaire. Le lendemain matin, il prendrait une décision.

4

Tandis qu'Argyll se distrayait ainsi, Flavia était, elle aussi, attelée à une tâche qui, à son avis, ne contribuait guère efficacement au maintien un rien précaire de la loi et de l'ordre en Italie. Elle passa le plus clair de la première journée de l'absence d'Argyll à s'occuper de sa paperasse.

Celle-ci s'était amoncelée sur son bureau. D'énormes quantités de papiers en avaient trouvé le chemin et, ayant jugé l'endroit à leur goût, y avaient bâti leur nid pour se reproduire. Flavia s'étant rendue quasiment indispensable au cours des ans, c'était là la rançon de la gloire. Il lui arrivait parfois de ne pas comprendre pourquoi certaines questions administratives étaient soumises à son attention, mais il fallait l'accepter. Montagne de rapports concernant des vols, colline de procès-verbaux d'arrestations, véritable chaîne alpine d'inepties habituelles sur divers sujets sans intérêt. Les Archives qui voulaient une nouvelle photocopieuse...

La demande de congé de Susanna afin d'assister aux noces de son ex-mari... (Étrange requête, mais pourquoi pas ? Il n'y avait aucun mal à être large d'esprit.) La Comptabilité se demandait si tel enquêteur avait vraiment été obligé récemment de descendre dans l'hôtel le plus cher de Mantoue au cours d'un déplacement de routine.

Et ainsi de suite. Que se passerait-il, songea-t-elle, si elle déchiquetait tout le tas ? Non, ça ne marcherait pas. Perdez une galerie d'art entière, ça ne fait ni chaud ni froid à personne, mais égarez le double d'une facture, et le monde entier est sens dessus dessous jusqu'à ce qu'on le retrouve. Elle décida d'essayer une manœuvre dilatoire. En haut de chaque fiche, note ou communiqué, elle apposa son parafe en grosses lettres et renvoya le tout aux divers expéditeurs. On verrait combien de temps ils mettraient à réagir.

Cette corvée accomplie, elle entreprit l'examen des vrais rapports et, pour se mettre du baume au cœur, commença par les arrestations et récupérations. Il n'y en avait que deux... Un assortiment de céramiques du XVIIe retrouvées dans un casier de la consigne à la gare de Naples ; le procès-verbal était accompagné d'un mot suggérant qu'il s'agissait sûrement d'objets volés et demandant si quelqu'un avait une idée de leur provenance. Et un message triomphal de Paolo annonçant que le dossier Léonard avait enfin été bouclé. Flavia alla le porter à Bottando. Comme il ne leur arrivait pas souvent de résoudre définitivement une affaire, avec arrestation, aveux et preuves irréfutables, les rares fois où cela se produisait, il aimait qu'on l'en avertisse.

« Oh, parfait ! s'exclama Bottando quand elle lui fit part de la nouvelle en lui tendant le rapport. Dieu soit loué ! Qui est donc cet homme ?

— Un simple étudiant des Beaux-Arts, répondit-elle avec un sourire narquois, qui cherchait à gagner un peu d'argent. On ne sait trop quoi faire de lui, cependant. »

La presse s'était emparée de cette belle histoire de criminalité italienne et en avait fait ses choux gras. C'était d'une simplicité enfantine. Quelqu'un avait fabriqué et fourgué de prétendues œuvres de jeunesse de Léonard de Vinci à des crétins, étrangers pour la plupart. Cinq ou six jobards au moins étaient rentrés chez eux avec des bouts de papier théoriquement produits par un génie en herbe de la Renaissance, fort inventif malgré son jeune âge.

La qualité de ces faux laissait beaucoup à désirer. L'écriture était assez bonne, mais le papier contemporain, et l'encre si manifestement sortie d'un stylo bille que même un enfant aurait dû flairer la supercherie. Et le sujet des œuvres avait fait glousser Flavia quand on lui présenta le premier d'une série de collectionneurs scandalisés. Avait-il réellement pris au sérieux, demanda-t-elle, un dessin de la fin du XVe siècle censé représenter un aspirateur ? Tout à fait ingénieux, et l'appareil aurait certes pu fonctionner si on avait persuadé quelque serviteur d'actionner deux assez gros soufflets, mais quand même... Et que dire du robot ménager à manivelle Renaissance ? Flavia considérait que si certains étaient assez stupides pour se laisser berner par ce genre de grossier canular, il n'y avait pas de raison pour que le système judiciaire italien leur prête main-forte aux frais du contribuable.

Mais, bien sûr, les journaux s'en étant mêlés, Corrado Argan avait décidé qu'on ne pouvait en rester là. C'est pourquoi on avait coffré le faussaire la veille. Un bon garçon apparemment, qui avait utilisé son talent pour améliorer un tantinet l'ordinaire des étudiants des Beaux-Arts italiens, lesquels en général mangent de la vache enragée. Il avait, en outre, mis en cause un marchand – l'instigateur du trafic, selon lui.

« Je propose qu'on l'interroge, qu'on lui fasse les gros yeux, et qu'on voie si on arrive à ne lui faire infliger qu'un simple avertissement ou une peine de prison avec sursis.

— Ça me paraît correct. »

Puis Bottando se ravisa.

« D'un autre côté, il est grand temps qu'on ait l'air de prendre des mesures sévères. Tâchez de convaincre le juge de Florence de le mettre en taule pendant une semaine ou deux. Qui est-ce ?

— Le juge ? Branconi, il me semble.

— Ah ! c'est très bien alors. Bon, coffrons aussi le marchand. Puis, quand l'affaire sera oubliée, nous relâcherons l'étudiant. Il n'y a aucun mal, d'ailleurs, à lui faire très peur. Peut-être une ou deux séances d'interrogatoire serré. Pour lui coller une frousse bleue.

— Je vais envoyer Paolo. Une journée de vadrouille lui ferait du bien.

— Oh non ! J'allais l'expédier à Palerme pendant deux ou trois jours. Ne pourriez-vous pas vous en charger vous-même ?

— Bien sûr. Je peux partir dès demain. Est-ce que ça signifie que j'ai le droit d'en profiter pour vérifier les déclarations de Maria Fancelli ? Puisque je serai là-bas de toute façon ? »

Son entêtement fit sourire le général.

« Oh ! d'accord... Mais rappelez-vous...

— ... de ne pas gaspiller trop de temps là-dessus. Je sais. Ah ! au fait..., poursuivit-elle en fouillant dans son sac avant d'en tirer une enveloppe.

— Qu'est-ce que c'est ?

— Des copies des disquettes de l'ordinateur d'Argan. J'ai pris hier la liberté de faire un saut dans son bureau pendant qu'il était sorti déjeuner. J'ai pensé que vous aimeriez les avoir. Dans l'intérêt de la coordination des missions du service.

— Flavia, vous êtes merveilleuse.

— Je le sais. »

Elle partit pour Florence le lendemain, munie d'une longue liste de petites tâches à effectuer afin de rentabiliser le déplacement et de respecter les instructions de Bottando relatives à l'efficacité de leur service. Quoiqu'elle eût pu régler la plupart de ces affaires par téléphone, il était sans doute bien préférable d'en résoudre le plus grand nombre directement et en un seul jour. Elle devait recueillir plusieurs rapports concernant des vols, visiter divers lieux où certains d'entre eux avaient été commis, discuter brièvement avec la police locale, interroger l'auteur des faux Léonard, parler au juge du sort à lui réserver, interviewer un candidat à l'emploi retenu par Bottando, etc.

Mais il lui fallait d'abord se rendre chez la signora della Quercia, dont la survie était attestée par l'annuaire du téléphone, cet outil perfectionné tellement utile aux enquêteurs de police. Si Flavia ne s'était pas trouvée à Florence, elle n'aurait sans doute pas pris cette peine. Mais elle avait une demi-heure à tuer avant son premier rendez-vous, et c'était en outre une façon moins onéreuse de passer le temps que de s'asseoir dans un café. À première vue, la signora della Quercia semblait habiter l'une des splendides demeures où vivent les Florentins fortunés, situées dans une petite rue sombre mais cependant très imposante, à quelques centaines de mètres de la piazza della Repubblica. En y regardant de plus près, cependant, on découvrait qu'il s'agissait d'un vieux palais ayant été acheté, restauré et transformé en immeuble de bureaux par quelque importante société anonyme vendant on ne savait trop quoi. Flavia hésita avant d'aller s'informer auprès de la réceptionniste postée à l'entrée : elle supposait que la signora avait déménagé. Connaissait-on sa nouvelle adresse ?

Contre toute attente, la réceptionniste se révéla très loquace et, n'ayant rien de mieux à faire, lui raconta l'histoire de A à Z, avec plus de détails que n'en souhaitait Flavia. La signora avait vendu une dizaine d'années auparavant, mais tout l'argent était allé à son fils, qui l'avait en fait dépouillée. Il menait grand train à Milan, tandis que la signora n'avait quasiment plus le sou. Les nouveaux propriétaires, en partie par charité et en partie à cause des coûts juridiques et de la mauvaise publicité qu'eût entraînés une expulsion, lui permettaient d'habiter sous les combles, là où logeaient jadis les domestiques. Ils avaient cru, au départ, cet arrangement provisoire, mais la vieille dame était toujours vivante et n'avait pas du tout l'air de vouloir quitter ce monde, devant sans doute cette longévité aux six étages qu'il lui fallait se coltiner tous les jours. Elle avait au moins quatre-vingt-dix ans et travaillait sérieusement du chapeau. C'était la dernière des anciens habitants de l'immeuble. Même le palais Straga était désormais le siège social d'une entreprise important des ordinateurs. Si Flavia désirait la voir, elle n'avait qu'à monter. Mais ce serait probablement une perte de temps.

Flavia se dirigea vers le fond de la cour, d'où partait l'escalier sombre menant à l'étage des domestiques, puis fit une halte. Six étages ? Qu'est-ce qui valait la peine qu'on grimpe six étages ?

L'escalier était très peu accueillant. Il y faisait noir comme dans un four, et plutôt frisquet malgré le temps. Flavia dut s'arrêter plusieurs fois afin de ne pas arriver en haut trop essoufflée pour pouvoir se présenter. Après une assez longue ascension, elle finit par atteindre une mince porte à laquelle elle frappa fort.

Immobile, elle guetta des signes de vie. Elle entendit enfin les craquements du plancher. Une minuscule femme, courbée par l'âge, ouvrit et la dévisagea d'un air interrogateur. Flavia se présenta.

« Hein ? » fit la vieille dame en mettant sa main en cornet.

Flavia hurla qu'elle appartenait à la police et qu'elle souhaitait s'entretenir avec elle.

La femme ne la crut pas, et secoua sa canne comme pour indiquer que si Flavia faisait un pas de plus elle la rosserait d'importance. Flavia admira son courage sinon son réalisme. Elle aurait pu la soulever d'une main.

« Puis-je entrer ? cria-t-elle.

— Mais bien sûr ! » répondit la signora della Quercia d'une petite voix flûtée, comme si c'était elle qui l'en avait priée.

La pièce où vivait la vieille dame mesurait environ quatre mètres sur trois et était l'une des plus encombrées que Flavia eût jamais vues. Un lit, une table de toilette, un divan, un fauteuil, deux chaises de salle à manger, trois tables, une bibliothèque en bois, cinq ou six tapis, des plantes en pots, un petit réchaud et trois lampes, dont l'une émettait une lumière tamisée. Sur les murs, les rares espaces laissés libres par les meubles étaient recouverts de photos, crucifix, lettres encadrées et autres souvenirs d'une vie exceptionnellement longue. Il était impossible de faire un pas sans buter contre quelque chose et, sans attendre qu'on l'y invite, Flavia se faufila entre les obstacles avec moult précautions, de peur de briser quelque objet, puis s'installa sur un siège.

La signora della Quercia la suivit d'un pas chancelant et s'affala sur une chaise en face d'elle.

« J'ai quelques questions à vous poser sur l'une de vos anciennes employées, hurla Flavia à son adresse.

— Je suis une Médicis, vous savez !

— J'ai cru comprendre que vous dirigiez une école. Pour jeunes étrangères. Est-ce bien ça ?

— Je dirigeais en effet une école pour demoiselles étrangères. L'une des plus sélectes. Seules les jeunes filles de la meilleure société en suivaient les cours. La fine fleur de l'Europe. De délicieuses demoiselles.

— J'aimerais avoir des renseignements sur une certaine Maria Fancelli, cria Flavia, pleine d'espoir.

— Elles m'étaient toutes très reconnaissantes. Elles me considéraient comme leur seconde mère. Bien entendu, je n'encourageais pas ce genre d'intimité. Des jeunes personnes de ce milieu doivent garder un certain sens de l'étiquette, vous ne trouvez pas ?

— Je crois savoir que vous l'avez mise à la porte. C'est exact ? vociféra Flavia en dépit de la forte impression que deux conversations différentes se déroulaient simultanément dans la même pièce.

— Prenez les Anglaises, gazouilla la signora della Quercia en faisant allégrement fi de la question posée, elles ont toujours eu un grand sens de leur dignité. Très comme il faut, très réservées en général. Admirables ! Je pense vraiment qu'elles ont dégénéré ces derniers temps, à l'évidence.

— Fancelli ! relança Flavia avec optimisme.

— Et fort respectueuses de la culture italienne, bien sûr. Contrairement aux Françaises. Tout à fait le genre de demoiselles pour qui mon école avait été créée. Appartenant à la meilleure société. La fine fleur de l'Europe. Et elles épousaient le gratin, d'ailleurs.

— Les servantes ?

— Exemptes de cette vulgarité qui défigure tant les femmes modernes, tout en étant extrêmement affectueuses. C'était une époque plus douce, à n'en pas douter... Puis mes jeunes demoiselles se sont mises à avoir des idées. Adieu les chaperons ! Et certaines d'entre elles allaient jusqu'à boire durant les soirées et à danser avec des jeunes gens auxquels elles n'avaient même pas été officiellement présentées. Vous vous rendez compte ? »

Flavia hocha tristement la tête.

« Je suis si contente que vous partagiez mon avis. Peu de temps après, j'ai commencé à envisager de prendre ma retraite. Par chance, étant donné ce qu'on lit aujourd'hui dans les gazettes... Des jeunes filles bien élevées, voyez-vous, issues de bonnes familles, qui ont des idées au-dessous de leur rang ! » Elle ricana. « Je leur disais toujours : “Si Dieu avait voulu que vous travailliez, Il vous aurait fait voir le jour dans les classes laborieuses. S'Il avait souhaité que vous éleviez vos enfants vous-mêmes, Il vous aurait fait naître dans la bourgeoisie.” Elles m'écoutaient toujours. Elles me respectaient, vous savez. Parce que je suis une Médicis, vous comprenez ?

— Forster ? » hurla Flavia, dans l'espoir que le nom ravive un vieux souvenir poussiéreux. Après tout, l'entretien semblant procéder par association d'idées, il n'était guère utile de poser des questions précises.

« Heureusement, je n'ai jamais eu de grands scandales, babilla la vieille dame. Pure chance, sans aucun doute. Certains jeunes gens tournaient autour de mes élèves comme des mouches autour d'un pot de miel. Des mouches. Autour d'un pot de miel. Les porcs ! J'avais pour principe de ne recevoir que les jeunes filles les plus pures et de les rendre à leur famille tout aussi pures. Pouvez-vous imaginer les conséquences, si l'une d'elles avait été remise souillée à ses parents ? »

Flavia soupira, résignée à se contenter du rôle passif d'auditrice. Elle jeta un coup d'œil discret à sa montre. L'heure tournait.

« Ce genre de chose n'arrivait qu'aux servantes, continua son interlocutrice. Et que peut-on attendre d'elles ? Quoique certains des jeunes gens qui nous étaient présentés comme chevaliers servants n'aient guère mérité l'appellation de galants hommes. Oui, je m'en souviens maintenant. Pourquoi donc est-ce que je pense à ça soudain ? Quelque chose a dû me le remettre en tête. C'était l'année où Mlle Beaumont était élève de mon école, une servante s'est mal conduite et a dû être mise à la porte. Elle s'appelait Maria. Je savais qu'elle finirait mal, bien sûr. »

L'esprit de Flavia en étant venu, lui aussi, à procéder par associations, il commençait à faire des bonds en avant. Elle avait lancé le nom de Forster, et il avait déclenché les souvenirs de la vieille dame au sujet d'une servante prénommée Maria. Mais cela ne faisait guère avancer ses affaires.

« Forster ! hurla-t-elle à nouveau, à tout hasard.

— Le garçon impliqué n'avait aucune vergogne. Il traînait derrière Mlle Beaumont comme un chien derrière son maître, cherchant à se glisser dans ses petits papiers. Sachant à qui elle avait affaire, elle l'a traité avec le mépris qu'il méritait. Il s'est alors consolé ailleurs. Ce qui, permettez-moi de le dire, est tout à fait typique. Qui se ressemble s'assemble. Plus tard, elle a fait un beau mariage, comme tant d'autres de mes jeunes demoiselles. Comment s'appelait-il déjà ? Foster ? Non... Forster ? C'est ça ! Pourquoi donc ai-je pensé à ça ?

— Aucune idée. Comment s'appelait-elle ? demanda Flavia encore plus fort qu'avant.

— C'était bien sûr l'une de mes années fastes, celle où j'avais deux filles de ducs en même temps. Et la fille d'un millionnaire américain. Je nourrissais naturellement quelques doutes sur celle-ci, malgré ses excellentes recommandations. Et j'avais parfaitement raison, comme je l'ai appris à mes dépens. Elle passait trop de temps à parler aux domestiques. Quelle habitude vulgaire ! Aucune personne de bonne éducation ne se comporte ainsi. Pas même un Américain. Bon sang ne saurait mentir, vous savez.

— Comment s'appelait-elle ?

— Emily, il me semble. Emily Morgan. Elle venait de Virginie. Je crois que ça se trouve en Amérique. Bien entendu, je ne peux pas dire que j'aie jamais souhaité y aller moi-même.

— Pas elle ! La servante ! » Flavia se dressa devant elle, l'air menaçant, pour la forcer à reprendre ses esprits, ne serait-ce que quelques instants. Quel était le nom de famille de Maria, votre servante ? »

La vieille dame se recroquevilla sur sa chaise, tirée violemment de sa rêverie.

« Fancelli, répondit-elle. Maria Fancelli.

— Ah ! » soupira Flavia, soulagée. Épuisée par l'effort, elle buta contre le divan en reculant.

« Il va sans dire que je me suis débarrassée d'elle sans tarder. Je n'aurais pu la garder. Heureusement, l'affaire ne s'est pas ébruitée dans les milieux choisis que je fréquentais à l'époque. Ce n'est pas comme aujourd'hui, évidemment.

— Ah oui ! dit Flavia qui avait cessé de lui prêter grande attention.

— La signorina Beaumont a été très malheureuse, mais je l'ai consolée en lui expliquant que les gens de cette sorte retombent toujours dans leur ornière, quel que soit l'exemple qu'on leur donne. Il me semble qu'elle a essayé d'aider cette servante, la croyant simplement jeune et naïve. Mais moi, je ne m'y trompais pas. »

Flavia fit une grimace qui pourrait passer, espérait-elle, pour un sourire de compassion. Quelle vieille taupe ! se dit-elle.

« Ah ! cette époque est bien révolue ! reprit sans se lasser la vieille snob. Jadis la fine fleur de l'Europe considérait comme un privilège de venir chez nous. Mais que voit-on à présent ? Sacs à dos, camping, musique tonitruante et toutes sortes d'indécents mélanges des classes. Comme je le dis toujours, si l'aristocratie européenne souhaite survivre, il faudra qu'elle se garde de s'allier aux classes inférieures. Voyez-vous, signorina, je crains pour l'avenir, je vous assure.

— Vraiment ? » fit Flavia, abandonnant la lutte inégale.

C'est en partie parce qu'elle avait été mise K.-O. par la sénilité chaotique de la signora della Quercia que Flavia passa ses nerfs sur Giacomo Sandano en le soumettant toute la soirée à un interrogatoire excessivement serré.

Le pauvre homme ne méritait guère un traitement aussi sévère. Puisqu'il avait payé sa dette envers la société à propos de la petite affaire du Fra Angelico, nul doute qu'on aurait dû le laisser en paix. Mais, après les efforts déployés pour découvrir l'endroit où il se trouvait, il semblait dommage de ne pas donner suite. Respectant les strictes instructions de Bottando, Flavia voulait au moins montrer sa conscience professionnelle.

Après avoir appris que, contrairement à ce qu'elle avait imaginé, il n'était pas de nouveau en prison, elle le dénicha dans un bistrot d'une des banlieues malfamées de la ville. Sandano appartenait à cette catégorie d'optimistes toujours persuadés que leur plan est infaillible. C'était en partie pourquoi le service l'aimait tant. Chaque fois qu'il succombait à la tentation, on pouvait compter sur une prompte arrestation suivie d'un procès.

Bref, ainsi que le lui avait déclaré un jour un juge, c'était un bien piètre voyou, qui constituait davantage un danger pour lui-même que pour les autres. Ses sempiternels vols et escroqueries lui rapportaient si peu que personne n'arrivait à comprendre pourquoi il prenait la peine de les commettre.

Par exemple, sa brillante tentative de dérober des bougeoirs dans une église ne lui avait apparemment valu qu'une courte peine de prison. Comme le lui fit remarquer le juge d'instruction, c'était une fort bonne idée de penser à se cacher sous l'autel en attendant que l'on ferme l'église pour la nuit. C'était moins malin de choisir le soir du réveillon, la seule fois de l'année où on ne la fermait pas et où les fidèles s'y entassaient presque jusqu'à l'aube.

S'étant recroquevillé dans le coffre de l'autel dès dix-huit heures, Sandano avait révélé sa présence à deux heures du matin, lorsque de violentes crampes l'avaient fait hurler de douleur. Le prêtre et les fidèles tardèrent quelque peu à se remettre du choc causé par ce qu'ils prirent d'abord pour une voix divine sortant de l'autel mais, ensuite, ils le tirèrent de là et le revigorèrent avec du cognac, avant d'appeler la police qui le jeta à nouveau en prison.

La trentaine, malingre, négligé, l'homme était tassé au-dessus de son verre. Il dégageait en permanence une vague mais persistante odeur de tabac froid. Quel souillon ! pensa Flavia en avançant derrière son dos. Il pourrait quand même faire un petit effort...

« Je vous tiens ! s'écria-t-elle joyeusement, en plaquant sa main sur l'épaule de Sandano qui faillit sauter au plafond. Allez, avouez, Giacomo, avouez donc ! poursuivit-elle pour l'amadouer un peu.

— Quoi ? demanda, terrorisé, le petit bonhomme crasseux. Quoi donc ?

— Simple tentative. Une plaisanterie. J'ai eu envie de vous offrir à boire. Passant par là, je me suis dit : Voilà un certain temps que je n'ai vu mon vieil ami Giacomo. Il faut que je lui fasse une petite visite. Comment allez-vous ? »

Il secoua la tête et reprit contenance tant bien que mal.

« Ça va, répondit-il avec prudence. Qu'est-ce que vous me voulez ? »

Flavia afficha un air chagrin.

« Les inculpations sont réellement en baisse. Alors, Bottando et moi, on s'est dit : Et si on arrêtait ce bon vieux Giacomo ? Il a bien dû encore faire des siennes. »

Sandano tressaillit.

« Je me range, fit-il. Tout ça c'est du passé. Vous le savez bien.

— Taratata ! Et je suis certaine qu'après une nuit en cabane vous comprendrez que ce sont autant de balivernes.

— Écoutez ! Qu'est-ce que vous voulez au juste ? gémit Sandano. Pourquoi vous ne me fichez pas la paix ?

— Parce que je n'en ai pas envie. Je brûle de mettre quelqu'un au trou. Et vous faites assez bien l'affaire. Mieux que quiconque, même. Les bougeoirs... Il y avait combien de temps que vous étiez sorti de prison quand vous avez tenté ce coup ? Allez ! Soyez franc !

— Une semaine, avoua-t-il d'un ton penaud. Mais j'avais pas un rond.

— Pourquoi aviez-vous été mis en taule ? Dites-le ! Pourquoi, déjà ? À cause d'un tableau, pas vrai ? Ah oui ! je m'en souviens maintenant, un Fra Angelico. On a été très surpris. Ce n'était pas tout à fait votre catégorie, ce genre de chose. Vous vous en êtes bien tiré, en plus. Pour combien en avez-vous pris ? Six mois ?

— Neuf.

— Parlez-m'en ! On vous a coincé à la frontière, c'est ça ? Tout près et pourtant si loin... Et d'abord, comment l'avez-vous volé sans vous faire pincer ? »

Il tripota son verre, alluma une cigarette. Puis, après moult hésitations, lâcha : « Non.

— Non quoi ?

— Je ne l'ai pas volé. »

Elle haussa un sourcil.

« Allons, allons ! Vous avez avoué. Et vous le transportiez dans le coffre de votre voiture quand on vous a arrêté.

— N'empêche que je ne l'ai pas volé.

— Alors pourquoi avoir plaidé coupable ?

— Parce qu'on m'a proposé un marché. Je devais aider les carabiniers à résoudre cette affaire sans qu'ils aient besoin de vous faire venir de Rome... En échange, ils ont été d'accord pour fermer les yeux sur un ou deux autres petits problèmes.

— Vous voulez parler du Meissen ? » Elle faisait allusion à un service de table extrêmement précieux en porcelaine du XVIIIe qu'il avait lancé, du troisième étage de la maison où il l'avait volé, dans les bras d'un complice qui attendait en bas. Comme toujours, il y avait eu un hic.

— Oui, avoua-t-il, l'air penaud. Cette fois-là, j'ai agi comme un idiot. Ça, ça fait pas un pli. J'ai toujours pas compris pourquoi mon frère attendait de l'autre côté du bâtiment. Mais à part ça c'était une bonne idée. C'est seulement le bruit de la casse qui a mis la puce à l'oreille de la police.

— Oui. Quel manque de chance ! Par conséquent, vous avez simplement avoué avoir volé un tableau alors que ce n'était pas vous. C'est un peu bête, non ?

— Pas la peine de m'insulter. Ils m'ont dit qu'ils savaient que j'étais le coupable et ils n'ont pas voulu en démordre alors que je leur répétais que j'étais seulement le transporteur. Ils m'ont promis que si j'avouais, ils s'arrangeraient pour que j'écope juste d'une courte peine et qu'ils oublieraient le Meissen.

— Ils ont tenu parole, n'est-ce pas ?

— Oh oui ! Je me plains pas. Mais n'empêche, c'est pas moi qui ai volé le tableau.

— Mon pauvre ami ! dit-elle d'un ton compatissant. Laissez-moi deviner... Vous avez en fait trouvé le tableau dans une poubelle et vous avez pensé que ça ferait une belle surprise pour votre maman. Vous l'avez donc déposé dans votre voiture ; mais avant que vous ayez eu le temps de faire un paquet-cadeau, ces horribles policiers soupçonneux vous ont mis la main au collet.

— C'est à peu près ça. »

Flavia le regarda comme on regarde quelqu'un qui commence à vraiment vous taper sur les nerfs.

« Mais je vous dis la vérité ! s'écria-t-il avec indignation. On m'a passé un coup de fil pour savoir si je voulais un petit boulot. De coursier. Pour transporter un colis de l'autre côté de la frontière. Cinq millions de lires pour une journée de travail. Deux millions et demi d'avance. J'ai demandé ce que c'était et le type m'a dit que c'était un paquet...

— Quel type ? »

Il prit un air méprisant.

« L'ami d'un ami d'un ami. Un mec qui de temps en temps me file un petit boulot. Je me fiche de savoir qui organise tout ça en coulisse. Je devais le récupérer à la consigne de la gare de Florence et le déposer dans un casier de celle de Zurich. Puis je devais envoyer la clé à une boîte postale de Berne. Quand le paquet arriverait à bon port, on m'enverrait le solde de ma rémunération.

» Et avant que vous le demandiez, je vous précise qu'à l'époque j'avais aucune idée de l'identité du commanditaire. À l'époque. C'est pourquoi mon histoire n'a pas convaincu les carabiniers.

— À l'époque ? répéta Flavia. Que voulez-vous dire ?

— Pourquoi est-ce que je vous l'expliquerais ?

— Parce que si je veux, je peux faire de votre vie un véritable enfer. Et que la prochaine fois où vous êtes pincé pour un méfait quelconque j'examinerai le dossier avec bienveillance. Ce n'est qu'une question de temps. Considérez ça comme une assurance. Qui est l'auteur du vol ? »

Sandano agita les doigts et prit un air cachottier, finaud, et ensuite sournois pour faire bonne mesure. Pantomime peu ragoûtante.

« Vous n'allez pas citer mon nom ?

— Dieu m'en garde !

— Et vous vous rappelez les gens qui vous rendent des services ?

— Giacomo, ai-je l'air d'une personne qui laisse tomber ses amis ? Ou ses ennemis ? Dites-moi ce que vous savez. »

Sandano hésita puis prit une profonde inspiration.

« D'accord. Mais je vous fais vraiment confiance, notez bien.

— Bon. Je vous écoute.

— J'ignorais qui c'était à l'époque. Comme j'ai dit, ça s'est passé par téléphone. J'ai jamais vu personne. Une simple commission, et en ce qui me concerne, moins j'en sais, mieux je me porte. Ça a raté, vous êtes au courant, et je me suis fait piquer. J'ai purgé ma peine. C'est la règle du jeu.

» Mais il y a trois mois j'ai reçu une visite. Un gars m'a posé des questions sur le Fra Angelico. Sur ce qui n'avait pas marché. Il était très patelin et connaissait toute l'affaire. Il voulait s'assurer que j'avais rien dit à personne. J'ai répondu que j'aurais pas été en taule si j'avais cafardé, et il a eu l'air satisfait. Il m'a refilé un peu de pognon et m'a félicité de ma discrétion.

— Et ensuite ?

— Et ensuite, rien. Point final.

— Combien vous a-t-il donné ?

— Trois millions de lires.

— Et maintenant la grande question : savez-vous qui c'était ?

— Oui.

— Qui ?

— Un Anglais.

— Son nom ?

— Forster. »

5

Frank Hanson était un homme méthodique, circonspect, connaissant parfaitement son métier de policier anglais en zone rurale. Tous les jours, ou presque, il effectuait sa tournée en voiture, allant de village en village, s'arrêtant de temps en temps pour bavarder avec la population afin de lui montrer que la sécurité de chaque communauté lui tenait à cœur, et fermant les yeux, à l'occasion, sur les petites infractions commises un peu partout. C'était, en gros, un brave homme consciencieux, apprécié de ceux qui s'apercevaient seulement de sa présence parmi eux.

Lui se jugeait débordé de travail. L'itinéraire de sa tournée avait été élaboré jadis, à l'époque bénie où la campagne était sûre, où il n'avait à s'occuper que des rares bagarres de pub ou de quelques querelles de ménage. Aujourd'hui, à son avis, il n'y avait guère de différence entre la petite parcelle du Norfolk sous son aile et les pires quartiers de Londres ou même de

Norwich, villes dans lesquelles, il en était convaincu, la mort soudaine était le lot quotidien des habitants, et le vice, leur principale occupation.

Le mal urbain était parvenu jusqu'à lui. Depuis quelques années, les cambriolages, viols, incendies volontaires, vols de voitures et autres fléaux s'étaient abattus sur les villages, lui gâchant la vie car il était constamment obligé de se rendre d'un hameau à l'autre, de prendre des notes et de rassurer hypocritement les gens, en leur affirmant que les coupables ne pourraient échapper au châtiment.

Il se dirigeait en ce moment vers ce genre de monstruosité. Jack Thompson, un fermier possédant une grosse et prospère exploitation, venait de lui téléphoner, bafouillant d'indignation, pour se plaindre que son troupeau de vaches laitières comptait trois bêtes de moins que la veille. À l'évidence, la police du Norfolk allait devoir ajouter le vol de bétail aux différentes aberrations dont elle avait déjà la charge.

Un vol de bétail, songeait-il amèrement tandis qu'il traversait le village de Weller à une vitesse bien supérieure à celle autorisée. Et ensuite, quoi ? De la piraterie ? Il se racla la gorge, dégoûté. Des bandes venant de Norwich sautant à bord des péniches au milieu de la fumée et tirant des boulets de canon ? « Ça ne me surprendrait pas du tout », marmonna-t-il entre ses dents, tout en roulant à vive allure.

Il n'y avait plus la moindre discipline, poursuivit-il rabâchant l'un de ses thèmes favoris. Ce n'étaient pas seulement les voleurs, d'ailleurs. Le pays entier s'écroulait. C'était chacun pour soi désormais. Il reprochait au gouvernement de donner le mauvais exemple. Et de ne pas assez payer les fonctionnaires comme lui.

Tenez ! regardez-moi cet imbécile... Une route de campagne très fréquentée, mais munie d'excellents bas-côtés réservés aux piétons. Et comment se comporte-t-il ? Est-ce qu'il pense au danger qu'il court et qu'il fait courir aux autres ? Non ! il gambade en plein milieu de la chaussée comme s'il était chez lui. Onze heures du matin, et sans doute déjà soûl.

L'homme exagérait vraiment ! Il faisait des sauts de cabri comme un dingue relâché trop tôt – c'était un autre des griefs favoris du policier Hanson –, sans se préoccuper des risques encourus par la communauté. Hanson appuya violemment sur la pédale du frein afin de passer un bon savon à l'imprudent.

« Ah ! vous m'avez vu ! » s'écria l'homme d'une voix claire mais très émue. Plutôt bien vêtu, il avait des cheveux blonds et des mains fines qu'il tordait nerveusement.

« Je ne pouvais guère faire autrement, pas vrai, monsieur ? riposta Hanson, pince-sans-rire, dans la meilleure tradition des reparties policières. Vous ne croyez pas que vous seriez davantage en sécurité sur le trottoir ?

— Mais je voulais attirer votre attention. C'est urgent !

— Ah oui ? Et pourquoi donc ? »

L'homme fit un geste vague en direction d'une allée, une centaine de mètres un peu plus loin.

« Il y a un homme à l'intérieur », balbutia-t-il.

Hanson ne pouvait guère laisser passer une si belle occasion de faire de l'esprit.

« Et alors, qu'y a-t-il d'étonnant à cela, monsieur ? C'est une maison. Des gens habitent dedans. Pour sûr, si ç'avait été un poulailler...

— Oui, je sais ! s'exclama l'homme, agacé. Mais je veux dire qu'il est mort. C'est pour ça que je vous faisais signe de vous arrêter.

— Vraiment ? Dans ce cas, il vaut mieux y jeter un coup d'œil. »

Il indiqua sa position par radio et puisque, ayant sans doute déjà été transformés en hamburgers, les animaux du fermier Thompson pouvaient attendre, il pénétra dans l'allée de l'Old Mill House[1], tandis que l'homme qui l'avait arrêté trottinait derrière la voiture.

« Bien. Maintenant, monsieur, fit-il en sortant du véhicule, pourriez-vous me donner votre nom ?

— Argyll. Jonathan Argyll. J'étais venu voir un certain Forster, mais quand j'ai frappé ici personne n'a répondu. Comme la porte était entrouverte, je suis entré, et il était là. J'imagine qu'il n'a pas dû bouger.

— Ah ! Et si on allait vérifier ? »

Le policier Hanson se dirigea vers la porte, la poussa sans bruit et pénétra dans le vestibule.

---

1. La maison du vieux moulin. *(N.d.T.)*

En tout cas, les dons d'observation de M. Argyll étaient excellents. Le corps qui gisait au pied de l'escalier était bel et bien un cadavre, et l'angle anormal que faisait la tête avec le cou tordu en suggérait immédiatement la raison, tout comme le sang qui poissait les cheveux clairsemés et grisonnants. Le policier Hanson connaissait vaguement Geoffrey Forster. Il savait qu'il était plus ou moins dans les arts et qu'il travaillait pour les propriétaires de Weller House... Jusqu'à la mort de Mlle Beaumont, du moins.

Toute une série de cambriolages ayant été perpétrés dans la région, il pensa d'abord que c'en était un de plus. À moins qu'il ne s'agisse juste d'un accident. À son avis, ces vieilles maisons, si prisées des citadins, étaient extrêmement malcommodes, peu économiques et dangereuses. Assez pittoresques, soit, avec leurs toits de chaume et leurs murs badigeonnés, mais rien ne pourrait jamais le convaincre d'en habiter une. L'escalier, par exemple, tout de guingois, très glissant d'avoir été trop briqué. Il le gravit, et s'aperçut que la marche du haut était déboîtée et branlante. En sortant pour aller demander des secours par radio, il estima qu'il n'était pas du tout improbable que l'homme ait simplement glissé et dévalé l'escalier, et que le choc lui ait brisé le cou et défoncé le crâne. Il faudrait attendre de voir s'il y avait eu vol.

« Hé, ho ! s'écria-t-il en ressortant de la voiture de police après avoir envoyé son message. Où croyez-vous aller, hein ? »

Argyll, qui se dirigeait vers le portail d'entrée, se retourna, l'air inquiet.

« Je regardais un peu partout, vous savez, lança-t-il. À la recherche de quelque indice. »

Dieu du ciel ! se dit Hanson, c'est le genre mouche du coche... De toute façon, l'inconnu lui devait quelques explications.

« Pas question ! Revenez ici que je puisse vous garder à l'œil. Et d'abord, qui êtes-vous ? »

Argyll rebroussa chemin, les graviers de l'allée crissant sous ses pas.

« Je suis marchand de tableaux, expliqua-t-il. Je venais parler d'une peinture à M. Forster.

— Et de quelle peinture, s'il vous plaît ?

— Un tableau qui lui avait sans doute appartenu jadis. Tableau qu'il avait peut-être... volé, en fait », ajouta-t-il d'un ton gêné. Hanson haussa le sourcil.

« Ah oui ? fit-il simplement.

— Oui, répondit Argyll avec nervosité. J'allais lui poser des questions là-dessus. C'est pourquoi je suis là.

— Et en quoi cela vous regarde-t-il ? Vous êtes propriétaire de ce tableau ?

— Oh non !

— Vous l'avait-il volé ?

— Seigneur, non !

— Je vois... Eh bien ! monsieur, je vous prierais de ne pas bouger d'ici et d'attendre que nous décidions de prendre votre déposition.

— Ne serait-ce pas une bonne idée que je fasse un petit tour dans la maison pour voir si je peux découvrir quelque chose ?

— Non, monsieur, dit Hanson d'un ton exagérément patient. Ne bougez pas d'ici, d'accord ? »

Regrettant amèrement de ne pas s'être rappelé qu'en Angleterre il faisait frisquet l'été, les mains dans les poches et frissonnant dans le vent, Argyll passa donc la demi-heure suivante debout près de la voiture de police, dans l'attente que des renforts viennent enregistrer sa déposition.

Il rendit néanmoins quelques services aux représentants de l'ordre, le principal consistant à repousser les badauds qui, à leur passage devant la maison en sortant du village, remarquaient la voiture de police et cherchaient à savoir de quoi il retournait.

« Y a eu un accident. Mieux vaut s'en remettre aux experts », dit-il à un vieil homme débraillé, le tout premier à s'arrêter devant le portail, un sac en plastique plein de surgelés à la main et accompagné d'un chien galeux. L'homme haussa le sourcil d'un air entendu avant de repartir d'un pas tranquille.

« Y a eu un accident, répéta-t-il à un jeune type trapu, genre loubard, qui arriva quelques instants plus tard et fixa sur les lieux un regard fasciné, presque morbide. Au cours d'un cambriolage, peut-être. » À ces mots, le jeune homme s'esquiva furtivement, en grimaçant.

« Y a eu un accident..., lança à nouveau Argyll à une femme grisonnante, la cinquantaine bien tassée, qui entrait dans le jardin, l'œil vif et curieux. Circulez, s'il vous plaît ! » Il avait toujours voulu enjoindre à quelqu'un : « Circulez, s'il vous plaît. »

« Ne soyez pas ridicule ! répliqua-t-elle avec un cinglant mépris, balayant d'un geste son autorité usurpée. Pas question !... Hanson ! hurla-t-elle alors d'une voix d'une force inattendue au policier qui avait disparu à l'intérieur de la maison. Sortez de là ! »

Et Hanson s'exécuta avec une surprenante rapidité. Argyll fut impressionné. Le policier n'alla pas jusqu'à faire le salut militaire, mais il se montra à l'évidence bien plus courtois envers cette femme qu'envers lui.

« Dieu du ciel ! que se passe-t-il ici ? demanda-t-elle d'un ton sec.

— C'est M. Forster, madame Verney. Il est mort. La nuque brisée, on dirait. »

Elle parut surprise mais garda son sang-froid, sautant, en tout cas, les habituelles formules de regret, de stupéfaction ou d'effroi.

« Quand ? »

Hanson secoua la tête.

« Il y a un bon moment, m'est avis. Le cadavre est froid. M. Forster est apparemment tombé dans l'escalier. C'est ce monsieur (il indiqua Argyll d'un signe de tête) qui l'a trouvé.

— Il y a environ dix minutes, expliqua Argyll. Vers onze heures. J'avais rendez-vous avec lui.

— Ayez la bonté de me tenir informée, dit la femme au policier, cessant de prêter attention à Argyll après l'avoir toisé de la tête aux pieds. Après tout, la maison nous a appartenu. Je sais bien que nous aurions dû faire réparer l'escalier. Est-ce la marche du haut ? Elle a toujours été un peu branlante. Je lui en ai parlé une fois... »

Le policier ayant répondu qu'il faudrait attendre l'arrivée des experts pour se prononcer, elle resta là, les mains dans les poches, l'air songeur.

« Eh bien ! fit-elle après quelques instants, si je dois être poursuivie pour avoir vendu à quelqu'un une maison à l'escalier dangereux, j'aimerais le savoir le plus vite possible... Allons-y, Frederick ! » s'écria-t-elle après avoir sifflé le labrador qui flairait les rosiers. Argyll se dit que s'il y avait eu des indices utiles, des empreintes dans la terre par exemple, ils étaient désormais effacés.

Puis, s'éloignant dans l'allée à grands pas, la femme sortit du jardin et disparut.

« Qui était-ce ? demanda Argyll au policier, espérant que le fait d'avoir subi le même assaut les rapprocherait.

— Mme Mary Verney, la châtelaine du coin. Non pas, d'ailleurs, qu'elle soit vraiment du coin ou qu'elle possède encore beaucoup de terres, à ce qu'on dit. Elle est sympathique, mais elle n'est pas réellement d'ici. Elle n'a pris les choses en main que récemment, à la mort de sa cousine.

— Ah, bien ! »

Sur ce, la police débarqua en force pour se livrer aux diverses tâches requises, mettant ainsi fin à cette conversation amicale et aux occasions de rapprochement.

Alors, le lourd char de la justice s'ébranla. On prit des photos, on mesura des distances, on examina les fenêtres, on fronça les sourcils, on se gratta le menton. On déplaça le corps, on enregistra la déposition du témoin. Cela dura des heures, selon Argyll sans grands progrès.

La police locale était très contente d'elle-même, cependant. Telle une bande de garçons coiffeurs survoltés, les preneurs d'empreintes vibrionnaient de toutes parts en haletant. Divers autres experts suggérèrent qu'à première vue Geoffrey Forster s'était probablement tué en tombant dans l'escalier. Mais ils se gardaient bien d'expliquer les circonstances de ce malencontreux accident.

Privé de tout élément substantiel à se mettre sous la dent, ils se vengèrent en s'intéressant de très près à Argyll, un peu à la manière de Flavia avec Sandano. Jonathan passa donc plusieurs heures à décliner son identité, expliquer la raison de sa venue, relater ses divers faits et gestes. S'ils souhaitaient obtenir des références morales à son sujet et sur l'ensemble des services qu'il avait rendus à la police, il leur recommanda de s'adresser à la brigade de la protection du patrimoine italien. Une certaine signorina di Stefano, précisa-t-il, parlait assez bien l'anglais pour le porter aux nues en employant une langue qu'ils comprenaient.

Avec une certaine réticence, le cerveau collectif de la police s'achemina peu à peu vers la conclusion que si Forster avait reçu un coup de main pour effectuer sa descente fatale, il était improbable qu'Argyll y fût impliqué, d'autant plus que, les premières déductions des médecins faisant remonter le décès à au moins douze heures, Argyll pouvait assez aisément prouver qu'à cet instant-là il se trouvait encore à Londres. Sans éliminer quelque combine louche, force était de constater que ça ne collait pas vraiment. En outre, en l'absence de Flavia, Bottando fit son devoir en affirmant qu'à son avis Argyll était en général respectueux des lois.

« Et ce tableau, demanda l'inspecteur Wilson, pensiez-vous que M. Forster l'avait en sa possession ?

— Non. J'en aurais été étonné. Ce ne serait pas très malin de garder un tableau volé durant plus de deux décennies. Dans ce cas, pourquoi prendre la peine de lc volcr ?

— Mais au téléphone vous avez eu le sentiment qu'il savait à quoi vous faisiez allusion ?

— Oh oui ! j'ai eu nettement cette impression. Il m'a dit qu'il me parlerait de *ça*. Il a insisté sur ce mot, voyez-vous.

— Vous savez de quel tableau il s'agit ?

— J'en possède une description approximative. On me l'a donnée il y a quelques jours. Auparavant, je n'en avais jamais entendu parler. C'est une Vierge à l'enfant.

— Vous n'avez pas de photo, j'imagine ? »

Argyll secoua la tête et répondit que personne n'en avait.

« Merci de votre précieuse collaboration, monsieur. Donc, vous êtes arrivé sur les lieux... »

Et les choses continuèrent dans la même veine. Déposition tapée à la machine, témoignage, confirmation, signature. Enfin, tout fut terminé

« Ah ! Encore une chose, monsieur. Votre passeport...

— Plaît-il ?

— Pourriez-vous me le remettre, monsieur ?

— Quoi ? Pourquoi ? »

Wilson sourit d'un air gêné.

« Je suis certain que vous allez le récupérer dans quelques jours.

— Vous voulez dire que je me retrouve coincé ici ? »

Nouveau sourire.

« Et mon travail ? Je vis en Italie, vous savez.

— Je sais. C'est pour ça que nous souhaitons garder votre passeport.

— Mais je ne suis pas en état d'arrestation ? Je ne suis pas considéré comme un suspect, n'est-ce pas ?

— Oh non ! Mais nous aurons peut-être besoin de vous interroger à nouveau, et ça nous facilitera la tâche si vous restez dans les parages. »

Le ton était fort courtois mais ferme. L'air renfrogné et quelque peu inquiet, Argyll tendit le document. Il n'avait jamais imaginé qu'on pût le lui confisquer ainsi. Il lui manquait déjà un peu.

Après lui avoir indiqué qu'une nouvelle déposition serait requise le moment venu, on le laissa libre de son temps, même si dans un village comme Weller il ne savait trop de quelle manière l'employer. Tandis qu'il passait devant l'arrêt d'autobus dans la seule rue digne de ce nom, il comprit qu'il était dans de beaux draps. Le dernier autocar pour Norwich était parti et il n'y avait guère de chances qu'il ait un train pour retourner à Londres. Il serait contraint de solliciter l'aide de la police pour le véhiculer. Sauf, bien sûr, s'il trouvait un gîte dans le village.

N'ayant plus de cigarettes, il alla se réapprovisionner et se renseigner.

« Cinq paquets de Rothman », demanda-t-il à la femme revêche au teint terreux derrière le comptoir du minuscule magasin-bureau de poste. Il saisit l'un des paquets que l'on posa devant lui tout en jetant un coup d'œil alentour, à la recherche de rations de survie, au cas où... Hélas ! tout était en boîte, avait été surgelé des années-lumière auparavant ou était recouvert d'une mince couche de poussière. Il décida de se contenter de quelques biscuits. Il faut dire qu'en Italie on ne sait pas vraiment fabriquer de ces bons biscuits avec une couche de chocolat sur le dessus.

« Dites-moi, demanda-t-il à la vendeuse – belle illustration, à ses yeux, du danger des mariages consanguins et des mauvais régimes alimentaires –, y a-t-il un hôtel dans les parages ? Où je pourrais passer la nuit ?

— Vous êtes flic ?

— Non.

— Ça fera douze livres cinquante.

— *Quoi ?*

— Pour les cigarettes. Douze livres cinquante.

— Seigneur ! s'écria-t-il en lui donnant une grande partie de son argent liquide. Et l'hôtel ?

— Y a pas d'hôtel.

— Mais il y a un pub ! » lança une voix joyeuse et familière derrière son dos. Il se retourna et découvrit Frederick le labrador dans l'encadrement de la porte. « Cependant, les chambres comportent quelques inconvénients.

— Il y a des rats..., lâcha-t-il avec un soupir.

— Exact, acquiesça tranquillement Mary Verney. Vous pourriez survivre une nuit ou deux. Vous êtes obligé de rester là à cause de Geoffrey, c'est ça ? »

Ce n'était pas le genre discret. Voyant du coin de l'œil la grosse vendeuse de cigarettes au teint blafard se rapprocher un peu pour mieux entendre la conversation, Argyll se glissa vers la porte, suivi de Mme Verney.

« Comment vous appelez-vous ? » demanda-t-elle au moment où ils ressortaient à l'air libre.

Sa voix était agréable, bien timbrée, étonnamment dépourvue d'accent. Argyll se dit que c'était seulement parce qu'elle parlait de façon normale. Elle n'avait ni l'accent à couper au couteau des gens du coin ni celui, atrocement pointu, qu'on associe en général à l'aristocratie.

Argyll se présenta, puis regarda de plus près sa compagne. Une Anglaise typique, tout en tweed et poils de labrador. Traits bien dessinés, comme on dit, et cette sorte de teint à la fraîcheur entretenue par des décennies de pluies froides et cinglantes reçues de plein fouet durant les chasses à courre.

« Au fait, que diriez-vous d'une tasse de thé ? J'allais en préparer. C'est un prétexte pour vous tirer les vers du nez à propos de Geoffrey et de ce qui s'est passé là-bas... Un homme averti en vaut deux ! La police reste affreusement discrète et je meurs d'envie de savoir de quoi il retourne. »

Argyll hésita, puis accepta l'invitation. Ça lui changerait un peu les idées. En outre, s'il fournissait des renseignements à Mme Verney elle pourrait peut-être lui rendre la pareille.

C'est pourquoi ils reparcoururent côte à côte la grand-rue du village avant de s'engager dans une large avenue partant vers la droite. La nouvelle connaissance d'Argyll discourait à qui mieux mieux sur la famille de geais nichant dans le chêne ou sur les dégâts causés par le champignon parasite de l'orme, qui avait complètement transformé la région. Ses remarques étaient ponctuées de sifflements et de cris à l'adresse de Frederick qui gambadait à leurs côtés, fourrant allégrement son nez dans chaque flaque de boue qui se présentait à son regard.

Dans l'ensemble, le village n'était pas déplaisant, se dit Argyll, ainsi situé dans l'une des rares parcelles de l'Est-Anglie qui ne fût pas plate comme une crêpe et balayée par des vents violents soufflant en droite ligne du pôle Nord. À l'évidence, néanmoins, il périclitait depuis des siècles. Il comptait sans doute moins de mille habitants, dont la plupart occupaient de minuscules pavillons dans la toute petite rue principale, des fermes ou encore des chaumières d'ouvriers agricoles excentrées. L'église quant à elle aurait fait la fierté d'une ville de bonne taille. Elle était assez spacieuse pour accueillir le village entier sans que tous les sièges soient utilisés. L'austère clocher carré dominait l'ensemble du paysage, et l'absence d'autre bâtiment aussi imposant indiquait nettement que la communauté ne s'était jamais tout à fait remise de la peste noire.

Aux abords du village, refermé sur lui-même, un petit lotissement de maisons modernes avait été construit, regroupant des gens qui souhaitaient vivre à la campagne sans renoncer le moins du monde ni à l'architecture ni au mode de vie des banlieues. Et il y avait Weller House.

Le manoir, bâti, selon l'estimation d'Argyll, vers la fin du XVIIe siècle, se dressait au bout d'une allée majestueuse, quoique plutôt mal entretenue. Au XIXe, on l'avait mis au goût du jour en hellénisant l'une des façades, puis, quelques décennies plus tard, en donnant un aspect gothique à l'autre, si bien qu'il avait vraiment l'air de sortir d'un manuel sur les divers styles architecturaux. Le résultat était fort charmant, malgré tout. De taille idéale, le château n'était pas immense. On pouvait y vivre sans problème tout en impressionnant les voisins à trente kilomètres à la ronde.

Calme et tranquille, en outre, se dit-il. À plus d'un kilomètre du village, séparé des manants par un domaine encore très vaste – quoique envahi par une végétation qui le transformait en véritable forêt vierge –, un haut mur de pierre et une grille de métal rouillée s'ouvrant sur la route. Si jadis le mur d'enceinte était destiné à éloigner les paysans, il servait aujourd'hui à protéger les châtelains de tous les bruits du monde moderne. Adaptation, voilà le mot-clé.

Hélas, il aurait fallu davantage qu'un mur de pierre... Juste au moment où Argyll admirait la sérénité de l'endroit, une autre sorte de vrombissement se fit entendre dans le lointain. Comme il cherchait à deviner quel genre d'orage se préparait là-bas, le bruit s'intensifia, et le lent roulement de tonnerre devint un mugissement de plus en plus aigu. Puis, accompagnées d'une retentissante déflagration qui fit trembler le sol sous ses pieds, deux terrifiantes formes noires fendirent l'air à une centaine de mètres au-dessus de sa tête, zébrant les cieux à une vitesse inouïe. Elles disparurent derrière la cime des arbres à l'extrémité du parc et le bruit s'estompa peu à peu.

« Dieu du ciel ! Qu'est-ce que c'était donc ? » demanda-t-il à son hôtesse qui ne semblait pas prêter la moindre attention au phénomène. Elle jeta machinalement un coup d'œil à sa montre.

« Cinq heures trente, fit-elle d'un ton mystérieux. Ils ont dû de nouveau bombarder l'Écosse.

— Quoi ?

— Les F 111, expliqua-t-elle avec toute l'indifférence née de l'habitude. Des bombardiers américains, ajouta-t-elle, au cas où Argyll n'aurait pas été très calé en aéronautique. Leur base se trouve à une huitaine de kilomètres d'ici et nous sommes placés sous leur couloir aérien. Quand ils se sentent en forme, ils ne résistent pas à la tentation de mettre les gaz et de remonter la trouée de l'allée entre les arbres à toute berzingue. Foutu bruit, pas vrai ?

— On ne peut rien faire pour les en empêcher ? La maison finira par s'écrouler à force de vibrer comme ça. »

Elle désigna une longue lézarde sur la façade.

« J'essaye de convaincre les Américains que c'est la faute de leurs pilotes et qu'ils devraient payer les réparations. En réalité, je crois que cette lézarde est apparue avant la naissance des frères Wright, mais peu importe. Avec un peu de chance, ils cracheront au bassinet avant leur départ.

— Leur départ pour où ? »

Elle haussa les épaules.

« Pour leur lieu d'origine, quel qu'il soit. La base est en train de fermer, ils croient que nous ne courons plus aucun danger. Quel malheur !

— Pourquoi donc ? Ce sera beaucoup plus calme.

— Oui, et c'est bien là le problème. Les gens qui travaillent à Londres ne veulent pas vivre ici parce que c'est trop bruyant... Mais, quand les Américains seront partis, Weller deviendra une ville-dortoir de plus. En outre, les Américains ont été incroyablement généreux. Ils voulaient tellement être aimés qu'ils ont payé le double vitrage de toutes les maisons du coin, repavé les rues utilisées par leurs camions, et organisé chaque année des réceptions et des excursions pour les enfants du village. Quels gens extraordinaires ! Bien plus efficaces que nos édiles. Mais la fête est finie. La plupart des gens d'ici considèrent que tout ça, c'est la faute des Russes. De leur mollesse et de leur faiblesse... Bon, allons-y ! »

Tout en digérant cette étrange analyse géopolitique, Argyll franchit derrière Mme Verney les grandes portes de bois à la peinture écaillée et boursouflée, et pénétra dans le vestibule. Il attendit patiemment, tout en contemplant les trous de vers apparents dans les lambris marron foncé, tandis que son hôtesse se forçait à bouillir d'indignation avant de téléphoner au commandant de la base et de se plaindre que ses pilotes utilisaient son arboretum pour s'entraîner au tir de précision. « Derechef, colonel, derechef ! » conclut-elle d'un ton précieux.

« Bon, le thé, maintenant. Et les ragots. Mais d'abord le thé... » Elle descendit devant Argyll un escalier délabré, en direction d'une cuisine si ancienne qu'on eût pu la transporter telle quelle pour l'exhiber dans une exposition sur la vie domestique à l'époque d'Édouard VII. Elle se mit en devoir de préparer le thé.

« Pas d'appareils modernes ni de domestique pour faire fonctionner les anciens, commenta-t-elle. Le pire des deux mondes. Je passe mon temps à essayer de remettre les plombs qui sautent. C'est incroyable ce qu'on peut apprendre sur les circuits électriques quand on devient châtelaine.

— Je croyais qu'on l'était de naissance. N'est-ce pas la condition sine qua non ?

— Ça dépend de la résistance de la lignée. Celle des membres de ma famille laisse à désirer. Ils meurent comme des mouches. Je suis l'une des dernières survivantes. Mon oncle Godfrey, qui a laissé tomber le domaine dans l'état où vous le voyez, a cassé sa pipe il y a une quinzaine d'années. Sa fille est morte l'hiver dernier en me laissant ce foutu mausolée – générosité dont je me serais assez bien passée – et son chien, bien sûr. Ç'a été le pire jour de ma vie quand j'ai hérité de cette baraque. Le chien, lui, est sympa malgré tout.

— Vous n'êtes pas obligée de vivre ici, n'est-ce pas ? Pourquoi ne fermez-vous pas la maison pour vous installer dans un confortable pavillon ? »

Elle soupira en versant l'eau frémissante d'une bouilloire grande comme une baignoire.

« Et qui changerait les plombs quand ils sautent ? Déboucherait la tuyauterie ? Réparerait les fuites du toit ? Sans une constante attention, ce taudis baroque s'effondrerait en une semaine. On ne peut pas simplement claquer la porte et l'oublier. Et avant que vous ne le suggériez, ne croyez pas que l'idée ne m'ait pas déjà traversé l'esprit ! Grosse assurance, bel incendie, moi pleurant à chaudes larmes au moment où je touche le chèque... » Argyll s'assit à la table de la cuisine et lui fit un grand sourire.

« ... et, bien entendu, je me ferais pincer... Pas question de passer le reste de ma vie en prison pour ce truc.

— Vous pourriez en faire cadeau à quelqu'un, non ? »

Elle poussa un grognement de mépris.

« À qui ? Je suis la seule Beaumont qui ait jamais gagné un sou. Et si je ne m'en sors pas, moi, les autres en seront encore moins capables. Tout ce que je peux dire en leur faveur, c'est qu'ils sont trop raisonnables pour s'y frotter. Ils savent reconnaître une mauvaise affaire au premier coup d'œil.

— Et la Caisse nationale des monuments historiques et des sites ?

— Elle l'accepterait. Mais pas grevée de dettes, ce qui est le problème en ce moment. Donc, je l'ai sur les bras, sauf si j'arrive à trouver de l'argent frais. Quel drôle de monde, hein ? Je ne pense pas que vous disposiez de deux ou trois millions de livres sterling dont vous ne savez que faire ? On pourrait transformer le domaine en centre de conférences ou le remplir de riches vieillards auxquels on piquerait tous leurs sous.

— Je n'ai pas d'argent sur moi.

— Dommage...

— Pas d'enfants ?

— Trois. Des jumeaux et un tout seul. Ils se sont éparpillés aux quatre vents, Dieu merci ! Je les aime tendrement, bien sûr, mais maintenant qu'ils découvrent par eux-mêmes les horreurs de la vie, je trouve que mon existence est bien plus calme. J'ai tout à fait l'impression d'avoir retrouvé ma jeunesse.

— Eh bien !...

— Mais parlez-moi un peu de vous. Qui êtes-vous ? D'où venez-vous ? Vivez-vous seul ? Êtes-vous marié ? Surtout, que se passe-t-il dans le village ? Et en êtes-vous la cause ? »

Argyll dut donc payer son écot en racontant sa vie par le menu, tandis que son hôtesse à l'esprit vif et acéré hochait la tête ou posait des questions complémentaires. Son contre-interrogatoire serré d'Argyll à propos de la mort de Geoffrey Forster eût empli de fierté un avocat expérimenté.

« Mais êtes-vous un *bon* marchand de tableaux, cher ami ? » demanda-t-elle après avoir épuisé le sujet de Geoffrey et entrepris de fouiller dans la vie personnelle d'Argyll.

Il haussa les épaules.

« Je ne suis pas mauvais en ce qui concerne l'aspect artistique. C'est le côté commercial qui me coule. Il paraît que je manque de combativité.

— Vous n'avez pas les dents assez longues, c'est ça ?

— C'est ce que tout le monde dit. En fait, ce sont surtout les fonds pour acheter les tableaux qui manquent. Les marchands de tout premier plan ont commencé soit avec une fortune personnelle, soit avec un soutien financier. Mais on ne semble pas se bousculer au portillon pour m'aider.

— Bonne chance !

— Merci. »

C'est ainsi que la conversation continua son petit bonhomme de chemin. Il était déjà presque huit heures lorsque Argyll jeta un coup d'œil à la pendule murale, sursauta et se leva.

« Vous êtes pressé ?

— Pas exactement. Mais je dois partir. Il faut que je trouve un endroit où passer la nuit.

— Restez ici !

— Non, je ne puis abuser de votre hospitalité.

— À votre guise. Combien de temps les policiers vont-ils s'intéresser à vous ?

— Aucune idée. Je ne vois vraiment pas ce que je pourrais leur apporter. Mais ils ont l'air de vouloir que je m'attarde encore un peu. Ils m'ont d'ailleurs confisqué mon passeport. »

Elle hocha la tête.

« Vous êtes donc une sorte de prisonnier. Écoutez, si vous êtes toujours là demain, venez dîner. Je peux vous assurer qu'en tout cas vous mangerez mieux ici qu'au pub. »

Argyll répondit qu'il serait enchanté de revenir.

6

Flavia rentra de Florence d'assez joyeuse humeur et, avant de regagner ses pénates pour la soirée, passa au bureau afin de mettre Bottando au courant de ses découvertes.

« Il est dans les parages ? demanda-t-elle à Paolo qui se tenait près de la machine à café.

— Il me semble, répondit son collègue. Vas-y mollo, quand même. Il est de mauvais poil cet après-midi. J'allais solliciter une journée de congé pour me récompenser d'avoir attrapé le type du Léonard, mais je me suis ravisé quand j'ai vu sa tête. Il avait sa mine d'"astreinte dominicale".

— Pourquoi donc ?

— Sais pas. Juste l'âge, sans doute. Même si on a été jadis excellent, ça use, de faire toujours le même boulot... »

À bon entendeur, salut ! Paolo était passé à l'ennemi. Flavia gravit l'escalier et s'apprêta, avec un savant dosage de compassion et de prudence, à faire le compte rendu de sa mission au général.

Il ne parut pas impressionné, cependant, hochant seulement la tête d'un air absent.

« Qu'est-ce qui se passe ? Paolo m'a averti que vous jouiez les vieux grincheux aujourd'hui...

— Ah vraiment ? Quel manque de savoir-vivre ! Et de plus, il sous-estime mon état d'esprit. Je suis en fait plus furieux que je ne l'ai jamais été de toute ma vie.

— Argan ? »

Bottando acquiesça.

« Ça concerne les disquettes que je vous ai données ? »

Il hocha à nouveau la tête.

« Argan s'est emparé d'une grande partie du dossier Giotto, en a pris connaissance, puis a fait circuler un énorme rapport. Il explique comment nous perdons notre temps, gaspillons les fonds à inventer des romans, et souligne notre parfaite ignorance de la criminalité moderne. Il se moque de toute l'affaire, s'arrange pour donner l'impression qu'on prend cette histoire Giotto au sérieux, ce qui n'est pas officiellement le cas. Qu'on s'en occupe en ce moment, ce qui est faux. Et que je suis, quant à moi, tellement en proie à mes lubies que la bonne marche du service est sacrifiée à la poursuite de mes chimères. Pour preuve, votre visite à cette dame Fancelli. Et votre déplacement à Florence. Comment a-t-il su que vous alliez y travailler sur ce dossier ?... Je n'en ai pas la moindre idée.

— Zut ! » Commentaire, sinon brillant, du moins explicable. Paolo aurait-il misé sur la nouvelle recrue dans le cadre de sa demande de promotion ?

« L'idée générale est que je suis inefficace, sinon sénile, qu'il faut de toute urgence prendre une décision afin que le service soit placé entre des mains sûres sachant tenir correctement la barre.

— Des mains appartenant à Corrado Argan ?

— Même lui n'ose le préciser, mais c'est sous-entendu.

— Effaçons le fichier sur son ordinateur.

— Qu'est-ce que ça apporterait ?

— Ça vous ferait gagner du temps.

— Pas beaucoup. C'est trop tard, d'ailleurs. Il a déjà imprimé et envoyé quinze copies.

— Quinze ?

— Le premier exemplaire pour le ministre, les autres pour ses quatorze subordonnés par ordre hiérarchique.

— Oh ! flûte !

— C'est tout ce que vous trouvez à dire ? Je vais lui faire la peau !

— Allons, allons ! Calmez-vous !

— Me calmer ? Pourquoi ? Je refuse de me calmer.

— C'est ce que je vois. Mais je ne pense pas que ça va arranger nos affaires. Vous diabolisez Argan, ce n'est pas la meilleure façon de réagir.

— Alors, que suggérez-vous ? Je ne serais pas à ce point furieux si, justement aujourd'hui, des bribes de preuves n'indiquaient pas que la piste ouverte par cette femme a enfin des chances d'aboutir quelque part. Je ne sais pas où, bien sûr. Mais, hélas ! je ne peux pas prendre le risque de la suivre.

— Que voulez-vous dire ?

— C'est votre Jonathan... La police anglaise a téléphoné pour avoir des renseignements sur lui. Il a découvert que Forster était un marchand de tableaux dont on vient de trouver le cadavre. Il a peut-être été assassiné.

— Tiens, tiens ! s'exclama Flavia, très intéressée. Dites-moi tout. »

Il lui fit part du peu qu'il savait.

« C'est un rien compliqué, dit-elle quand il eut terminé son compte rendu, mais ça rend le personnage plutôt intéressant à étudier, non ?

— Pas si on découvre qu'il s'agit seulement d'un accident.

— Autre chose ?

— Non. À part le fait que ces policiers souhaitent savoir si on a quelque chose sur Forster. S'il avait des contacts ou des affaires ici. C'est casse-pieds.

— Pourquoi ? Ça ne va pas nous prendre longtemps. Et c'est plutôt banal comme recherches.

— Bien sûr. Mais ils feront une demande officielle, enregistrée, et qui signalera sans doute qu'on s'intéressait déjà à ce foutu individu. Ce qui fera paraître encore plus retorses mes déclarations à Argan lui assurant que tel n'était pas le cas. Voyez-vous, j'aurais pu prétendre que vos efforts relevaient de l'enthousiasme d'une jeune subordonnée inexpérimentée...

— Merci bien !

— ... mais des bouts de papier officiels mentionnant ma conversation avec la police anglaise à propos de Forster, c'est plus ennuyeux. Votre Jonathan essayait de se rendre utile, j'imagine, mais il a abouti au résultat contraire. Comme d'habitude. Vous lui aviez bien dit de ne pas s'occuper de Forster, n'est-ce pas ?

— Euh !...

— Ah, parfait !...

— Mais tant mieux qu'il s'en soit occupé ! affirma-t-elle avec force. Parce que je me suis entretenue avec la signora della Quercia. Elle déraille complètement mais ses divagations semblent coller avec ce que nous a déclaré la Fancelli. Elle se rappelait même Forster et Maria Fancelli.

— Hmm.

— Et surtout, j'ai eu une petite conversation avec Sandano. Lequel soutient maintenant qu'il n'a pas volé le Fra Angelico. Il raconte que les carabiniers l'ont persuadé d'endosser la culpabilité, ce qui est fort possible. Il affirme avoir juste servi de livreur pour le compte de quelqu'un.

— Ah oui ?

— Pour le compte d'un Anglais nommé Forster. »

Bottando fixa sur elle un regard impassible et grave.

« Grands dieux !

— On ne peut pas lui faire entièrement confiance, mais j'ai réfléchi à la question. Ce vol de Padoue a été exécuté de main de maître. Pas la moindre anicroche. Ça n'a raté qu'à cause d'un douanier zélé. Bon, à votre avis, est-ce que ça ressemble vraiment à un boulot signé Sandano ? »

Bottando médita un bref instant.

« Pas vraiment. Donc, nous avons deux pistes très prometteuses... »

Il se frotta le menton et tambourina sur le bureau.

« C'est quitte ou double, n'est-ce pas ? constata-t-il avec un soupir. On enquête sur Forster et on découvre quelque chose, alors on peut concocter un rapport prouvant qu'on ne gaspillait pas notre temps et faire apparaître Argan comme un enquiquineur. Ou bien on enquête sur l'individu sans rien trouver...

— Fiez-vous à votre instinct.

— Mon instinct me souffle qu'il y a quelque chose de louche et ça me rend prudent. » Il poursuivit encore sa réflexion, puis plaqua sa main ouverte sur le bureau. « Non ! s'écria-t-il, j'en ai assez. Voyons ce qu'on peut trouver ! Si Argan affirme que c'est une perte de temps, c'est que l'affaire doit valoir la peine d'être étudiée. »

7

Appuyé contre le comptoir du pub et bien moins guilleret qu'auparavant, Argyll réfléchissait aux tristes choix qui s'offraient à lui. Arrivé au pub à presque neuf heures, il avait gagné le comptoir pour manger un morceau avant de chercher une chambre où passer la nuit.

« Œuf à l'écossaise[1] oignons au vinaigre, saindoux, lui proposa-t-on. Ou pourquoi pas, si ça vous tente, un bon sandwich au jambon ? Il doit en rester un du déjeuner... »

À la fois déçu et horrifié, Argyll secoua la tête. « Une pinte de bière et un paquet de chips, s'il vous plaît.

— Je vous comprends ! » lança une voix qui n'avait pas du tout l'accent du cru mais plutôt celui d'une

1. *Scotch egg.* Œuf dur entouré de chair à saucisse et pané. *(N.d.T.)*

région du côté du Wisconsin. Regardant vers l'extrémité du comptoir, il aperçut deux hommes. L'un d'eux, vieux, noueux, l'œil vif, était clairement du coin, tandis que l'autre, jeune, le teint frais, la mine sombre, avait l'air étranger. Il portait l'uniforme, et c'est lui qui était sorti de son mutisme pour commenter les plats traditionnellement servis dans les pubs.

« Vous êtes pas d'ici ? demanda le vieux type rabougri perché sur un tabouret, prenant le relais. Vous êtes le gars que j'ai vu chez Forster ce matin, poursuivit-il d'un ton accusateur. Celui qui m'a dit de circuler. Vous êtes dans la police, c'est ça ? »

À l'évidence, il n'y aurait aucune échappatoire. Toute la population de l'Est-Anglie devait désormais savoir qui il était et souhaiter avoir une conversation privée avec lui sur Geoffrey Forster. Mais, comme avec Mary Verney, ça ne dérangeait pas Argyll, dans la mesure où c'était profitable aux deux parties. Il ne voyait pas pourquoi il devrait rester discret.

« Non, répondit-il. J'ai juste trouvé le corps.

— C'est vous l'assassin ? »

La question le prit de court. Vraiment, elle paraissait un tantinet impolie. Il s'empressa d'expliquer qu'il avait vu Forster pour la première fois après sa mort.

« Alors, qui l'a tué ?

— Je n'en sais fichtre rien. Et qu'est-ce qui vous fait croire que quelqu'un l'a assassiné ?

— C'est que je l'espère ! rétorqua le vieil homme.

— Pour sûr ! » fit l'aviateur originaire du Wisconsin en fixant sa bière d'un œil morne. Ce n'était pas un brillant causeur.

« Il s'appelle Hank, précisa le vieux type. Il a un autre nom, mais pas la peine de vous le donner. C'est imprononçable. C'est parce qu'il est étranger. Moi, c'est George. »

Argyll hocha poliment la tête.

« Par conséquent, qui est-ce que la police soupçonne ? continua le vieux avec méthode, de peur qu'Argyll s'engouffre dans une faille de l'interrogatoire et cherche à dissimuler des éléments utiles à l'enquête. Est-ce qu'on a vu quelqu'un quitter le lieu du crime ?

— Pas que je sache. Je ne sais même pas s'il s'agit d'un crime, répéta Argyll.

— Vous avez déjà rencontré Mme Verney, j'imagine, déclara George en changeant soudain de sujet.

— Oh oui ! J'ai fait sa connaissance. Une personne fort agréable, il m'a semblé.

— Voilà une femme mystérieuse !

— Vraiment ? Pourquoi donc ?

— C'est une étrangère. Elle est venue ici qu'après avoir hérité de Weller House. À la mort de Mlle Veronica.

— C'est ce que j'ai cru comprendre.

— Elle a pas la manière, vous voyez.

— Quelle manière ?

— Elle fait beaucoup d'efforts, d'accord... Mais elle sait pas s'y prendre. À la fête du village, par exemple...

— Quoi, à la fête du village ? » s'enquit avec courtoisie Argyll. Il aurait souhaité faire revenir la conversation sur Forster. Bizarrement, on ne semblait pas vouloir parler de lui. Il aurait pensé qu'un vrai meurtre leur aurait délié la langue.

« Elle a refusé d'y assister. Trop occupée, qu'elle a dit. C'est ça l'ennui, vous voyez. Elle est pas ici très souvent. Elle va toujours à Londres et dans des tas d'autres endroits. Mlle Veronica, par contre, elle a jamais raté une fête de sa vie, malgré sa maladie.

— Allons ! George, arrête tes commérages, dit posément le barman en apportant une pinte là où elle était attendue. Monsieur n'a pas envie d'entendre parler de Mme Verney.

— Vous avez tout à fait raison, approuva Argyll, en se disant que l'approche directe serait peut-être plus fructueuse. Je préférerais qu'on me parle de Geoffrey Forster.

— Beurk ! Une vraie ordure, ce type ! » Tel fut le verdict de George. « Et d'ailleurs, Mme Verney refusait d'avoir affaire à lui. Elle est peut-être bizarre mais c'est pas une idiote.

— Alors pourquoi lui a-t-elle vendu une maison ?

— C'est Mlle Veronica qui l'a vendue. Elle le portait aux nues ! Elle croyait que le soleil jaillissait de sa lune ! Bien sûr, elle était un peu...

— George ! lança vertement le barman. Les cancans, ça suffit ! Je ne veux pas de ce genre de ragots ici ! »

Quelle sorte de ragots ? se demanda Argyll. Vas-y donc, espèce de vieil imbécile ! Ne l'écoute pas !

« C'est pas des ragots, protesta George. Je dis rien...

— Est-ce que je peux vous offrir un verre ? demanda Argyll, l'ennemi des ragots.

— C'est pas de refus... Une pinte, s'il vous plaît. Et un bock pour le chien. » Un petit bâtard leva la tête, l'œil allumé, vaguement alcoolisé. L'aviateur américain annonça qu'il devait retourner à la base et s'éloigna d'un pas nonchalant en compagnie de deux copains qui avaient fait, étonnamment, une excellente partie de fléchettes.

Dès que le maître et le chien eurent le museau plongé dans leur bière, Argyll se remit en chasse. Il décida de procéder avec doigté.

« Et Mlle Beaumont ? Quel genre de personne était-ce ? »

Fronçant les sourcils, George pivota pour voir si le barman pouvait l'entendre, conclut qu'il disposait d'un petit créneau pendant que celui-ci tirait une Guinness à l'autre bout du comptoir, et se tapota discrètement la tempe.

« À lier, si vous voyez ce que je veux dire, souffla-t-il assez fort pour être entendu dans le parking à l'extérieur. Bien sûr, c'était motus et bouche cousue. Mais il paraît qu'elle avalait des tas de comprimés. C'est ça qui l'a tuée, vous savez, les pilules... C'est cette pauvre Mme Verney qui l'a trouvée. Elle habitait là pour soigner Mlle Veronica. C'est le seul membre de la famille qui voulait bien encore s'occuper d'elle. Bon, Mme Verney va passer la journée à Londres, et quand elle revient elle la découvre morte dans son lit.

— Et Forster ? Vous ne l'aimiez pas beaucoup, apparemment ? »

George eut une mimique indiquant l'antipathie.

« Sale bonhomme ! Content qu'il ait clamsé. Dommage que vous l'ayez pas zigouillé, jeune homme.

— Ah oui ? Pourquoi donc ?

— Parce que alors je vous aurais payé un verre.

— C'est ce que vous allez faire de toute façon. C'est votre tournée. Que lui reprochiez-vous ?

— Malhonnête, sournois, perfide, un vrai salaud.

— C'est un bon début, concéda Argyll. Par exemple ?

— Je vous dirai rien de plus précis. À part que ça me surprenait toujours qu'une femme respectable comme Mlle Veronica s'abaisse à le fréquenter, si vous voyez ce que je veux dire... Et il était marié avec cette pauvre malheureuse qui aurait dû le quitter y a belle lurette, vu la façon qu'il la traitait.

— Ah ! fit Argyll, une vague lueur pointant dans son esprit.

— C'est pas quelqu'un qu'on voyait ici, je peux vous le dire pour rien », renchérit le barman depuis son côté du comptoir.

Entre deux petites gorgées de bière, Argyll décida que ce n'était pas si intéressant que ça, en fait. Disons que ce n'était guère un curriculum vitæ en bonne et due forme. Si Geoffrey Forster se tenait réellement à l'écart, aucun villageois ne serait très au courant de ses affaires de marchand d'art. Seule Mary Verney pourrait l'aider dans ce domaine. Ce qui signifiait qu'elle allait devoir lui accorder un entretien bien plus approfondi.

« Dites-moi, demanda-t-il, abandonnant son enquête sur le terrain, auriez-vous une chambre pour la nuit ? »

Quelques minutes plus tard, on le conduisit à une chambre froide et humide, dont l'aspect et l'atmosphère lui donnèrent immédiatement de violents frissons dans le dos. C'eût été le lieu idéal pour se suicider, voire écrire un chef-d'œuvre mineur dans le style romantique. Mais pas question d'y passer une bonne et agréable nuit. Lorsque le barman – qui eut quand même l'élégance de paraître gêné – annonça le prix, l'esprit d'Argyll se rebiffa.

Il eut soudain une idée lumineuse, qui réclamait un certain toupet, certes. Mais après tout, c'était elle qui l'avait proposé.

Il refit le chemin en sens inverse d'un pas allègre, franchit le portail, encouragé par les lumières brillant joyeusement dans deux pièces du rez-de-chaussée, et frappa à la porte d'entrée avec plus d'assurance qu'il n'en éprouvait en réalité.

« Rebonjour ! fit-il avec un sourire gêné, au moment où la porte s'ouvrait sur un visage à l'air interrogateur.

— Jonathan ! Quelle bonne surprise ! Je craignais que ce soit le cambrioleur du coin venu enfin me rendre visite. Entrez donc ! Je suis en train de déguster mon cacao du soir devant l'âtre. Pour tenter de me réchauffer.

— C'est pour ça que vous portez un imper ?

— Hein ? Oh non ! Je rentrais du bois. Coupé de mes blanches mains. C'est une autre corde qu'on ajoute à son arc quand on devient membre de la haute société. Mais entrez donc ! Une tasse de chocolat ? Une tranche de cake ? »

Il avait beau essayer de ne pas saliver, sa mine devait laisser clairement deviner ce qu'il pensait d'une simple tranche de cake.

« Vous avez faim ? s'enquit-elle avec une sollicitude très maternelle.

— Hmm..., fit-il, hésitant entre la réserve polie et son intérêt personnel.

— Vous mourez de faim, pas vrai ? »

Il sourit d'un air penaud, abandonnant toute pudeur.

« J'ai l'estomac dans les talons. De ma vie, je n'ai jamais eu aussi faim.

— Pauvre malheureux ! Le chef du pub n'est pas un cordon-bleu, hein ? Ce sont les friands qui vous ont rebuté, j'imagine ?

— Un friand aurait pu faire l'affaire. Mais les œufs à l'écossaise...

— Ah oui ! J'en ai goûté une fois. Je peux vous préparer des œufs au lard, avec des tartines de beurre. Ce n'est pas de la grande cuisine, mais c'est à peu près tout ce que j'ai à vous offrir jusqu'à ce que j'aille faire des courses demain. Au moins, ce sont des œufs extra-frais. J'ai une poule, vous savez. Elle loge dans la chambre des invités.

— Vous êtes trop bonne », dit-il, espérant qu'elle verrait dans sa réponse une simple formule de politesse.

En personne bien élevée, c'est ce qu'elle fit.

« Pourquoi donc ? La chambre ne sert plus à rien. Et les poules sont des animaux très propres, si on les traite correctement... Bon, maintenant, poursuivit-elle, venez à la cuisine et faites ce qu'on vous dit. Ça ne va pas prendre longtemps.

— Est-ce qu'il existe vraiment un cambrioleur local ? » demanda-t-il en s'asseyant. Il s'abandonnait à l'agréable sensation de bien-être qu'on ressent quand une femme qui pourrait être votre mère cuisine pour vous.

« Oh oui ! répondit-elle en cassant les œufs avant de s'activer sur le lard fumé. En tout cas, j'ai la nette impression qu'il est du coin.

— Pourquoi donc ?

— Parce que toutes les maisons cambriolées appartiennent aux envahisseurs étrangers.

— Les Américains ?

— Mon Dieu, non ! Personne n'oserait. Les gens sont persuadés que tous les Américains dorment avec une mitraillette sous l'oreiller. Non, juste les étrangers anglais, si vous voyez ce que je veux dire. La police pense que c'est parce qu'ils possèdent les plus grandes maisons, mais personnellement je crois qu'il s'agit d'une vengeance de péquenot. Moi, personne ne m'a ennuyée, remarquez. Il est vrai qu'à défaut d'être considérée comme quelqu'un du coin on me traite comme une résidente permanente venue d'ailleurs. Une citoyenne d'honneur, en quelque sorte.

— Et qui soupçonnez-vous ?

— Il y a un jeune gars dénommé Gordon. Il mène une vie de bâton de chaise. Des fréquentations louches qui roulent dans des voitures de toute évidence au-dessus de leurs moyens... Non pas que beaucoup d'entre eux aient un boulot... Je parierais sur lui. »

Elle mit les œufs au four puis s'occupa du pain, coupant des tranches épaisses et les posant sur la table. Argyll passa tout de suite aux choses sérieuses.

« Je n'imaginais pas qu'il y avait de la délinquance à la campagne, dit-il.

— Étant donné que vous avez peut-être découvert un crime aujourd'hui même, vous n'êtes pas très observateur... On se croirait parfois au Far West ici. Vous devriez voir les beuveries et les violentes bagarres du vendredi soir.

— Les villageois se comportent ainsi ?

— Quand ils ne battent pas leur femme. » Elle lui fit un large sourire. « On voit bien que vous n'avez jamais vécu à la campagne. Pour vous, ce mot est synonyme de chaumières, cidre et culbutes dans le foin. »

Il sourit devant l'absurdité de ce jugement.

« Ce n'est absolument pas ça ! reprit-elle. Toutes les formes de vie humaine, y compris les plus primitives, se trouvent réunies dans un village anglais. Inceste, adultère, etc., faites votre choix. On soupçonne même un villageois d'être un tueur à la tronçonneuse. Et c'est l'un des marguilliers de l'église. Jane Austen était bien loin du compte...

— Vous plaisantez.

— Peut-être. Mais il ne s'entendait pas du tout avec son frère, qui a mystérieusement réussi à se trancher la jambe avec une tronçonneuse et à se saigner à blanc au milieu d'un champ. Ça s'est passé il y a bien longtemps. C'était clair comme de l'eau de roche, selon la formule. Mais la police a fermé les yeux.

— Sa famille n'a pas protesté ?

— Il n'y avait que sa femme. Et c'est la liaison de celle-ci avec le frère qui était à l'origine du drame. À ce qu'on raconte.

— Oh ! fit-il, la bouche pleine de pain.

— Quelle fringale, dites donc ! »

Il hocha la tête.

« J'espère que vous ne pensez pas que je suis revenu dans l'espoir d'être nourri.

— Cela ne m'aurait pas gênée. Quand on se retrouve seule, après que les enfants ont quitté le nid, on se sent libre, certes, mais les soirées peuvent s'avérer parfois un rien solitaires. Surtout dans cette immense baraque.

— Ah...

— Voici vos œufs au lard et votre cacao », annonça-t-elle en changeant de sujet. La conversation languit pendant qu'Argyll se restaurait. Après quelques instants de réflexion, il conclut que ce n'était pas seulement parce qu'il était affamé qu'il trouvait cela réellement délicieux. Elle avait coupé le lard fumé en fines tranches, les avait fait griller, avant de les étaler au fond d'un plat. Puis elle avait placé un morceau de beurre et trois œufs tout frais dessus, versé une bonne dose de crème et généreusement saupoudré l'ensemble de poivre moulu pour l'occasion. Et enfin enfourné le plat. Merveilleux !

« Veuillez excuser mon indiscrétion, dit Argyll en relevant enfin la tête, un cerne jaunâtre autour de la bouche, mais avez-vous déjà vécu à l'étranger ?

— Qu'est-ce qui vous fait penser ça, Sherlock ?

— Votre recette des œufs au lard n'est pas orthodoxe, au point de friser l'hérésie.

— Ah oui ! Vous avez raison. Ce sont des détails comme la cuisine qui me trahissent, hélas ! Par exemple, éviter de faire bouillir les haricots pendant trois quarts d'heure avant de les consommer. Mais ne me dénoncez pas ! C'est déjà assez fâcheux que les gens du cru croient que je viens de Londres. Mais je suis surprise que vous ayez tiré cette conclusion uniquement de ma cuisine.

— Pourquoi donc ?

— Parce que vous avez à l'évidence été au pub. J'aurais pensé que le temps que vous jetiez un coup d'œil au présentoir des mets on vous aurait déjà récité mon curriculum vitæ.

— Il y a eu une remarque ou deux. Rien de scandaleux, hélas ! Quoique votre absence à la fête du village semble avoir fait grand tort à votre réputation.

— Dieu du ciel ! s'écria-t-elle d'un ton désespéré, je ne pourrai jamais racheter ce manquement. Vous savez, c'est quasiment la seule festivité que j'ai ratée depuis la mort de Veronica. Je passe ma vie à assister à toutes sortes de trucs. Je ne me doutais pas que faire partie de la haute était si éreintant. J'ai admiré tant de pivoines, de bébés et de cochons primés que je me réveille en hurlant au beau milieu de la nuit. Un scone de plus et je vomis... J'ai été obligée de m'absenter le jour de la fête. Un point c'est tout. Le pasteur en a donné le coup d'envoi à ma place, et je suis certaine qu'il s'est mieux débrouillé que moi. Ces gens ne peuvent imaginer qu'il existe des formes de vie hors du Norfolk.

— Je vous crois.

— Excusez-moi, mais parfois cet endroit me rend folle. Qu'est-ce qu'on vous a dit d'autre ?

— Pas grand-chose, en fait. Je cherchais des renseignements sur Geoffrey Forster.

— Et ?

— Et, pas grand-chose. J'ai compris que votre cousine l'aimait bien et lui avait vendu la maison, que vous vous ne l'aimiez pas, et c'est à peu près tout.

— Ça vient de George Barton, pas vrai ?

— Sans doute. Un vieux type avec un chien.

— C'est bien lui. Le radar du village.

— Il a l'air un peu morose.

— J'aurais cru qu'il était aux anges. Forster était propriétaire de son pavillon et s'apprêtait à le mettre à la porte. Il allait transformer la maison en résidence de week-end pour Londoniens aisés. George doit désormais bénéficier d'un sursis à l'exécution, bien que la formule soit plutôt malheureuse en l'occurrence. »

Argyll déclara qu'il trouvait tout ça fort intéressant. Couleur locale. Ça lui plaisait beaucoup.

« Dites-moi, reprit-elle, si ce n'est pas pour ma cuisine, pourquoi êtes-vous revenu ?

— Pour vous demander un service encore plus grand.

— Allez-y !

— Vous m'aviez plus ou moins proposé de m'héberger...

— Aucune chambre de libre à l'auberge ?

— Eh bien...

— Ce n'est pas précisément le Hilton, n'est-ce pas ? Avec plaisir, bien sûr. Je peux difficilement prétendre que je n'ai pas de place. Vous pouvez choisir l'une des... douze chambres, si je ne m'abuse. La plupart n'ont pas été utilisées depuis au moins une décennie.

— Comme celles du pub, apparemment.

— Elles sont mieux décorées, en tout cas, sauf là où la pluie a décollé le papier peint. Mais il y fait sans doute aussi frisquet. Êtes-vous marié ?

— Hein ?

— Vous ? Marié ?

— Ah ! Non. Pas exactement.

— Sur le point de convoler ?

— Il me semble. Peut-être.

— Il vous semble ? Peut-être ? Pas exactement ?

— Flavia est très lente dans certains domaines. Vive comme l'éclair en général, mais un peu lambine quand il s'agit de se décider sur des sujets tels que le mariage.

— Peut-être devriez-vous prendre une décision à sa place.

— Pardon ?

— Désolée. Ça ne me regarde pas.

— Il n'y a pas de mal. Vous avez sans doute raison. De toute façon...

— Est-elle aussi dans le marché de l'art ?

— Qui donc ?

— Votre fiancée.

— Plus ou moins, admit Argyll. Ça ne vous ennuie pas de m'héberger ainsi ? Je sais que c'est beaucoup demander. Je me sens très gêné de m'imposer...

— De deux choses l'une : ou vous restez, ou vous partez ! Mais ne restez pas si vous devez vous sentir gêné. C'est une perte de temps.

— Ah ! Eh bien, dans ce cas, je reste.

— Vous voyez... ce n'était pas si difficile, n'est-ce pas ? dit-elle avec un sourire aimable, un rien moqueur néanmoins. Et ça ne me dérange pas le moins du monde. Et je vais apprécier votre compagnie. Surtout si vous pouvez m'apprendre ce qui est arrivé à Geoffrey Forster. Weller n'a pas connu d'événement aussi passionnant depuis l'invasion des Saxons. »

8

« Bon ! » s'écria Flavia, ravie, lorsque à onze heures le lendemain matin – dix, heure de Norwich – elle raccrocha après une conversation avec Argyll. Il l'avait appelée pour lui demander ce qu'elle voulait exactement qu'il fît. Région agréable, l'Est-Anglie, sauf qu'on risquait d'y attraper un rhume, mais il avait un peu l'impression de gêner.

Gêner qui ? s'était-elle enquise. Il s'était alors lancé dans des explications un peu longuettes sur la fameuse hospitalité des aristocrates anglais, leurs innombrables chambres à coucher, et sa découverte que leur chauffage central n'était pas à la hauteur des rigueurs d'un été anglais.

« Loin de moi l'idée de te faire travailler bénévolement, mais si tu te débrouillais pour t'attarder un peu et tendre l'oreille, ça nous rendrait service. Et si tu découvrais que Forster était un voleur, de grande envergure de préférence, on te serait éternellement reconnaissants. Bottando contre-attaque.

— D'accord. Je ne comprends pas trop ce que vous fabriquez, mais peu importe.

— Pourrais-tu fouiller dans les dossiers de travail de Forster ?

— Pas pour le moment, à mon avis. Mais je peux tenter le coup si tu y tiens.

— Oui, merci... Alors, comment ça s'est passé à Londres ?

— Oh ! fit-il, ramenant ses pensées au douloureux sujet de sa carrière, tu veux dire Byrnes ? Assez bien, je crois. Enfin, son idée, en gros, c'est que je devrais employer des méthodes un peu plus agressives. Et me décider à propos de ce boulot d'enseignant.

— Bien. Ravie de l'apprendre. As-tu l'intention de suivre ses conseils ?

— Je ne suis pas sûr d'être d'accord avec vous deux. Ni avec Mme Verney, d'ailleurs, bien que vous me disiez tous plus ou moins la même chose. Mais j'ai résolu de prendre une décision avant la fin de la semaine... à propos de ce poste.

— C'est déjà un progrès... Et quel genre de femme est-ce, ton hôtesse ?

— Oh ! merveilleuse... Tout à fait charmante.

— Elle ne veut pas acheter des tableaux ?

— Je crains que non. Elle est presque aussi fauchée que moi. Sur une plus grande échelle, bien sûr, mais je suppose que tout est relatif. Elle chercherait plutôt à en vendre.

— Il y en a ?

— Un bon nombre. J'ai jeté un œil à la collection ce matin pendant qu'elle était sortie. Ils sont pas mal, mais rien d'extraordinaire. La famille Beaumont n'était pas téméraire dans ses goûts et Forster a dû vendre ce qui possédait de la valeur. Mais j'ai l'intention de revérifier, au cas où quelque chose m'aurait échappé.

— Qui as-tu dit ?

— Forster. Il a vendu des pièces de la collection.

— Pas lui. L'autre nom. Tu as dit Beaumont ? »

Il en convint.

« C'est apparemment le nom de la famille. Pourquoi donc ?

— Parce qu'il y avait une Beaumont chez la signora della Quercia. Qui plaisait beaucoup à Forster, semble-t-il.

— Ah ! Ce doit plutôt être la cousine Veronica. À mon avis, Mme Verney n'est pas le genre "institution pour demoiselles de bonne famille". Veux-tu que je demande ?

— Si possible. »

Sur ce, Flavia alla mettre au courant Bottando, lequel était à nouveau de mauvais poil. Argan, expliqua-t-il, faisait pression pour que le fabricant de faux Léonard soit mis aux fers, et accusait tout le monde de négligence à propos de l'attaque d'une boutique d'antiquités dans la via Giulia. Quelqu'un avait défoncé une vitrine à l'aide d'une camionnette, qu'il avait chargée de marchandise avant de repartir comme il était venu. Ça arrivait chaque jour, ou presque. Alors pourquoi Argan avait-il fait un tel foin cette fois-ci ? Bottando n'en avait eu aucune idée jusqu'à ce qu'on lui indique que le magasin appartenait à son beau-frère. Et naturellement, ça lui servait à dénigrer leur travail.

« J'ai bien expliqué que les faux Léonard étaient d'une totale médiocrité, mais cela ne compte pas, bien sûr. Les journaux ont parlé de l'affaire et elle permet de placer le service sous les feux des projecteurs.

— La paperasse va m'occuper au moins un mois.

— Vraiment ?

— Si c'est ce que vous souhaitez. Je pourrai prendre un temps infini si vous voulez. »

Bottando opina du chef.

« Merveilleux ! On va finir par faire de vous un apparatchik... Bien. Et Forster ? Quel est l'état de la recherche à son sujet ?

— Justement, on fait des progrès intéressants. La signora Fancelli indique la piste à suivre, et une grande partie de son récit est confirmée par la della Quercia. Sandano pense que Forster était derrière l'affaire Fra Angelico. Il travaillait plus ou moins pour une certaine Beaumont qui avait été élève chez la della Quercia. Et il est mort, bien sûr. Autant que je sache, la police anglaise n'a pas encore décidé s'il a dégringolé dans l'escalier ou si on l'a poussé.

— Hmm. Y a-t-il quelque chose là-bas qui suggère qu'il avait les doigts plutôt agiles ?

— Jonathan ne le sait pas. D'un autre côté, il souligne avec justesse que la police ne va guère lui faire des confidences. Il ne serait pas raisonnable de compter sur lui pour avoir des renseignements. »

Bottando hocha la tête, l'air songeur.

« Ce qui, traduit en langage simple et sans fioritures, signifie que vous jugez indispensable une enquête personnelle sur place. C'est ce que vous cherchez à me dire ? »

Elle avoua que l'idée lui avait traversé l'esprit.

« Et comment réagira notre ami Argan ? Il a considéré votre voyage à l'autre bout de Rome comme un gaspillage éhonté. »

Elle fixa un coin du plafond, y étudiant la progression des toiles d'araignées.

« Il n'occupe pas encore votre poste, n'est-ce pas ? »

Le général fronça les sourcils.

« Vous savez bien ce que je veux dire. Est-ce que ça en vaut la peine ? Ou est-ce que dans sa lutte contre nous ça apportera de l'eau à son moulin ? »

Elle secoua la tête.

« Là, c'est de la politique et non pas du travail de police. À mon petit niveau, il y a assez d'éléments pour s'intéresser à Forster. En ce qui concerne Argan, à vous de décider. Souhaitez-vous que je laisse tomber une enquête tout à fait légitime sous prétexte qu'il reluque votre boulot ? »

Bottando soupira et se frotta le visage.

« Qu'il aille au diable ! Et vous aussi... Bien sûr que non ! Mais faites vite, hein ? Si vous ne trouvez rien, revenez en cinq sec. Ne traînez pas. Je refuse d'être pendu haut et court à cause de votre note de frais. »

Elle s'efforça de ne pas avoir l'air aux anges. Il y avait quelque temps qu'elle n'avait pas quitté le bureau pour partir en balade, et ça ferait un agréable changement. De plus, elle pouvait même envisager, avec un peu de chance, de dénicher quelque chose d'intéressant. Elle avala les dernières gouttes de son café et alla se mettre au travail.

Pour la police du Norfolk, le jeune gars nommé Gordon Brown était non seulement l'alpha mais aussi l'oméga de l'enquête sur le meurtre de Geoffrey Forster, s'il s'avérait que c'était bien là la cause du décès.

À première vue il faisait un excellent coupable. Même ses copains reconnaissaient que c'était un rustre, prompt à jouer des poings quand il était en rogne ou après un ou deux verres de trop. Et, bien entendu, il y avait sa réputation de voleur local – celui qui, en quête de revenus illégitimes, avait visité plusieurs maisons du village. En tant que fils de la gouvernante à mi-temps de Mme Verney et époux de Louise, la fille aînée de George Barton, il était une sorte de notabilité du village. Les relations entre les familles Brown et Barton ne s'étaient jamais remises de cette union, George Barton n'étant pas homme à approuver le comportement de ce genre d'énergumène, et surtout la manière dont il traitait sa fille.

Bien qu'on ne mît pas sérieusement en doute les déclarations de Margaret Brown, la mère, selon lesquelles elle avait passé la soirée confortablement installée devant son téléviseur, ni le fait que Louise n'avait pu prêter main-forte à son mari puisqu'elle avait tenu compagnie à sa sœur toute la soirée, ni son affirmation que moins elle était au courant des activités de Gordon, mieux elle se portait, personne n'allait jusqu'à croire la gouvernante de Mme Verney quand elle soutenait que le fils affectionné et dévoué était resté tout le temps à son côté. Si tel avait été le cas, avait affirmé le policier Hanson, ç'aurait été la première fois de mémoire de villageois, sauf lorsque Gordon était ivre mort.

En sa faveur, cependant, d'aucuns soutenaient qu'il était trop couard pour commettre un meurtre et que ça ne lui ressemblait pas du tout de voler un marchand de tableaux. Si une télé couleur ou un magnétoscope disparaissait, alors Gordon était votre homme. Ça, tout le monde le savait, quoique, étonnamment, personne n'ait réussi à le prendre la main dans le sac. Mais rien d'autre.

Il fallait quand même que la police commence par le mettre hors de cause. C'est pourquoi on le tira du lit à dix heures du matin et on l'embarqua pour lui faire subir un interrogatoire serré.

À la grande joie des policiers, le défaut d'harmonisation entre les récits de la maman et du fiston les aida énormément. Bien que celui-ci se soit montré d'abord têtu, puis furieux, l'inspecteur nota sans peine qu'il y avait quelque incohérence entre l'évocation par Mme Brown d'une soirée idyllique passée côte à côte et l'affirmation de Gordon selon laquelle il avait passé son temps dans sa chambre à écouter de la musique.

Même lorsque Gordon modifia obligeamment son récit pour tenter de faciliter la tâche au policier, celui-ci, réprimant à grand-peine son amusement, lui signala qu'alors qu'il assurait avoir suivi le match de foot sur BBC 1 sa mère était bizarrement persuadée d'avoir regardé avec lui le film sur ITV.

« C'était un film sur le foot, c'est ça, Gordon ? Ou peut-être que vous avez deux postes, dans deux coins de la pièce ? »

Mais Gordon n'était pas du genre à céder de bonne grâce.

« On a d'abord regardé le film puis le foot », expliqua-t-il.

Le policier tira de sa poche un exemplaire du journal de la veille et l'ouvrit à la page des programmes de télévision.

« C'est étrange, fit-il, je ne vois programmé aucun match de foot. De quel match s'agissait-il, Gordon ? »

Ce dernier renâcla avant de se murer dans le mutisme.

« D'accord ! À ta guise ! Mais je te préviens, mon petit Gordon, ça ne sent pas bon pour toi. Pourquoi n'avoues-tu pas ce que tu fabriquais à ce moment-là ?

— Sais pas de quoi vous parlez.

— Comment as-tu pu assassiner cet homme ? Allons, allons ! Ça me surprend de ta part. C'est pas dans tes cordes, en fait, pas vrai ? Tuer, je veux dire, Gordon. C'est moche. »

Gordon blêmit.

« J'ai tué personne. Qu'est-ce que vous racontez ? Qui a parlé d'un crime ? »

L'inspecteur ne répondit pas à la question. Ç'avait valu la peine de tenter le coup, même si les médecins légistes n'étaient pas encore parvenus à une conclusion définitive. Ils avaient seulement déterminé pour l'heure que Forster s'était brisé la nuque en tombant dans l'escalier, qu'il avait une bonne dose d'alcool dans le sang, et semblait avoir mangé des côtes d'agneau et des carottes au dîner. Tout cela était fort intéressant. Malheureusement, arguant de détails scientifiques, ils hésitaient toujours quand il s'agissait de répondre à la question fondamentale.

« Naturellement, poursuivit le policier, s'efforçant une fois de plus de faire avancer les choses, on pourrait se contenter d'un homicide involontaire, ou même d'un acte d'autodéfense, si tu nous le demandais gentiment et nous simplifiais la vie. »

Mais les facultés mentales limitées de Gordon avaient mis la clé sous le paillasson. Il restait coi, l'air morose, des mots tels que « brutalité », « persécution » et « harcèlement » se formant à demi sur ses lèvres.

Le policier soupira et se leva.

« Eh bien, je suis sûr qu'on se reverra plus tard, Gordon. »

« Ces policiers sont un peu secrets, mon cher ami », déclara Mary Verney à Argyll, lequel, ayant regagné Weller House après une promenade matinale, traînait dans la maison sans trop savoir quoi faire. Il finit par aider son hôtesse à éplucher les légumes du déjeuner. « C'est ça la vie moderne. Si vous leur demandez l'heure, ils vous dévisagent comme si vous étiez un espion ou quelque chose du même genre. Il ne faut pas se laisser faire... Justement, votre fiancée a téléphoné. Flavia ? C'est bien ça ?

— Oui, répondit-il, un peu surpris de l'enchaînement.

— Elle a l'air tout à fait charmante. Elle parle très bien l'anglais. Elle m'a priée de vous dire qu'elle arrivait en Angleterre ce soir et qu'elle appellerait dès qu'elle aurait rendu visite à la police de Londres.

— Ah ! s'écria joyeusement Argyll.

— Ce qui signifie que vous me devez quelques explications, s'il vous plaît.

— À quel propos ?

— De la petite visite à la police de Londres. »

Argyll réfléchit un bref instant et jugea la demande légitime.

« Rien de plus simple. Flavia appartient à la police italienne. La brigade de protection du patrimoine artistique. Et on s'est posé récemment une ou deux questions sur Forster.

— Ah oui ?

— C'est certainement absurde, mais je crois comprendre que le service veut à tout prix savoir s'il a volé tout un tas de tableaux, en commençant par un Uccello à Florence, il y a des années de ça. Le patron du service avait une théorie sur un mystérieux voleur professionnel ayant œuvré pendant de nombreuses années, et puis une petite vieille à Rome a désigné Forster.

— Vraiment ? Et la théorie est-elle fondée ?

— Comment le saurais-je ? Mais, à l'évidence, il y a des myriades de vols non élucidés que les gens du service aimeraient bien coller sur le dos de quelqu'un.

— Sans aucun doute. Cependant, à leur place, j'oublierais Geoffrey, déclara Mary après avoir soupesé cette hypothèse. J'ai toujours cru que les grands escrocs devaient être des personnages romantiques, hauts en couleur et pleins d'allant. S'il s'avérait qu'un minable avorton comme Geoffrey Forster en était un, je serais profondément déçue. Car si c'était bien un tricheur et un petit salaud, je doute qu'il ait eu assez de suite dans les idées pour élaborer un projet et le mettre à exécution.

— Soit. D'un autre côté, comme des gens ont fait des révélations, on est obligés d'effectuer une enquête.

— Sûrement, fit-elle d'un air songeur. Mais ça aussi, vous devez me l'expliquer.

— Quoi donc ?

— En quoi cela vous regarde-t-il ?

— En rien. C'est juste que, comme j'allais en Angleterre, on m'a demandé de voir ce que je pouvais trouver. J'ai appelé, et Forster m'a dit qu'il voulait me parler, et...

— ... et pan ! Mort à l'arrivée, en quelque sorte. Vous ne trouvez pas ça un peu bizarre ?

— En effet. Et c'est aussi ce que pense la police locale, ce qui est plus embêtant. Voilà pourquoi je suis toujours là.

— Je ne suis pas en train de préparer un bon repas pour un assassin, n'est-ce pas ? »

Argyll secoua la tête.

« Ah, bien ! Me voilà soulagée. Bon, qu'allez-vous faire en attendant l'arrivée de votre Flavia ? »

Argyll ouvrait la bouche pour indiquer qu'il allait étudier de près la collection de tableaux de sa famille, mais sans attendre sa réponse elle reprit : « Vous vous y connaissez un peu en plomberie ?

— En plomberie ?

— Il y a une fuite en haut. L'eau coule dans l'une des chambres, et je ne suis pas très douée dans ce domaine. Je me débrouille en électricité, mais je suis nulle en plomberie. »

Alors il se lança dans une longue anecdote à propos de ce qui s'était passé la dernière fois qu'il avait essayé de changer le joint d'un robinet, avec force allusions bibliques à Noé et à son arche afin de faire comprendre que lui confier des réservoirs d'eau n'était pas une très bonne idée. Les tableaux étaient davantage son truc.

Mais elle écarta prestement la proposition. Il y avait des affaires bien plus urgentes à traiter que l'évaluation d'un tas de vieilles croûtes. Les chances qu'il reste quelque chose de valeur dans la maison après le nettoyage que lui avait fait subir Geoffrey étaient plus que maigres. Il fallait la croire, elle avait regardé. « Venez plutôt au moins jeter un œil au réservoir d'eau. »

Il se fit donc un devoir de la suivre dans le majestueux escalier et ensuite dans la chambre où se trouvait la grosse fuite. Sur le plafond s'étendait une tache de moisissure verdâtre due à un excès d'humidité.

« Vous voyez ? gémit-elle. Regardez ! Le plafond va bientôt s'effondrer si je n'agis pas. Et les prix pratiqués par les plombiers de nos jours... Grotesques ! »

Argyll écouta la première partie de la plainte mais n'entendit pas un mot de la seconde, son attention s'étant portée sur un dessin accroché au mur.

Ce fut un coup de foudre, comme il en arrive de temps en temps. Médiocrement encadré, le dessin était relégué dans un coin, oublié, négligé, encrassé, et d'autant plus charmant. Si Byrnes avait vu l'évidente fascination exercée sur Argyll par cette petite œuvre, il aurait sans nul doute tout de suite souligné que c'était là sa grande faiblesse en tant que marchand de tableaux. Argyll ne huma pas aussitôt l'odeur du profit. Il ne reconnut pas non plus l'auteur probable en se demandant à qui il pourrait bien le revendre. Simplement, il le vit et l'aima. D'autant plus que cette pauvre chose était anonyme et abandonnée. C'est son manque de valeur qui l'attirait. L'un des défauts du jeune homme.

Il ne s'agissait que d'un croquis représentant une main d'homme avec le pouce mais un seul autre doigt. Un dessin comme les écoles des beaux-arts en font pratiquer à leurs élèves depuis des siècles, car il n'y a sans doute aucune autre partie de l'anatomie humaine plus difficile à reproduire correctement. Petit, non signé, couvert de piqûres et de taches de moisissure.

« Qu'est-ce que c'est ? » demanda-t-il à Mary Verney sans chercher à dissimuler son intérêt. Une autre de ses faiblesses.

« Ce truc ? Pas la moindre idée. Je pense qu'il a toujours été accroché là. Dessiné par quelqu'un de la famille à l'époque où les jeunes filles apprenaient à faire ce genre de choses, je suppose.

— Adorable, pas vrai ?

— Peux pas dire que je l'aie jamais regardé », répliqua-t-elle en haussant les épaules. Elle s'en approcha pour l'étudier de plus près. « Maintenant que vous attirez mon attention dessus, c'est beau, en effet. Si vous aimez les pouces. »

Il ne répondit pas, se bornant à examiner le dessin avec plus d'attention. Ça lui paraissait vraiment d'une qualité un peu supérieure au genre de travail exécuté par un amateur.

« A-t-il de la valeur ? reprit-elle. Je ne me rappelle pas que les commissaires-priseurs l'aient remarqué. C'est l'ultime service que m'a rendu Forster avant que je le fiche dehors. Ils sont venus évaluer le contenu de la maison après la mort de Veronica mais n'ont pas parlé de ce dessin. Plus important, je n'ai pas souvenance d'avoir jamais vu Veronica se pâmer devant. Elle se targuait pourtant d'avoir du goût et du discernement.

— Et c'était le cas ?

— Je l'ignore. Mais elle se vantait à qui voulait l'entendre de courir les galeries.

— Ah oui ? Est-ce qu'elle aurait pu fréquenter une école huppée pour jeunes demoiselles à Florence ? demanda-t-il, suivant les ordres à la lettre.

— J'en suis persuadée. En bonne snob, c'est tout à fait le genre de stupidités dont elle raffolait. Pourquoi cette question ?

— La femme qui a mentionné Forster a aussi fait allusion à une certaine Beaumont.

— Tiens ! Eh bien, vous voyez.

— Dites donc, vous n'auriez pas par hasard de la documentation sur vos tableaux ? J'arriverai peut-être à trouver... »

Elle secoua la tête.

« Il n'y en a aucune. Forster a cherché partout et a conclu qu'il n'en existait pas. Ni inventaire ni livre de comptes, rien. Dieu seul sait ce qu'ils sont devenus. Mais de toute façon, si c'est un bon dessin...

— La qualité n'a aucune importance, interrompit Argyll d'un ton léger. Ce ne sont pas les tableaux qui intéressent les acheteurs. J'ai mis un bon bout de temps à le comprendre. Ils ne veulent dépenser leur argent que pour un pedigree. Comme pour un chien, un cheval... ou un aristocrate, continua-t-il, tout en se demandant s'il ne filait pas excessivement la métaphore. Une signature et un pedigree valent dix fois plus que le tableau lui-même, et les œuvres qui en sont dépourvues sont souvent traitées avec circonspection.

— Que les gens sont ridicules !

— En effet. Peut-être que Forster n'a pas regardé les papiers ?

— Peut-être, fit-elle en haussant les épaules. Bien qu'il n'ait pas été bête à ce point. Et il avait une bonne raison de les regarder s'ils avaient été là. Je suppose que ça l'aurait aidé à obtenir un meilleur prix pour toute la marchandise qu'il a vendue.

— Pourrais-je vérifier ? Rien que pour en être sûr ? »

Elle soupira devant son insistance.

« D'accord... mais vous ne découvrirez rien. Ce qu'il y a est dans le grenier. S'il y a quelque chose...

— Merveilleux !

— Ainsi que le réservoir.

— Ah ! certes... Je vais voir ce que je peux faire. »

Il la suivit donc dans l'escalier – branlant – conduisant au dernier étage, puis ils grimpèrent par ce qui n'était guère qu'une échelle jusqu'au grenier résonnant des roucoulements des pigeons dans leur nid.

« J'ai bien peur que ce soit un rien poussiéreux, fit-elle observer avec une maîtrise parfaite de l'art de l'euphémisme. Et ça ne sent pas très bon. Mais il me semble que le réservoir se trouve là. Et les cartons contenant archives et autres documents doivent être de l'autre côté. S'ils existent, évidemment », ajouta-t-elle d'un ton sceptique.

Argyll lui assura qu'il allait traiter de son mieux les deux affaires. Dans le cas du réservoir, il ne put pas faire grand-chose. Il mit cinq minutes environ à localiser le joint défectueux responsable de la fuite, avant de conclure que ça dépassait de beaucoup ses compétences et qu'il fallait recourir à un professionnel. Cette première tâche dûment accomplie, il se tourna vers des questions plus intéressantes et se mit à fouiller dans la pile de cartons à l'autre bout du grenier... D'énormes quantités de papiers... Dans un bref élan d'optimisme, il y jeta un rapide coup d'œil, espérant que tout ce que Forster n'avait pas réussi à consulter était là.

Il ne tarda pas à s'apercevoir qu'il se faisait des illusions. Les cartons contenaient des contrats de mariage, les éternels marchandages à propos des biens qui constituaient les bases du couple au XVIIe siècle... et, apparemment, jusqu'en plein XXe, car la dernière liasse de documents concernait les fiançailles de la cousine Veronica. D'autres avaient trait à la gestion quotidienne du domaine. Et, plus récemment, c'étaient des lettres entre les membres de la famille. Aucune allusion à des tableaux dans ces dernières, nota-t-il, en soulevant l'un des cartons au hasard et en y jetant un œil. Le contenu était attaché par une ficelle, et une petite étiquette annonçait : *Mabel.*

Non ! se dit-il en l'ouvrant, ça ne te regarde pas. Pas de temps à perdre là-dessus, ajouta-t-il, en sortant un paquet de lettres qui, comme il s'en aperçut assez vite, avaient été écrites par la mère de son hôtesse. De plus, pensa-t-il en s'installant pour lire tout à loisir, Mme Verney ne pardonnerait pas qu'on viole son intimité. Et elle aurait bien raison d'ailleurs.

Sa conscience enregistra sa protestation, mais pour une fois il n'y prêta pas attention tandis qu'il découvrait, de plus en plus étonné, qu'après avoir été l'admirable et dévouée aînée de cinq filles Mabel Beaumont était devenue peu à peu, à en juger par les dizaines de lettres, une personne un tantinet excentrique, pour utiliser une litote. Elle était semble-t-il en guerre contre elle-même et contre le monde entier, et ces batailles lui firent quitter son pays et abandonner la perspective de se marier, d'élever des enfants, d'inaugurer des foires. Au lieu de cela, elle vagabonda de par l'Europe jusqu'à sa mort – survenue, selon l'acte de décès, dernier document du carton, dans une chambre d'hôtel d'un quartier de Milan qu'Argyll savait particulièrement miteux. La seule personne présente était sa fille, âgée de quatorze ans tout juste. Elle avait soigné la malade elle-même, vu qu'il n'y avait pas d'argent pour payer des médecins. Une lettre rédigée d'une écriture d'adolescente appelait à l'aide. Le carton ne contenait pas de réponse.

Argyll éternua d'un air songeur en digérant ce conte moral sur une vie de bohème durant l'entre-deux-guerres, tout en feuilletant distraitement le reste des papiers du carton. La plupart concernaient les négociations entre des membres de la famille pour que Mary soit placée sous leur tutelle et envoyée à l'école. *Elle est intelligente mais à l'évidence rebelle à toute discipline*, disait l'unique bulletin scolaire. Félicitations ! pensa-t-il avant de se rappeler aussitôt que ce n'était pas pour cette raison qu'il était là. Il rattacha le tout, remit le carton en place, et se força de nouveau à s'occuper de la plomberie. Une demi-heure plus tard, grâce à plusieurs petits bouts de plastique, moult pénibles efforts et maintes écorchures aux doigts, il réussit enfin à réduire la fuite. Mais, comme il en informa son hôtesse en refusant ses remerciements, ce n'était que du bricolage. Tôt ou tard, elle devrait faire appel à un spécialiste.

9

En dépit des remontrances de Bottando sur ses dépenses, Flavia prit un taxi à l'aéroport. Au diable l'avarice, vu tout le travail qui l'attendait... Il lui fallait d'abord passer voir la police anglaise pour expliquer sa mission. Rien n'agace les autochtones comme les déambulations d'étrangers sur leur territoire. En outre, puisqu'elle aurait sans doute besoin de leur aide, elle avait intérêt à ne pas leur faire trop de cachotteries.

« Bonsoir, mademoiselle. Bienvenue en Angleterre ! » Le responsable du service était étonnamment jeune. Âgé de moins de quarante ans, il ne ressemblait pas du tout aux policiers anglais qu'elle avait déjà eu l'occasion de rencontrer. En général, ils sont un peu ternes car ils sont obligés de travailler sur le terrain avant de se consacrer à des activités intellectuellement plus motivantes. La perspective de passer plusieurs années à intervenir dans des bagarres de pub décourage les plus vifs, qui préfèrent changer de métier.

Telle est, en tout cas, leur réputation dans le reste de l'Europe.

Manstead était assez différent. Il dégageait une inhabituelle impression d'intelligence et de vivacité d'esprit. Il devint vite clair, en revanche, qu'il connaissait extrêmement mal son boulot. Après les préliminaires – le voyage, le temps, la circulation –, il se félicita d'avoir l'occasion de faire la connaissance d'un membre du plus ancien service de protection du patrimoine artistique européen, à l'exceptionnelle longévité.

« Nous, nous en sommes au tout début, expliqua-t-il en soupirant. Il y a encore eu un changement de politique. La précédente brigade chargée de protéger le patrimoine avait été instaurée voilà bien longtemps. Puis elle a été dissoute et fondue dans les forces de police locales jusqu'à ce qu'un nouveau règlement nous permette de renaître, mais seulement après que fichiers, contacts et spécialistes ont été dispersés aux quatre vents.

— Avez-vous tous une expérience du marché de l'art ?

— Oh non ! s'exclama-t-il en ricanant. Bien sûr que non ! Affecter à ces postes des gens qui connaissent le boulot ? Quelle drôle d'idée ! Non. On a juste nommé des inspecteurs intéressés par ce domaine, et vogue la galère !

— Par conséquent, vous faites surtout appel à des experts extérieurs ?

— C'est ce qu'on ferait si on avait les fonds. On ne dispose pas d'un budget suffisant pour rémunérer régulièrement des conseillers. C'est pourquoi on fonctionne grâce à des spécialistes qui nous prêtent bénévolement leur concours.

— La dèche !

— En effet. C'est une question politique. Si on obtenait une réussite exceptionnelle qui fasse la une des journaux, on serait en vedette et alors on recevrait davantage de subsides. "On ne prête qu'aux riches", telle devrait être notre devise... Mais, se reprit-il, en abandonnant à contrecœur un sujet favori, vous n'êtes pas venue jusqu'ici pour m'entendre me plaindre de l'état calamiteux de la police britannique... »

Elle sourit d'un air gêné.

« J'imagine qu'on pourrait rivaliser avec vous en matière d'atrocités... J'aimerais avoir des renseignements sur ce Forster. »

Manstead hocha la tête.

« Il n'a rien à voir avec nous. Je veux dire que nous avons consulté nos fichiers et qu'il n'y apparaît pas du tout. Pas la moindre petite allusion. On se renseigne pour vous, cependant. »

Flavia eut l'air déçue, même si cela ne l'étonnait pas. Le Giotto de Bottando n'était pas le genre d'individu dont les agissements sont de notoriété publique. S'il existait, c'était sans doute un citoyen absolument au-dessus de tout soupçon, à qui on donnerait le bon Dieu sans confession. En un sens, l'absence de fiche policière sur lui en Angleterre l'encourageait dans son idée qu'on avait affaire à quelqu'un menant une double vie.

« Pas le moindre ragot ? » s'enquit-elle.

Manstead réfléchit posément. C'était un homme calme et réfléchi.

« Personne ne semble l'avoir beaucoup aimé, il faut bien le dire. Mais quand j'ai demandé si maintenant qu'il était mort les gens avaient envie de donner leur opinion sur ses pratiques en affaires, tous ceux que j'ai interrogés ont nié avoir jamais entendu quoi que ce soit à son sujet.

— Je vois. Donc, vous croyez que ces personnes seraient stupéfaites si on suggérait que durant un quart de siècle il a volé des œuvres dans les plus importantes collections d'Europe ?

— Oui, je crois que tout le monde serait surpris. C'est sur ça que votre patron enquête ? C'est ce que vous pensez, vous aussi ? »

Elle secoua la tête.

« Pas vraiment, répondit-elle avec regret.

— À l'inverse de votre patron ?

— Pas exactement. Mais quelqu'un dans le service nie cette hypothèse. »

Manstead la fixa, un léger sourire amusé aux lèvres.

« Je comprends, fit-il lentement. Du moins, je crois deviner. Je vois le genre... C'est ça, hein ? »

Elle émit un petit grognement agacé qui indiquait surtout sa gêne.

« Et en quoi sa mort vous intéresse-t-elle ? » demanda Manstead. Si elle souhaitait lui épargner les détails, peu lui importait après tout.

« En rien du tout. Ce qui, j'imagine, simplifiera énormément la vie de chacun. Sauf, bien sûr, que ce serait beaucoup plus intéressant s'il avait été assassiné.

— Naturellement. Mais, hélas ! les indices sont très ambigus à ce sujet. C'est uniquement parce que votre collègue… Comment s'appelle-t-il déjà ?

— Mon "collègue" ? » Elle resta perplexe quelques instants. « Ah oui ! Jonathan… De quoi s'agit-il ?

— C'est juste parce qu'il se trouvait sur place, parlant de vol et relevant des coïncidences, que la police prend la chose très au sérieux. Autrement, je pense qu'on aurait conclu que Forster avait bu un coup de trop et qu'il a trébuché sur une marche branlante. Et c'est ce qu'on risque de faire en fin de compte.

— Qui sait ? La police a peut-être raison.

— Qui sait, en effet ? renchérit nonchalamment Manstead. Bien… Que diriez-vous d'un petit verre, vous aussi ? »

À peu près au moment où les freins de l'avion de Flavia crissaient sur une piste de Heathrow, Argyll passait d'une tuyauterie anglaise fin XIXe à un domaine où il se targuait, avec quelque raison, de pouvoir un peu mieux exercer ses talents. Et ce grâce à Manstead qui, en homme consciencieux, avait téléphoné à la police du Norfolk pour lui annoncer que, l'affaire Forster ayant suscité un vif intérêt dans le monde entier, une spécialiste italienne venait de débarquer en Angleterre pour prêter son concours à l'enquête.

Cette légère exagération avait fortement inquiété les policiers du coin. C'est pourquoi on alla chercher Argyll. Non qu'il fût considéré comme la solution idéale, mais il allait remplir une fonction pratique, c'est-à-dire empêcher toute intervention de Londres. La mort de Forster était peut-être liée à des histoires de tableaux. Et comme eux ne s'y connaissaient guère dans le commerce des objets d'art, s'ils ne faisaient pas attention ils devraient remettre des parties importantes du dossier à Manstead, lequel, vu sa fringale de publicité, risquait de se vanter, le cas échéant, d'avoir résolu l'affaire tout seul. Ils devaient donc bûcher le plus vite possible l'aspect artistique du dossier afin de tenter de boucler ce volet de l'affaire et d'éviter que Manstead ne leur prête son concours.

Mais puisque à la campagne il est difficile de trouver au débotté des experts en vieilles peintures, on décida de se rabattre sur le seul qu'on avait sous la main, le priant de jeter un coup d'œil sur les documents de Forster. S'il y avait là-dedans une allusion à quelque opération louche, Argyll pourrait la leur signaler.

Il fut de ce fait ramené à la maison, qu'on l'autorisa à explorer sous le regard à la fois discret et vigilant du policier Hanson. Elle était plus grande qu'on ne l'imaginait de l'extérieur, le grenier ayant été transformé en une longue pièce basse de plafond, laquelle, à l'évidence, avait servi de bureau à Forster. À un bout figurait tout l'équipement du marchand d'art moderne : livres, téléphone, fax, fichiers. À l'autre s'entassaient les éléments de son stock qui n'étaient pas accrochés aux murs de la salle à manger, du vestibule ou du salon au rez-de-chaussée. Dans un coin partait l'escalier dont la première marche branlante avait pu causer sa chute. Argyll le monta et le descendit avec moult précautions.

Il soumit à un examen rapide mais méthodique le stock de Forster, éprouvant un sentiment croissant de dégoût et de souverain mépris. Des croûtes, des barbouillages... Que des tableaux peints à la va-vite, la plupart absolument affreux. Les prix indiqués étaient exorbitants. Si Argyll n'était pas un marchand prospère, au moins il aimait les peintures qu'il n'arrivait pas à revendre. Mais ça, c'était le genre de camelote dont seul un cynique sans scrupule aurait osé s'occuper – pas quelqu'un s'y connaissant tant soit peu. Et sûrement pas quelqu'un comme Giotto, qui, ayant volé une œuvre de presque tous les maîtres de la Renaissance, n'aurait pu s'intéresser à de telles horreurs. D'un autre côté, se dit Argyll, comme Flavia devant Manstead, quel meilleur stratagème que de faire en sorte que tout le monde vous associe au médiocre, au vulgaire et au laid ? Qui, devant ces croûtes, pourrait imaginer... ?

Puis il s'intéressa au contenu du fichier, mais celui-ci n'offrit rien de passionnant. Les inventaires et les comptes rudimentaires que les marchands d'art établissent pour eux-mêmes et pour le percepteur ne consistent le plus souvent qu'en une petite colonne de chiffres fantaisistes aboutissant à une somme finale tout aussi fantaisiste. Même Argyll, qui n'avait guère la bosse des maths, pouvait se débrouiller tout seul, bien qu'il requît en général l'aide de Flavia.

« Qu'est-ce que c'est que ça ? s'était-elle écriée la première fois qu'elle l'avait aidé. Où sont tes frais ?

— Je n'en ai pas vraiment eu.

— On est allés en vacances, non ? Tu as visité un musée pendant les vacances ?

— Oui. Et alors ?

— Premier élément : "Voyage de recherches". Combien as-tu dépensé pour ça ? Trois millions de lires ? Maintenant, la voiture... Tu t'en es servi une fois pour livrer un tableau. Donc, entretien, essence et usure. Disons un autre million.

— Mais...

— Utilise ton imagination, Jonathan ! » s'était-elle exclamée avec colère avant de vérifier tout le formulaire, ajoutant un zéro ici, en enlevant un là, si bien qu'à la fin, d'un coup de baguette magique, sa petite affaire de marchand de tableaux n'avait plus dégagé un léger bénéfice mais accusait soudain une perte inquiétante. Durant les six mois suivants, il avait anxieusement attendu la visite à domicile d'un inspecteur des impôts. *Il nous faut juste quelques précisions,* dottore *Argyll...*

En fait, comparés aux comptes de Geoffrey Forster, ses modestes calculs avaient l'air de ceux d'un élève d'école primaire. Il y avait des chiffres partout et, aux yeux d'Argyll, tout ça n'avait ni queue ni tête. Après trois heures de dur labeur, la seule conclusion à laquelle il aboutit était que la police n'avait pas fait appel au bon collaborateur. Il n'était pas plus compétent comme comptable que comme plombier.

Lorsqu'il eut terminé, il avait une affreuse migraine. Pour un résultat plutôt maigre. Les revenus de Forster étaient variables mais souvent très élevés, si bien qu'en plus de sa maison il avait acheté quelques années auparavant deux pavillons dans le village, même si ses efforts pour trouver l'argent permettant de les retaper et les revendre à des Londoniens comme résidences de week-end ne l'avaient pas mené très loin. L'un des pavillons, se rappela Argyll, était habité par George Barton. Depuis deux ans, les ventes de tableaux – officiellement du moins – étaient pratiquement tombées à zéro. Comme tout le monde, Forster avait dû être victime de la récession.

Plusieurs années auparavant, ses revenus avaient reçu un coup de fouet grâce à un salaire – pas énorme, nota Argyll – accordé par Mlle Beaumont pour rémunérer ce qui était qualifié de manière ambiguë de « services », mais ces émoluments avaient brusquement cessé en janvier, sans doute lorsque Mary Verney lui avait signifié son congé après le décès de sa cousine. On ne savait trop à quel travail correspondait ce salaire. Il ne semblait pas non plus avoir beaucoup acheté récemment. Comme bien des marchands, il gardait les catalogues des ventes aux enchères où il avait acquis des objets, mais il n'y en avait qu'une vingtaine s'échelonnant sur les cinq dernières années. Ce n'était vraiment pas suffisant pour assurer un revenu.

Tout ça donnait l'impression que Forster tirait le diable par la queue. Sauf si, bien sûr, il jouissait de rentrées d'argent qu'il avait charitablement décidé de ne pas déclarer au percepteur dans le but d'alléger sa tâche. Il n'avait pas le profil du voleur de tableaux censé être le plus doué de sa génération, mais il est vrai que celui-ci devait sans doute être aussi un rien expert dans l'art de jongler avec les chiffres. Il était peu probable que ses formulaires de déclaration d'impôts regorgent de notations telles que : « Un Uccello volé », etc.

C'était cependant là une piste sans intérêt. Tout comme le fait que lorsqu'il avait coupé les ponts avec Weller House Forster n'avait apparemment pas pris la peine de rendre certains documents concernant la collection. C'est en tout cas ce qu'Argyll pensa en découvrant dans l'un des fichiers un inventaire d'homologation des peintures de Weller House. Puisqu'il datait de quinze ans, Argyll supposa qu'il avait été dressé à la mort de l'oncle Godfrey. Ce n'était pas très révélateur, les soixante-douze tableaux et les vingt-sept dessins répertoriés étant plutôt vaguement décrits. Mais puisqu'il s'agissait peut-être de la seule liste disponible et qu'à l'évidence elle n'appartenait pas à Forster, il la glissa dans sa poche pour la rendre à sa propriétaire légitime. Il nota que le dessin de la main était identifié comme une œuvre française anonyme du XVIIIe, ce qui ne le satisfit pas, bien que ce fût déjà mieux que l'hypothèse émise par Mme Verney. Il était également évalué à trente livres, somme paraissant à peu près juste.

Bâillant d'ennui, Jonathan décida de se reposer sur ses lauriers. Il marqua l'endroit où il s'était arrêté, fourra les papiers dans un tiroir du bureau, le ferma à clé pour respecter les consignes de sécurité de la police, avant d'annoncer au très patient Hanson qu'il avait terminé. Il lui restait les trois quarts du fichier à examiner, mais cela devrait attendre le lendemain. Ce travail pouvait être bâclé ou effectué avec sérieux. Il décida qu'en l'honneur de la police il choisirait la seconde méthode. Il avait besoin de boire un verre, et Hanson, qui n'était plus désormais en service, accepta avec empressement l'invitation d'Argyll.

Celui-ci rentra à Weller House à sept heures et demie tapantes, au moment où le dernier F 111 de la journée passait en trombe entre les tuyaux des cheminées. Il apportait une bouteille de vin médiocre achetée au pub après qu'il eut décliné l'offre du vieux George d'une pinte de bière.

« Ah ! vous voilà ! fit Mme Verney. Où étiez-vous donc passé ?

— J'ai aidé la police dans son enquête, en quelque sorte.

— Ils vous ont enfin démasqué, c'est ça ?

— Sûrement pas. J'ai examiné les comptes de Forster, ainsi que ses papiers.

— Avec succès ?

— Non. Les arcanes de la comptabilité n'ont jamais été mon fort. Il peut avoir été aussi pur qu'un trappiste ou aussi crapule qu'Al Capone sans que je sois capable de faire la différence.

— Ni l'un ni l'autre, à mon avis.

— Hmm. J'ai trouvé ça, cependant. » Il lui tendit l'inventaire. Elle y jeta un bref coup d'œil.

« Il l'avait pris, n'est-ce pas ? Ça ne m'étonne pas. S'il y a autre chose qui m'appartient, pourriez-vous me le rapporter ?

— Dans la mesure où la police le permet. Mais c'est bizarre qu'il ait déclaré à votre cousine qu'il n'existait rien concernant vos biens.

— Peut-être ne voulait-il pas qu'elle devine ce qu'il fabriquait. De toute façon, il est trop tard pour se faire du souci à ce sujet. Ce qui a disparu a disparu... J'espère que vous aimez le lapin.

— J'adore le lapin !

— Bien. Je lui ai serré le kiki moi-même. Je suis tueuse en série, entre autres spécialités. Certains ici ne peuvent voir un animal à fourrure sans avoir envie de le vider. À la campagne, tuer est un passe-temps.

— Apparemment.

— Quoi ?

— Pour Forster. Je crois comprendre qu'ils ont arrêté quelqu'un.

— Ah, ça ? lâcha-t-elle avec dédain. Gordon. Je suis au courant. Je crains que les policiers ne prennent une fois de plus leurs désirs pour des réalités.

— Vous faites bien confiance à vos voisins...

— Vous trouvez ? Comment cela ?

— Eh bien, je vous dis que Forster était peut-être un escroc, et vous écartez l'idée alors que vous le détestiez. La police arrête Gordon, et vous rejetez la possibilité qu'il soit un assassin, quoique vous le soupçonniez d'être un voleur. »

Elle haussa les épaules.

« Je préfère penser que je me forge une opinion nuancée de mes semblables. Surtout, continuez à tenter de prouver que Geoffrey était un voleur... Je serais ravie que vous y réussissiez. Qui sait ? vous avez peut-être même raison. Je me laisserai facilement persuader... Passez-moi ce vin de table, je vous prie. Là, sur le côté.

— Ah ! Donnez-moi d'autres détails sur Forster », lui demanda-t-il sans ambages, en s'asseyant à la table pour discuter plus à l'aise. Il versa avec une certaine gêne deux verres du vin qu'il avait apporté.

« D'autres détails ? Que voulez-vous savoir de plus ?

— Tout. Vous le connaissiez bien ? Quel genre d'homme était-ce ?

— Oh ! fit-elle en remuant son plat d'un air songeur. C'est une histoire compliquée. » Elle s'arrêta un moment pour saupoudrer de poivre les pommes de terre, avant de les remuer, énergiquement cette fois-ci. « Pourquoi pas, en fin de compte ? Tout le monde est mort. Vous savez qu'il était l'amant de ma cousine ?

— On l'a suggéré, au pub. Mais ce n'était pas très clair.

— Ça ne ressemble pas aux habitués. Ils sont en général excessivement précis. Quoi qu'il en soit, Forster l'avait rencontrée il y a fort longtemps, il me semble. Il avait eu des relations épisodiques avec la famille et avait réussi à mettre le pied dans la maison à la mort de l'oncle Godfrey en l'aidant à éviter les droits de succession. Mais il l'a harponnée pour de bon deux années avant sa mort. Dans le simple but de l'exploiter, évidemment.

— Dans quel sens ?

— Veronica n'était pas la personne la plus attrayante du monde, hélas ! Je ne parle pas de son physique, mais elle n'était pas, disons, d'un tempérament vif et chaleureux, si vous voyez ce que j'entends par là. Et on vous a peut-être appris qu'elle était un peu instable. Forster a deviné sa faiblesse, et quand ses affaires ont périclité il a fait le siège de ma cousine, rien que pour s'emparer de l'argenterie de famille à mon avis. Je ne sais pas exactement ce qu'il a vendu, pas plus que Veronica, qui affirmait toujours qu'elle lui faisait confiance. Car à quoi sert d'engager des conseillers experts si on doit passer son temps à les surveiller ? Force m'est de reconnaître que c'était un excellent comédien...

— C'est-à-dire ?

— C'est-à-dire qu'il était à l'évidence un sale individu. Tout le monde s'en rendait compte, sauf Veronica. Mais on ne voyait pas précisément pourquoi il donnait cette impression ni ce qu'il manigançait. On savait seulement qu'on ne pouvait pas se fier à lui. On se demande comment sa femme arrivait à le supporter.

— Ah oui ! sa femme... Où est-elle ?

— Il paraît qu'elle passait quelques jours à Londres quand il est mort. Elle devrait revenir d'un moment à l'autre. En tout cas, on ne va pas la soupçonner de l'avoir poussé dans l'escalier.

— Pourquoi dites-vous ça ? Est-ce là à nouveau votre optimisme sur la nature humaine ? »

L'espace d'un instant, elle parut étonnée d'avoir à s'expliquer.

« Parce que c'est absolument inconcevable, voilà pourquoi. Pourtant, Dieu sait qu'elle avait de bonnes raisons.

— Quelle sorte de femme est-ce ?

— Simple et naïve, séduite par un beau parleur plus vieux qu'elle avant d'être assez grande pour comprendre à qui elle avait affaire. Non que l'âge ait joué, en fait, un rôle important dans son cas, hélas ! Elle est très, très bête. C'est une des victimes de l'existence. Gnangnan, plutôt falote, je le crains. Le genre qui donne l'impression de se passer tous les soirs le visage à l'eau de javel. Elle ne sait pas prendre soin d'elle-même. Très gentille, mais sans aucune volonté. Elle l'a supporté année après année. Pourquoi auraitelle craqué tout d'un coup ?

— Ça arrive.

— En effet. Mais pour le tuer il aurait fallu qu'elle se rende chez sa sœur, qu'elle revienne en catimini pour le pousser dans l'escalier, avant de s'esquiver discrètement. Ce qui impliquerait une certaine planification. Et ce genre de froid calcul n'est pas son style. »

Devant l'air dubitatif d'Argyll, elle sourit pour l'amadouer.

« Vous avez l'air sceptique. À tort. Vous ne la connaissez pas. En outre, pour autant que je le sache, il n'est pas du tout prouvé qu'il ait été assassiné. Pourquoi êtes-vous sûr que tel est le cas ?

— Simplement parce que c'est une atroce coïncidence qu'il soit mort juste avant que je puisse lui parler.

— Voyez le bon côté des choses ! Ça vous a évité une rencontre désagréable.

— Je parle sérieusement.

— Je sais. Mais c'est une coïncidence seulement si Geoffrey était bien un voleur.

— Il m'avait promis de me parler d'un tableau volé.

— Sans doute juste pour vous menacer d'un procès en diffamation.

— Mais vous n'aimiez pas Forster. Et vous ne lui faisiez pas confiance, n'est-ce pas ?

— Tout à fait. Il utilisait les gens et les laissait choir quand il n'en avait plus l'usage. Et c'était un menteur et un tricheur. Traits de caractère peut-être utiles chez un marchand de tableaux. Pourquoi n'essayez-vous pas ?

— Alors, qu'est-ce qui plaisait en lui à votre cousine ?

— Il possédait un certain charme, concéda-t-elle, si on est sensible à ce type d'homme, ce qui n'est guère mon cas. Assez beau garçon, genre bellâtre. Et la pauvre Veronica n'était pas très heureuse. Son mari était mort jeune. L'imbécile s'était soûlé à la célébration de leur cinquième anniversaire de mariage. Il est tombé à plat ventre dans un étang et s'est noyé dans quinze centimètres d'eau. Trop ivre pour se retourner. Même Veronica jugeait son cas plutôt désespéré. C'est pourquoi elle a repris son nom de jeune fille. Elle a estimé préférable que survive “Beaumont” plutôt que “Finsey-Groat”. Et elle n'a jamais trouvé quelqu'un qui mérite qu'on sacrifie pour lui le nom familial. Par conséquent, pas de mari, pas d'enfant, pas d'amis. Victime idéale pour quelqu'un cherchant à plumer une proie facile.

— C'est ce qu'il a fait ?

— Ma foi, il vendait des tableaux sans jamais montrer les comptes, et je suis persuadée qu'il gardait pour lui une grosse partie de l'argent. J'ai essayé d'ouvrir les yeux à Veronica, mais elle était trop fascinée. Une vraie demeurée.

— Quand est-elle morte ?

— En janvier. J'étais là. Elle avait eu une attaque et j'ai été à nouveau convoquée par le Dr Johnson pour arrêter ce qu'on devait faire d'elle cette fois-là. Personne ne voulait venir. Elle était dépressive, vous savez.

— On me l'a dit.

— C'était cyclique. Elle se portait comme un charme pendant très longtemps puis elle perdait la boule.

— Dans quel sens ?

— De trente-six manières. Elle faisait une fugue, disparaissant pendant environ une semaine. Personne ne savait où elle allait. Ou bien elle se claquemurait dans la maison et refusait de voir quiconque. Ou encore elle restait assise à boire. Ou d'autres lubies. Quand elle est morte, elle était en pleine crise et avait avalé trop d'alcool et de comprimés.

— Pourquoi vous occupiez-vous d'elle ? »

Elle haussa les épaules.

« Il n'y avait personne d'autre. Elle refusait de se faire soigner sérieusement et quand elle était vraiment mal j'étais l'unique personne qui pouvait s'occuper d'elle. Elle était carrément insupportable, je dois dire.

Je me suis absentée un seul jour et elle s'est tuée. J'aimerais croire à un accident, mais je n'en suis pas sûre.

— Que voulez-vous dire ?

— Eh bien, c'est idiot, mais nous venions de nous quereller. À propos de Forster, d'ailleurs. Elle commençait à comprendre qu'il n'était finalement pas si merveilleux que ça. Elle m'a demandé ce que j'en pensais et je lui ai conseillé de s'en débarrasser. Alors elle a explosé et m'a traitée de tous les noms. Je suis partie très vexée et elle s'est consolée avec une demi-bouteille de whisky et un demi-flacon de comprimés. Si j'avais été un peu plus souple...

— Vous vous sentez coupable ? »

Elle secoua la tête.

« Seulement quand je ne suis pas en forme. Lorsque je suis de bonne humeur, je me rends compte qu'il s'agissait de la chronique d'une mort annoncée. Tôt ou tard elle aurait trop tiré sur la corde. Dommage qu'elle m'ait impliquée dans sa chute. Ça lui ressemble bien...

— Vous étiez très proches ?

— On ne peut guère dire ça. En fait, pour être franche, je ne crois pas qu'on s'appréciait. Elle m'a légué ce domaine simplement pour qu'il reste dans la famille, et j'étais la seule de ses parents qui ne soit pas une totale nullité. Même si je ne peux affirmer que j'aie les moyens ou le désir de l'entretenir... Un peu plus de lapin ?

— Non, merci.

— Alors un peu de "dessert d'été" ? Il est délicieux.

— Avec plaisir. »

Elle servit à Argyll un morceau de pudding aux baies rouges, le couvrit de crème épaisse et lui laissa un certain temps pour le déguster, faire des compliments et en reprendre un peu.

« Quelle est votre place dans la famille Beaumont ? demanda-t-il, cherchant désespérément à situer dans un contexte sa fouille parmi des documents privés.

— À mon tour d'être sur la sellette, c'est ça ? Très bien. Je suis la fille de Mabel, la brebis galeuse de la famille, celle qui a mal tourné. Quoiqu'elle ait eu une vie bien plus intéressante que tous les autres ici. Jusqu'à ce qu'elle tombe malade, en tout cas.

— Ça paraît intéressant.

— Oui, en quelque sorte. Maman était "bohème", ce qui chez les aristocrates est toujours un euphémisme pour "déséquilibré", sinon "fou à lier". C'est pourquoi j'ai toujours ressenti plus de sympathie pour Veronica que la plupart des gens. J'avais plus de pratique. Maman a eu une jeunesse typique de son milieu et était censée hériter de Weller House – il n'y avait pas de fils, malgré les consciencieux efforts de ma grand-mère –, trouver un riche mari qui rebâtirait la fortune et en gros remplacerait ma mère en tout. Au lieu de cela, elle a eu des tas de drôles d'idées, et a soudain plié armes et bagages pour devenir infirmière en Espagne pendant la guerre civile, décision qui a terriblement choqué la famille. Passe encore d'être généreuse envers les chômeurs, mais aller torcher des derrières bolcheviques ! Alors, bien sûr, on l'a déshéritée. Du point de vue de la famille, c'était normal et je ne crois pas que ça ait beaucoup ennuyé maman. Je suis née dans ce qu'on pourrait appeler des circonstances ambiguës, juste avant la guerre. Elle est morte quand j'avais quatorze ans. Avec beaucoup de réticence, la famille m'a recueillie et, à partir d'un matériau fort ingrat, a essayé de faire de moi une demoiselle. Lamentable échec, semble-t-il. Fin du récit. Je vous ennuie ?

— Seigneur, non ! Continuez donc !

— Il n'y a pas grand-chose à ajouter, en fait. Je me suis mariée, ai eu des enfants, puis mon mari et moi nous sommes séparés, et il m'a octroyé une rente correcte.

— C'est le côté Verney de l'histoire.

— Oui. C'était un homme bien, vraiment. Mais je le détestais. À partir de ce moment-là, le récit de ma vie devient très fade et sans le moindre intérêt. Je me suis déplacée d'un endroit à l'autre, avant de m'installer à Londres où j'ai fait une chose, puis une autre, une autre encore...

— Vous ne vous êtes jamais remariée ? »

Elle secoua la tête.

« Aucun candidat acceptable ne s'est présenté. Pas pour le long terme, à tout le moins... À propos, enchaîna-t-elle, en vertu d'une de ses incongrues associations d'idées qu'Argyll commençait à trouver inquiétantes, Flavia a de nouveau téléphoné.

— Ah oui ?

— Pouvez-vous la voir demain à Londres à l'heure du déjeuner ?

— Ah ! quel dommage ! Je commençais à beaucoup me plaire ici.

— Vraiment ? Merveilleux ! En ce cas, libre à vous de revenir... Va-t-elle débarquer ici elle aussi ?

— Aucune idée. Ça ne m'étonnerait pas.

— Si oui, j'espère qu'elle fera moins de chichis que vous pour accepter mon hospitalité. Du café ? »

10

Dès le lendemain, après un agréable déjeuner en compagnie d'Argyll et d'Edward Byrnes au Cercle des dîneurs, Flavia commença ses recherches sur la vie et l'époque de Geoffrey Forster. L'inspecteur Manstead, qui ne ratait jamais une occasion de manger à l'œil ou de rencontrer quelqu'un pouvant s'avérer utile comme contact, se joignit à eux, puis décida d'accompagner Flavia dans ses déplacements, dans le seul but d'ajouter, selon sa formule, un vernis officiel à l'enquête de la jeune Italienne.

Heureusement, certaines activités commerciales londoniennes se regroupent aujourd'hui encore par quartier. Un grand nombre d'autres métiers, qui se rassemblaient jadis par mesure de sécurité, se sont dès longtemps égaillés aux quatre vents. Rares sont les tailleurs qui tirent toujours l'aiguille autour de Savile Row. Les journalistes travaillent désormais trop loin les uns des autres pour se retrouver dans les pubs de Fleet

Street et se plaindre de ne pas être appréciés à leur juste valeur. Et Covent Garden n'est plus un lieu aussi intéressant depuis que les éditeurs se sont dispersés aux quatre coins de la capitale. Si les médecins dominent toujours Harley Street, ce sont des gens trop distingués pour se rencontrer et faire la causette.

Mais il y a assez d'antiquaires autour de Bond Street et de St James's Street pour donner au quartier un cachet distinctif ; même s'ils ne s'aiment guère les uns les autres, la proximité et les intérêts communs permettent que demeure entre eux quelque apparence de solidarité professionnelle. C'est pourquoi quand Edward Byrnes accepta en faisant la grimace de téléphoner à Winterton, celui-ci accorda, à contrecœur, un rendez-vous à Flavia.

Les deux hommes étant d'âge mûr, excessivement riches et ayant réalisé leurs ambitions professionnelles, on eût pu penser que leur rivalité aurait perdu de son intensité, et qu'ils auraient été à même de contempler le marché de l'art avec la sérénité et le détachement de celui qui n'a absolument plus rien à craindre. Mais c'était loin d'être le cas. Ayant été depuis des décennies profondément jaloux l'un de l'autre, aucun des deux n'était disposé à abandonner la lutte. Sans la volonté de Winterton de battre Byrnes à plates coutures et sans l'ardent désir de Byrnes de rosser Winterton, les deux hommes auraient pu rester des marchands de moyenne envergure au lieu de devenir deux géants rivaux de Bond Street.

Quelle constante leçon pour Argyll – dont la seule ambition était de gagner assez bien sa vie pour vivre en paix – de voir avec quelle facilité s'effritait le vernis d'urbanité de Byrnes à la seule mention du nom de Winterton ! Il avait toujours cru qu'avoir deux millions de livres sterling en banque apportait joie et tranquillité. Quel choc de constater qu'il n'en était rien ! Les excellentes relations qu'entretenait Winterton avec le réseau des musées américains suscitaient toujours chez Byrnes une violente et assez primaire jalousie. L'anoblissement de Byrnes était parfaitement de nature à faire passer des nuits blanches à Winterton s'il lui arrivait d'y penser avant de se coucher.

Argyll lui ayant une ou deux fois signalé par le passé le talon d'Achille de son ancien employeur, Flavia s'efforça de déterminer l'origine d'une telle rivalité en entrant dans la galerie concurrente, située trois cents mètres plus loin dans la même rue.

Le style avait sans doute son importance, se dit-elle en attendant l'apparition du grand homme. Tandis que la galerie de Byrnes cultivait avec soin une atmosphère intellectuelle et surannée, avec son élégance un rien défraîchie, Winterton avait résolument opté pour la mode actuelle, où tout est restauré et décoré à mort. La différence de style se percevait dans la personne même des deux hommes, remarqua Flavia dès que Winterton fit son apparition. Byrnes avait des cheveux gris depuis au moins dix ans et était désormais presque chauve, alors que Winterton jouissait d'une belle chevelure, d'un noir suspect vu qu'il approchait de la soixantaine. En un mot, Byrnes entretenait coûteusement une allure négligée, tandis que Winterton misait sur une élégance tout aussi coûteuse. Flavia avait appris – plus précisément, Argyll lui avait expliqué – que de telles différences peuvent engendrer des conflits dans un pays comme l'Angleterre qui, malgré sa réputation, est plus que tout autre soucieux des apparences. Selon les critères du reste de l'Europe, il est possible que les Anglais s'habillent fort mal, mais leur façon de mal s'habiller compte énormément pour eux.

On poussa Flavia et l'inspecteur Manstead (lequel, dans le domaine vestimentaire, appartenait à l'école du négligé bon marché) dans le bureau de Winterton où on leur offrit thé et café. Winterton s'installa derrière son bureau et joignit le bout des doigts pour indiquer qu'il prenait cette séance très au sérieux et qu'il ferait, cela allait de soi, tout son possible pour aider la police dans son enquête.

« L'inspecteur Manstead et moi-même cherchons à obtenir des renseignements sur des tableaux qui sont passés entre les mains de feu Geoffrey Forster », commença Flavia. Winterton hocha la tête pour montrer qu'il accordait son entière attention à ses visiteurs.

« Pour être franche, la provenance de certains d'entre eux pose problème...

— Vous voulez dire que certains auraient été volés ?

— Tout à fait. »

Winterton hocha la tête avec impatience.

« Bien, bien. Je vois... Puis-je savoir de quels tableaux il s'agit ? J'espère que vous n'allez pas me demander si j'étais au courant ? »

Elle s'empressa de secouer la tête.

« Non. Mais il va de soi que nous avons besoin de renseignements sur Forster. Amis, associés et tutti quanti... Il nous faut plus ou moins comprendre comment ce genre de chose a pu se produire. Vous le connaissiez bien ?

— Oh non ! s'écria-t-il, visiblement soulagé. Nos rapports étaient très lâches, Dieu merci !

— Et quelle impression vous faisait-il ? »

Il réfléchit un bon moment.

« Il était totalement dépourvu de ce qu'on pourrait appeler la délicatesse. La valeur d'une chose se réduisait pour lui à la somme qu'il était possible d'en tirer. Pour utiliser un cliché : il connaissait le prix de tout mais la valeur de rien. Au risque de paraître vieux jeu, je ne peux le décrire que comme un faiseur doublé d'une fripouille. Geoffrey Forster était tout à fait le genre de personne qu'on s'attend à voir acheter des objets volés.

— Mais, monsieur Winterton, vous jouissez d'une grande réputation, me semble-t-il. Alors pourquoi faire des affaires avec quelqu'un dont vous aviez une si piètre opinion ? Cela ne pouvait que vous causer du tort dans le monde de l'art, non ? »

La question le fit grimacer. Sans doute parce qu'elle était fort pertinente. Il esquissa un vague geste de la main suggérant le passage du temps et le flou qui régnait sur le marché de l'art.

« C'est un signe de notre époque, déclara-t-il avec un soupir. Nous devons tous tirer le meilleur parti de nos atouts, jusqu'à ce que l'économie reparte. Dans mon cas, possédant ce grand bâtiment plutôt sous-utilisé, j'ai loué deux pièces du haut à des gens souhaitant une adresse prestigieuse sans avoir les moyens de s'offrir leur propre galerie. Forster était l'un des trois locataires et il n'utilisait le lieu que rarement. À dire vrai, c'était d'ailleurs l'une des conditions requises pour lui accorder le bail... En outre, il m'a jadis rendu un service qui m'a permis de sauver la face. Je dois avouer que je n'avais aucune sympathie pour lui, mais je lui étais redevable. Vous savez ce que c'est...

— Ah ! Je vois. Pourriez-vous nous raconter de quoi il retournait ?

— Je ne pense pas que ça ait quoi que ce soit à voir avec l'affaire. »

Flavia fit un charmant sourire et Manstead fronça les sourcils d'un air menaçant. À eux deux, ils réussirent à convaincre Winterton que la police serait absolument ravie d'avoir une réponse et qu'ils seraient capables de lui causer énormément d'ennuis s'il refusait de répondre.

« Bon, d'accord. Cela se passait il y a environ trois ans. J'avais accepté de vendre un tableau pour les exécuteurs testamentaires de la succession d'un collectionneur belge, homme fort distingué dont je tairai le nom.

Forster l'a appris au moment où je faisais les démarches pour que Christie's se charge de la vente. Il m'a prévenu que les apparences étaient peut-être trompeuses.

— Quelles étaient les apparences ?

— Cela semblait être une belle peinture de l'école florentine du milieu du XVe, cependant la documentation manquait. Donc de grande valeur, sans doute, mais, en l'absence de pedigree, pas de tout premier plan. C'est la raison pour laquelle je n'avais pas proposé de trouver un acheteur privé.

— Et qu'était-ce en réalité ?

— Je n'ai pas réussi à le prouver, naturellement...

— Mais...

— Mais il paraissait y avoir une certaine ressemblance avec un tableau de sainte Marie l'Égyptienne par Antonio del Pollaiuolo volé en 1976 dans le château écossais du comte de Dunkeld.

— Et vous vous êtes donc empressé de signaler le fait à la police ? »

Winterton fit un sourire contraint.

« Sûrement pas !

— Pourquoi donc ?

— Parce qu'il n'y avait pas la moindre preuve dans un sens ou dans l'autre. Je ne pouvais pas en conscience entreprendre de vendre le tableau moi-même, bien sûr. Mais traîner dans la boue le nom d'un collectionneur célèbre – car c'est ce qui se serait passé – en faisant intervenir la police à propos d'un tableau qui avait pu être vendu de manière très légitime semblait irresponsable. J'ai procédé à des vérifications et rien n'indiquait la façon dont le tableau était arrivé dans la collection.

— Par conséquent vous vous êtes défilé ? » s'écria Manstead avec indignation.

Cette formulation vulgaire fit tiquer Winterton.

« Et où se trouve aujourd'hui cette peinture ? reprit le policier.

— Je n'en sais rien.

— Je vois. Bien. Disons les choses tout net... Vous vendiez un tableau volé. Forster jette un coup d'œil dessus et vous le signale. Vous faites machine arrière de peur qu'on s'en aperçoive. Et vous ne pensez pas un seul instant que vous commettiez peut-être un délit ? »

De surprise, Winterton arqua un sourcil.

« Bien sûr que non ! Je savais qu'on avait déclaré le vol du Pollaiuolo. D'un autre côté, je n'étais pas certain qu'il ait été réellement volé. »

Manstead ne se contint plus.

« C'est ce qu'on appelle jouer sur les mots, à mon avis !

— Je me soucie de votre avis comme d'une guigne, mais je devine que Mlle di Stefano me comprend parfaitement. Un tableau est volé. Le propriétaire déclare le vol et touche la prime d'assurance. A-t-il réellement été volé, ou bien le propriétaire l'a-t-il vendu par un intermédiaire tout en déclarant le vol afin d'être payé deux fois ? Le nouveau propriétaire pense-t-il qu'il achète une œuvre volée ou bien un tableau vendu discrètement afin d'éviter de payer trop de droits au fisc ? Ce qu'un collectionneur a fait il y a quinze ans et à l'étranger ne me concerne pas. Le métier de marchand d'art est déjà assez difficile sans chercher inutilement les ennuis. Dans ce cas précis, j'ai décidé que le mieux était de m'abstenir.

— Et de faire un petit geste de reconnaissance envers Forster en lui fournissant un bureau au premier pour le remercier de vous avoir évité des ennuis ? »

Winterton opina du chef.

« Je dirais plutôt qu'après ça il a un peu remonté dans mon estime. Mais pas outre mesure. »

Cette réponse contraria beaucoup Manstead, mais il nota que Flavia restait de marbre et qu'elle acceptait l'explication de Winterton comme si son attitude était absolument normale. Il eut même la nette impression qu'elle l'approuvait. En tout cas, elle ne prit pas la peine de le défier sur ce terrain.

« Bien, lança-t-elle en reprenant les rênes de la discussion, comment Forster savait-il que le tableau était volé ? N'est-ce pas la question fondamentale ? S'il était dépourvu de toute délicatesse, comme vous dites, repérer une œuvre aussi obscure que ce Pollaiuolo ne lui aurait pas été aussi naturel. Alors comment était-il au courant ? Il ne s'agissait pas d'un vol retentissant ni d'une collection célèbre. »

Winterton haussa les épaules.

« Il n'a pas dit : "Je sais que c'est un tableau volé parce que je l'ai volé moi-même" ? » suggéra-t-elle.

Winterton se troubla, réaction que Flavia considéra comme un grand progrès.

« Bien sûr que non ! finit-il par répondre. D'abord, parce que je ne pense pas qu'il en ait été capable. Et si ç'avait été le cas, il n'allait pas me l'avouer, n'est-ce pas ? C'eût été un peu idiot, même de sa part, non ?

— Pas nécessairement, répliqua Flavia d'un air grave. Après tout, vous l'auriez vendu sur le marché londonien, pas vrai ? Et ç'aurait été gênant qu'il réapparaisse ainsi. Vu votre position actuelle, j'imagine que vous êtes un bon professionnel, et que vous auriez vérifié soigneusement la provenance de l'œuvre et découvert une ou deux incohérences. Le tableau a-t-il été vendu ?

— Je ne crois pas.

— Et vous avez dit à la famille qu'il y avait quelque chose d'un peu louche. »

Il opina de la tête.

« Eh bien, voilà ! Un mot discret et Forster arrête une vente qui aurait pu lui causer de graves ennuis. Peut-être n'était-il pas aussi idiot que vous le croyez. Bon. Et qui étaient les clients de Forster ? Connaissez-vous certains d'entre eux ?

— Un petit nombre, répondit Winterton avec une extrême réticence et un agacement à peine dissimulé. Je sais qu'à une période il aidait des familles à vendre leurs biens. Quand le marché a périclité il s'est reconverti dans cette activité, plus ou moins à plein temps. Il est pratiquement devenu le conservateur de la collection du château du village où il habitait.

— Nous sommes au courant.

— Je crains que ce soit le seul nom que je connaisse, et je ne peux vous fournir d'autres détails, n'ayant jamais moi-même travaillé pour la famille. Je crois comprendre que ce travail a cessé lorsqu'un nouveau propriétaire a pris la suite. Mais, je le répète, nos relations n'étaient guère étroites... Eh bien ! dit-il en se levant pour signifier que l'entretien était terminé, n'hésitez pas à me recontacter si je puis vous être encore utile...

— Bien sûr », murmura Flavia. En réalité, elle était étonnée qu'ils soient restés là si longtemps et qu'ils aient réussi à lui soutirer autant de renseignements.

« Qu'en pensez-vous ? demanda-t-elle à Manstead au moment où ils ressortaient dans la rue.

— C'est scandaleux !

— Vous faites vos premiers pas dans ce milieu, n'est-ce pas ? demanda-t-elle avec un petit sourire.

— Vous voulez dire que c'est monnaie courante ?

— Refuser une commission substantielle pour une peccadille telle que le vol d'un tableau ? Non, c'est très inhabituel. Il est plus honnête que je ne l'avais imaginé – dans la mesure où il dit la vérité. Il se peut qu'il l'ait vendu quand même en utilisant quelqu'un d'autre comme couverture... Pourriez-vous vérifier ?

— De quel tableau s'agit-il ? Un de ceux figurant sur la liste des meilleurs coups de Giotto dressée par Bottando ?

— En effet. Il y en a déjà trois : Uccello, Fra Angelico et Pollaiuolo. En fait, ils surgissent si vite que je suis étonnée que Forster soit resté hors de prison assez longtemps pour mourir chez lui. Pouvez-vous vous renseigner sur cette collection belge ?

— Je ne connais pas grand monde en Belgique. »

Elle sortit son carnet, et griffonna sur une page un nom et un numéro de téléphone avant de la tendre à Manstead.

« Adressez-vous à lui. Présentez-vous de ma part. Il fera son possible. »

Il prit le bout de papier et le fourra dans sa poche.

« Je parie que vous en avez marre de moi », dit-elle en lui faisant un grand sourire.

Il poussa un soupir.

« Pas du tout ! » se récria-t-il galamment.

Les travaux londoniens d'Argyll consistèrent à aller chercher des vêtements de rechange et à rendre visite à Lucy Garton, une vieille amie. Le qualificatif de « vieille amie » était peut-être un tantinet exagéré, vu qu'ils s'étaient à peine connus plusieurs années auparavant, mais on se souvient avec un étrange plaisir de ces vagues relations lorsqu'on a besoin d'elles.

La logique d'Argyll était très simple. Bien qu'il n'eût pas parlé depuis des lustres à Lucy Garton, des bavardages avec des connaissances communes lui avaient permis d'être plus ou moins au courant de son parcours depuis qu'après l'université elle s'était lancée dans la mêlée du marché londonien de l'art, grimpant avec grâce le long de la perche glissante depuis un emploi d'assistante (lisez : secrétaire) à celui d'organisatrice d'expositions, avant de parvenir au poste un rien plus élevé d'expert pour l'une de ces maisons de vente aux enchères de second rang qui tentent de grignoter l'hégémonie du duopole Christie's-Sotheby's.

Plus intéressant : il s'agissait de la maison où Forster avait acheté et vendu des tableaux. Très désireux d'en savoir davantage sur cet individu, Argyll trouva judicieux de demander des précisions sur le genre d'activités auxquelles il s'y était livré. Ce qui l'intriguait, c'était le poste de conservateur officiel de la collection de Weller House que Forster avait occupé. Durant un siècle environ, cette collection s'était fort bien passée de conservateur. Si Forster parcourait l'Europe de long en large pour voler des tableaux, pourquoi s'embêter à rechercher Veronica Beaumont (apparemment, c'est bien ce qui avait eu lieu) afin d'obtenir un emploi au salaire symbolique, comparé à ce qu'avaient pu lui rapporter un Fra Angelico et d'autres tableaux de cette valeur ? Réponse : parce que ç'avait dû avoir son utilité. Pour Argyll, cela tombait sous le sens. Malheureusement, l'utilité en question ne sautait pas aux yeux.

Il pensait en outre pouvoir rendre un petit service à Mme Verney – dicté par le plaisir, et non pour donner à son hôtesse l'idée d'utiliser ses compétences au cas où elle déciderait de vendre des tableaux pour se remettre financièrement à flot.

Voilà à quoi il pensait tandis qu'on le menait au bureau de Lucy (elle devait avoir bien réussi puisqu'elle avait son propre bureau), mais il n'était pas assez naïf pour croire qu'atteindre son but serait un jeu d'enfant. Quels étaient vos rapports avec cet individu soupçonné d'actes délictueux ? Rares sont les maisons de vente aux enchères qui apprécient ce genre de questions, et Lucy était trop intelligente, se rappelait-il, pour ne pas saisir le sens de ses demandes, même formulées avec tact et doigté. Enfin, il n'y avait aucun mal à tenter le coup.

Elle parut d'ailleurs absolument ravie de le voir, même si à l'évidence son apparition soudaine ne laissa pas de la surprendre. Elle avait un charmant visage, mais Argyll se souvint que ce doux minois, presque poupin, cachait un esprit étonnamment acéré. Il était possible que ce contraste entre apparence et réalité explique, dans une certaine mesure, qu'elle ait eu son propre bureau. Argyll avoua qu'il n'était pas venu pour le simple plaisir de la revoir.

« C'est ce que j'avais cru comprendre. Tu ne cherches pas du travail, n'est-ce pas ?

— Oh non ! s'écria-t-il, un peu surpris.

— Tant mieux, parce qu'on n'a rien pour le moment.

— Je suis juste venu poser une ou deux questions sur un de vos clients. »

Le mouvement de sourcils de Lucy signifiait : Tu sais, c'est tout à fait confidentiel, on ne révèle jamais rien sur nos clients...

« Il s'agit d'un ancien client, en réalité. Un certain Geoffrey Forster qui est désormais mort et enterré.

— Mort ?

— Il est tombé dans son escalier. »

Elle haussa les épaules.

« Alors d'accord ! fit-elle. Le nom me dit vaguement quelque chose.

— Il achetait et vendait chez vous, n'est-ce pas ?

— Il me semble. Je ne me rappelle rien de précis. Pourquoi donc ?

— Ça concerne ses tableaux, répondit nerveusement Argyll en abordant la partie épineuse de l'affaire, il y a un certain nombre de points obscurs à éclaircir. »

Elle le regardait d'un air patient.

« D'où ils venaient, où ils allaient...

— Qui a besoin d'éclaircissements ? »

Argyll toussota.

« Eh bien, la police, à vrai dire. Tu vois, il est possible qu'ils ne lui aient pas appartenu. »

Elle paraissait suffisamment inquiète désormais pour qu'Argyll décide de laisser tomber les subtilités et de jouer franc jeu. À moins qu'elle n'ait beaucoup changé, c'était sans doute une personne assez réaliste pour comprendre qu'elle avait intérêt à faire preuve d'une certaine sincérité. Le procédé sembla porter ses fruits. En tout cas, plus il donnait des détails sur l'éventuelle carrière de voleur de Forster, plus Lucy semblait se détendre, et même prendre plaisir au récit.

« Mais il s'agit surtout de tableaux italiens, non ? C'est bien ce que tu me dis, pas vrai ?

— Oui. Pour la plupart. Du XVe et du XVIe. »

Elle secoua la tête.

« Je ne m'occupe que de la Hollande et de l'Angleterre, vois-tu. Je n'ai pas le droit de toucher à l'Italie. L'Italie c'est le territoire d'Alex.

— Et qui est Alex ?

— Mon chef. Il se croit grand expert, et ne m'aime guère. Il a tenté d'empêcher qu'on m'embauche ici. L'Italie est en réalité le seul domaine où je m'y connaisse, mais il fait des histoires si je jette ne serait-ce qu'un coup d'œil à l'un des tableaux qu'il considère comme sa chose. Il refuse coûte que coûte que quelqu'un mette le nez dans son domaine. C'est son empire. Il a peur qu'on s'aperçoive de sa nullité.

— Par conséquent, si Forster a fait transiter par ici certains de ses tableaux italiens volés...

— ... c'est Alex qui les a expertisés. Comme c'est intéressant ! s'écria-t-elle, avant de méditer la question un bon moment. Si leur origine s'avère suspecte et qu'on a des ennuis parce qu'on ne l'a pas remarqué... Hmm... »

Il y eut un nouveau long silence, tandis que Lucy réfléchissait encore un peu et qu'Argyll songeait à l'influence négative des querelles de territoire sur le caractère.

« Bon. Dis-moi, reprit-elle en émergeant de sa rêverie, que veux-tu au juste ?

— Cela dépend de l'aide que tu es disposée à m'accorder.

— Notre politique est de collaborer pleinement avec la police afin d'essayer d'assainir le marché de l'art et de le rendre plus honorable.

— Vraiment ?

— Non. Mais je pense qu'on devrait profiter de ce cas précis pour prendre un bon départ. Que désires-tu au juste ?

— Deux choses. Primo, une liste de tout ce que Forster a vendu par votre intermédiaire. Et acheté, je suppose. Deuzio, j'aimerais savoir si c'est ta boîte qui a établi l'inventaire de Weller House.

— Post mortem ? »

Il opina du bonnet.

« Quelqu'un l'a fait. Ce ne pouvaient être que des experts patentés, et comme Forster s'occupait de la collection à l'époque, je me suis dit qu'il vous avait sans doute choisis. Ta maison fait bien ce genre de choses, n'est-ce pas ?

— Oui, évidemment ! Si les propriétaires décident de vendre, ça nous donne de l'avance sur les concurrents. Là-dessus au moins, je peux t'aider. En revanche, pour ses activités commerciales, ça risque d'être un brin plus difficile. Tous les détails se trouvent sans doute dans le bureau d'Alex, et je ne veux pas le déranger, si tu vois ce que je veux dire.

— Bien sûr.

— Attends un instant ! »

Elle disparut dans le bureau contigu après avoir pris soin de vérifier qu'il était vide. Argyll entendit le bruit de tiroirs de fichiers ouverts et refermés, puis un silence suivi du ronronnement et des à-coups d'une photocopieuse. Elle revint enfin, plusieurs feuillets à la main.

« J'ai au moins l'inventaire. On l'a dressé à la fin janvier. Je n'ai photocopié que la liste des peintures ; si j'avais aussi fait celle des meubles, ça m'aurait pris la journée entière.

— C'est parfait. »

Elle lui remit les feuillets.

« Il s'agit d'une collection plutôt hétéroclite. On n'est pas la plus prestigieuse maison de ventes aux enchères du monde, mais on s'occupe quand même de trucs de meilleure qualité. Il y en a quatre-vingt-dix-neuf.

— Des tableaux ?

— Euh... Une minute. » Elle fit un rapide calcul. « Soixante-douze tableaux. Le reste, ce sont des dessins. Qu'est-ce qui cloche ? Tu as l'air déçu...

— Il y en a davantage que je ne croyais.

— Ah oui ? Quoi qu'il en soit, on n'a pas trouvé grand-chose d'intéressant dans tout ce fatras. Ce sont en général de banals portraits de famille. Un tableau attribué à Kneller, mais c'est loin d'être certain : il y a un petit mot de l'expert qui a dressé l'inventaire disant qu'il veut bien être pendu s'il s'agit d'un Kneller... Et le tout à l'avenant. »

Il hocha la tête.

« Bien. J'ai assez abusé de ton temps. Je vais te laisser...

— Pas avant de m'avoir promis de me tenir au courant de tout ce que tu découvriras ayant quelque rapport avec nous. »

Il le lui promit.

« Et de m'héberger pendant une semaine quand je viendrai à Rome en septembre. »

Il promit de nouveau.

« Et d'utiliser nos services si jamais tu as besoin d'une salle des ventes londonienne pour tes tableaux. »

Il le jura.

« Et de m'inviter à dîner avant ton départ. »

Et ça aussi. Comme il prenait congé, il se demanda s'il pourrait donner l'addition à Bottando.

11

Il arriva à la galerie de Byrnes environ une demi-heure après Flavia, puis ils se mirent en devoir de traverser le centre de Londres pour gagner la gare. Si celle de Liverpool Street à cinq heures et demie du soir exige de l'usager un estomac solide et des nerfs d'acier, pour Flavia l'endroit ressemblait véritablement à une scène de *L'Enfer* de Dante. Un Enfer postmoderne, récemment ravalé sans doute, mais même le plus beau travail de restauration n'aurait pu masquer l'état totalement chaotique du système ferroviaire.

« Dieu du ciel ! s'écria-t-elle en suivant Argyll vers le train à destination de Norwich, annoncé pour dix-sept heures quinze mais qui se trouvait toujours à quai. C'est une plaisanterie ou quoi ? »

Secouant la tête de stupéfaction, elle regardait les antiques wagons dont les portes ouvertes, à la peinture écaillée, pendaient à l'extérieur et dont les vitres étaient couvertes d'une crasse datant de plusieurs années. Puis, à travers la boue séchée, elle aperçut les centaines de banlieusards entassés, jouissant d'à peine un millimètre carré d'espace vital, chacun lisant gaillardement son journal comme s'il s'agissait là d'une façon civilisée de s'occuper durant son bref séjour sur terre.

« Dis donc, c'est l'express pour Auschwitz ? »

Jonathan toussota, très gêné. Il est toujours désagréable de se sentir obligé, par patriotisme, de défendre une position indéfendable.

« Ça nous amènera à destination, répondit-il d'un air penaud. Du moins je l'espère.

— Mais pourquoi les gens ne descendent-ils pas pour mettre le feu à ce truc ? demanda-t-elle, sidérée comme tous ceux qui vivent dans un pays doté d'un système ferrovaire efficace.

Argyll était en train d'expliquer que dans ce cas British Rail se contenterait de transférer les débris calcinés à la ligne de Brighton quand, après un sonore crépitement des haut-parleurs, un vrombissement incompréhensible retentit dans toute la gare.

« Que dit-on ? demanda Flavia qui, le front plissé, cherchait à comprendre.

— Aucune idée. »

Les voyageurs parurent cependant saisir le sens du galimatias. Poussant un énorme soupir collectif, ils replièrent leur journal, ramassèrent leur serviette, descendirent des wagons et s'organisèrent sur le quai. Aucun ne paraissait particulièrement troublé par le fait que le train aurait dû démarrer vingt minutes plus tôt.

« S'il vous plaît, demanda Flavia à un homme d'une cinquantaine d'années, bien habillé, qui s'était tranquillement immobilisé à deux pas, qu'a-t-on annoncé ? »

Il arqua un sourcil, étonné d'être troublé dans sa quiétude.

« Le train a de nouveau été annulé, expliqua-t-il. Le suivant part dans une heure.

— Mais c'est ridicule ! s'exclama Flavia, hors d'elle, lorsqu'elle eut digéré le renseignement et décidé que la patience avait ses limites. Je n'ai pas l'intention d'attendre une heure pour être transportée à la façon du bétail. Si ces gens acceptent de faire le pied de grue comme des moutons, libre à eux ! Moi, je me tire d'ici ! »

Réfrénant son envie de souligner que les moutons ne peuvent pas faire le pied de grue, Argyll la suivit docilement vers la sortie et jusqu'à l'agence de location de voitures, au coin de la rue.

Selon ses calculs, ils gagnèrent Norwich à la vitesse moyenne de cinq kilomètres à l'heure. Il continuait de penser qu'ils seraient arrivés plus tôt s'ils avaient attendu le train, mais, vu les circonstances, il se garda de souffler mot à ce sujet. La longueur du trajet leur permit de discuter tout à loisir de feu Geoffrey Forster et de broder sur les diverses variantes de l'alternative suivante : escroc de haute volée ou cause de la plus belle perte de temps depuis des années ? Argyll fit le point sur ses découvertes.

« Alors ? s'enquit Flavia comme ils ralentissaient avant de s'arrêter en rase campagne. Quelle est ton opinion là-dessus ?

— Eh bien, c'est intéressant, pas vrai ? Tous ces petits indices...

— Quels indices ?

— Durant plusieurs années, Forster s'est occupé de vendre des peintures de Weller House... D'accord ? »

Elle opina du bonnet.

« Or l'inventaire qui a été dressé quand l'oncle Godfrey a cassé sa pipe, il y a quinze ans, répertorie soixante-douze peintures. Quand Veronica l'a suivi dans la tombe, on a établi un autre inventaire. Et devine quoi ?

— Je donne ma langue au chat.

— Toujours soixante-douze peintures dans la collection. »

La file de voitures se remettant en branle, Flavia se concentra pour se préparer à franchir avec éclat la barrière des trente kilomètres-heure.

« Ce qui veut dire, observa-t-elle peu après, ou bien qu'il en achetait de nouveaux, ce que tu dois pouvoir confirmer en comparant les deux inventaires, ou bien qu'il ne vendait rien. »

Argyll hocha la tête avec enthousiasme.

« Il utilisait Weller House comme une sorte de blanchisserie ? suggéra-t-elle. C'est ce que tu sous-entends ?

— Tout à fait. Forster vole un tableau, lequel trouve son acheteur. Problème : comment dissimuler son origine afin de rassurer les curieux ? L'absence de provenance d'un tableau est un peu suspecte de nos jours, et il ne faut surtout pas donner l'impression qu'il puisse venir d'Italie. C'est pourquoi on déniche la collection d'un vieux manoir de province que personne n'a étudiée depuis des lustres. S'il existe de vieilles archives, on les brûle pour que personne ne puisse vérifier. Et puis on se met à vendre les tableaux, en passant peut-être, comme précaution supplémentaire, par un commissaire-priseur à qui on annonce qu'ils appartenaient à la famille des propriétaires.

— Et, renchérit Flavia, même si certains se posent des questions, nul ne peut prouver qu'il y a eu vol parce que Forster a pris bien soin de ne viser que des collections non assurées et mal répertoriées. Et parce que les acheteurs auront la prudence d'empêcher que l'on photographie leur nouvelle acquisition.

— Exactement. L'opération n'est pas sûre à cent pour cent, mais, vu la quantité de tableaux dans le monde entier et le petit nombre de personnes capables de les reconnaître, les risques sont minimes. »

Flavia opina du chef.

« Cette fille va t'envoyer une liste des ventes et des achats de Forster, c'est ça ?

— Dans deux ou trois jours. Elle ne veut pas ébruiter l'affaire.

— J'aurais bien besoin de preuves aujourd'hui même. »

Il médita cette déclaration. Il y a des gens qui sont tout le temps pressés. Pourtant, cela faisait moins d'une semaine qu'ils avaient pour la première fois entendu le nom de Forster.

« Les commentaires sur le personnage ne te suffisent pas ?

— Ceux de quelqu'un qui ne l'a pas vu depuis trente ans et qui lui en veut ? Je ne suis pas certaine qu'on puisse utiliser les aveux de Sandano : je lui ai promis le secret. La della Quercia est trop zinzin pour qu'on puisse lui faire confiance. Winterton affirme seulement que Forster a reconnu un tableau ayant *peut-être* été volé. Il est dommage que Veronica Beaumont soit morte. Des indices suggérant que Forster vendait des tableaux censés appartenir à la collection de Weller House et des preuves qu'en fait ils ne venaient pas de là seraient très utiles. Nous serions alors à même de découvrir où ils ont atterri. Est-ce qu'il y avait quelque chose sur ses ventes dans ses papiers ?

— Je n'ai rien trouvé pour le moment. Mais je n'ai pas encore fini de les examiner. »

Ce fut au tour de Flavia de réfléchir un instant avant de changer de sujet.

« Que pensent de lui les gens du village ? Cet après-midi, personne ne semblait le tenir en haute estime. Winterton juge qu'il avait mauvais goût, ce qui n'est sûrement pas le cas du Giotto de Bottando, s'il existe.

Byrnes a dit en ricanant qu'il était charmant. Pourquoi le charme serait-il un objet de moquerie ?

— Parce qu'il en va ainsi en Angleterre, chère amie.

— Mais pourquoi ? J'aime les gens charmants.

— Toi, tu es italienne, expliqua-t-il patiemment au moment où elle enclenchait la vitesse pour faire parcourir à la voiture quelques centaines de mètres. Ici, avoir du charme signifie être superficiel, prompt à la flatterie... L'homme charmant ne peut être qu'un prétentieux arriviste et, de plus, l'expression suggère très nettement qu'il aime les femmes.

— C'est un défaut ?

— Être un "homme à femmes", expliqua Argyll avec gravité, il n'y a rien de pire. Ça évoque une tendance à baver sur les mains et à se répandre en compliments comme un Européen du continent. On peut se conduire de la sorte avec un chien mais pas avec une personne du sexe opposé.

— Tu viens d'un drôle de pays, tu sais... Parle-moi de ma nouvelle hôtesse ! Vais-je apprécier sa compagnie ?

— Mme Verney ? Beaucoup, je crois. En tout cas, moi je l'apprécie beaucoup. Elle est très charmante. Et, avant que tu poses la question, les femmes ont le droit d'être charmantes. C'est parfaitement acceptable, même en Angleterre.

— Je vois. Et en quoi consiste son charme ?

— Son naturel. Elle te fait te sentir à l'aise et comme chez toi, même dans cette immense baraque glaciale. Elle est très intelligente, je pense. Elle a un humour pince-sans-rire et elle est vive et allègre.

— Pourquoi est-elle aussi hospitalière ? demanda Flavia d'un ton soupçonneux.

— Tu l'intrigues, sans doute. Mais puisque tu es également curieuse à son endroit, tout va bien. De plus, je suppose qu'elle se sent un peu seule en vérité. Sa vie n'est pas très drôle dans ce trou, tu sais. »

Ils arrivèrent au village bien après neuf heures du soir et se rendirent directement à Weller House. La pluie s'arrêtait enfin, comme pour leur souhaiter la bienvenue dans le Norfolk. Mary les reçut tels des amis retrouvés après de longues années de séparation. Elle les conduisit dans la cuisine – « Vous devez avoir faim, j'ai préparé quelque chose » –, et les installa de manière qu'elle et Flavia puissent s'examiner et se faire une idée l'une de l'autre. Flavia était fatiguée, Mary semblait inhabituellement calme et réservée.

Elles se jaugèrent assez vite. Flavia se sentit mieux dès qu'un verre fut posé devant elle et Mary se détendit bientôt. Argyll eut l'impression d'être plus ou moins délaissé et leur bonne entente le vexa un peu. Ni l'une ni l'autre ne se soucièrent de beaucoup lui parler. Elles bavardaient à bâtons rompus, discutant de l'état des moyens de transport anglais, du temps, des horreurs de la vie à Londres, Rome ou Paris, et de la difficulté à cultiver en Angleterre, à cause du climat, de bonnes salades.

« Et pour Geoffrey ? Avez-vous abouti à quelque conclusion ? demanda Mme Verney après un certain laps de temps.

— Pas vraiment, dit Flavia. L'enquête continue.

— On a peut-être découvert un lien entre lui et un autre tableau, déclara Argyll, sans aucune raison précise sinon que, n'ayant pas pu placer un seul mot depuis près d'un quart d'heure, il avait besoin qu'on s'aperçoive tant soit peu de sa présence. Un Pollaiuolo. Mais je crains qu'il y ait une mauvaise nouvelle pour vous aussi.

— En quel sens ? »

Flavia expliqua de quoi il retournait. Elle n'était pas tout à fait certaine de vouloir parler de ce dossier à quelqu'un qu'elle connaissait depuis une demi-heure à peine, mais, vu qu'Argyll semblait lui avoir déjà tout dit, que c'était son hôtesse et qu'elle avait en effet l'air d'une personne extrêmement sympathique, les cachotteries ne semblaient guère de mise.

« Forster a pu dissimuler la provenance réelle des tableaux en prétendant qu'ils arrivaient d'ici », dit-elle.

Cela sembla intriguer Mary.

« Pourquoi donc ? Quel aurait été l'intérêt ?

— Vous savez que les escrocs blanchissent l'argent sale pour qu'on ne puisse pas en retrouver l'origine ?

— Bien sûr.

— Les voleurs de tableaux “blanchissent” souvent les peintures. Ils leur attribuent de faux pedigrees pour expliquer leur provenance. Une ancienne collection comme la vôtre, pleine de tableaux que personne n'avait vus depuis un siècle ou plus, était idéale. Sauf si quelqu'un avait vérifié auprès de votre famille.

— Ce qui aurait été une perte de temps. Comme je l'ai dit à Jonathan, Veronica n'avait pas toujours sa tête.

— Alors c'était parfait. »

Mary parut songeuse.

« Ça expliquerait, j'imagine, pourquoi il a caché les documents concernant ce que renfermait réellement le château.

— Probablement.

— Y a-t-il eu d'autres événements ici en mon absence ? demanda Argyll. Meurtres, arrestations, etc. ?

— Non, répliqua la châtelaine presque tristement. Calme comme une tombe. Jessica est rentrée, cependant.

— C'est l'épouse ? s'enquit Flavia.

— Exactement. Elle est revenue ce matin, la pauvre. Elle est dans tous ses états. Ç'a dû lui causer un choc, je pense. Je lui ai donc proposé de l'héberger elle aussi. Je ne voyais pas comment elle pouvait souhaiter rester dans cette maison. Mais elle m'a dit que ça ne la dérangeait pas.

— C'était très gentil de votre part.

— En effet. C'est vrai. Je dois l'avouer, je redoutais qu'elle accepte mon invitation. Je suis tout à fait disposée à secourir les malheureux dans la détresse, mais franchement... (elle baissa la voix comme si les murs avaient des oreilles)... elle est si affreusement nouille que ç'aurait été au-dessus de mes forces.

— La police l'a interrogée ? »

Mme Verney haussa les épaules.

« Comment le saurais-je ? Même George Barton est dans le noir. Et si lui n'est pas au courant, alors un simple pékin comme moi n'a aucune chance d'apprendre quoi que ce soit. »

Après encore environ une demi-heure de ce bavardage, Argyll décida d'aller se coucher, car, n'ayant guère l'occasion de s'exprimer, il avait terminé son repas beaucoup plus tôt que les deux femmes. Il les laissa confortablement installées dans le salon et en train de se demander si elles ne prendraient pas un cognac.

12

Il fut réveillé par de violents coups frappés à la porte, suivis de l'apparition d'une tête dans l'entrebâillement.

« Oh, Jonathan ! Désolée de vous réveiller, dit Mary. Mais la police vient d'arriver. Pourriez-vous vous lever le plus vite possible ? »

Il sortit la tête de sous la couverture, affrontant l'air glacial et humide, et, tout en tentant de se repérer, bredouilla pour seule réponse : « Quoi quoi ? », ou quelque chose d'approchant.

« Il y a du café dans la cuisine ! » ajouta son hôtesse d'un ton enjoué avant de disparaître.

L'esprit toujours confus mais obéissant aux ordres, il se hissa hors du lit et saisit ses vêtements. Il perdit quelques précieuses minutes à chercher sa chaussette gauche, la découvrit sous le lit au milieu de plusieurs générations de moutons puis descendit l'escalier.

La mine bougonne de celui qui a bu trop de café après un petit déjeuner succinct, l'inspecteur Wilson le gratifia en guise de salut d'un grognement agacé.

Argyll fixa sur lui un regard circonspect.

« Que se passe-t-il ? Vous n'avez pas l'air d'un homme en paix avec le monde.

— En quelque sorte, monsieur Argyll... Vous avez raison... J'ai une question à vous poser.

— Allez-y !

— Où étiez-vous hier après-midi ? »

Argyll eut l'air perplexe.

« À Londres, répondit-il avec hésitation. Pourquoi donc ?

— Puis-je donc en conclure que vous ne savez pas qui est entré dans la maison de Geoffrey Forster et a emporté tous ses documents, après avoir brisé les scellés et déverrouillé la porte ? »

Argyll fut très surpris.

« Pas la moindre idée. Mais ce n'est pas moi. Qui pouvait vouloir ces documents, de toute façon ?

— En effet.

— Quand est-ce que ça s'est passé ?

— Nous ne le savons pas précisément. Pour une fois, les villageois ont été pris au dépourvu. Ils n'ont vu personne ni entrer ni sortir. À part les policiers.

— Ça doit être l'un d'entre eux, par conséquent. Vous êtes certain qu'aucun ne les a sortis de la maison par excès de zèle ? »

Wilson ne prit même pas la peine de répondre. Il tourna la tête vers la porte où apparaissait Flavia qui bâillait encore. Mary Verney fit les présentations.

« Enchanté, dit l'inspecteur Wilson.

— Dois-je comprendre qu'un tas de documents ont disparu ? » demanda Flavia d'une voix douce.

Un peu penaud maintenant qu'il était devant une collègue, quoique l'aspect de celle-ci fût plutôt incongru, il avoua que c'était bien le cas. Et pour en terminer aussitôt avec cette question il concéda que ça faisait très mauvais effet d'avoir laissé une quantité de preuves disparaître ainsi de la maison d'un homme ayant peut-être été assassiné.

« J'espérais que M. Argyll allait me dire qu'il avait pris ces papiers afin de les étudier tout à loisir ici, répondit-il. Malheureusement ce n'est pas le cas.

— Avez-vous interrogé l'épouse de Forster ? s'enquit Mary. Je suppose qu'elle hérite de tous ses biens. Ces documents auraient donc de l'importance pour elle. Peut-être les a-t-elle apportés chez un comptable, par exemple. »

Wilson convint que c'était en effet une hypothèse, une possibilité qui n'avait d'ailleurs pas échappé à la police, mais que Jessica Forster avait nié.

« Est-ce que cela vous ennuierait que j'aille jeter un coup d'œil ? demanda Flavia au moment où l'inspecteur s'apprêtait à partir. Je suis certaine que mon aide sera superflue... mais mon rapport en sera facilité. »

Wilson répondit que cela ne le dérangeait pas. Mais qu'il lui serait reconnaissant de ne rien toucher sans sa permission.

Après un rapide petit déjeuner, ils s'emmitouflèrent tous les trois dans des vêtements assez chauds pour affronter les rigueurs d'un matin d'été anglais puis se dirigèrent vers la maison de Forster, située à une courte distance du château.

« Cette maison vous appartenait, n'est-ce pas ? interrogea Flavia comme elle et Mary marchaient du même pas, tandis qu'Argyll se laissait distraire par le chien. Pourquoi votre cousine lui a-t-elle vendu ces pavillons ?

— Bonne question ! J'ai tenté de faire annuler la vente en alléguant une influence indue, mais tous les avocats m'ont prévenue que je perdais mon temps. Qui sait ? Peut-être pourrai-je obtenir gain de cause maintenant ? Mais vous n'allez pas croire, j'espère, que je l'ai tué juste pour récupérer mon bien...

— Je vais essayer... Le domaine était-il important jadis ?

— Oh oui ! Il s'est rétréci peu à peu. Les rares fois où je suis venue ici dans mon enfance, il y avait encore cinq ou six fermes travaillant comme des cinglées pour nous permettre de mener la vie à laquelle nous étions habitués. Cependant, l'oncle Godfrey était nul en affaires et Veronica trop toquée pour s'en préoccuper.

Elle était attachée à sa position sociale mais incapable de mettre en œuvre les moyens de la soutenir. En tout cas, c'est ce que j'ai découvert à sa mort. Elle menait grand train sans que je comprenne comment elle s'y prenait. Après son décès, j'ai constaté que c'était principalement en vendant l'argenterie de famille. Mais puisque le gouvernement fait de même, pourquoi Veronica n'aurait-elle pas agi de même, hein ?

— Et il y a encore eu des droits de succession à payer après sa mort ?

— Oui, mais pas beaucoup. Elle m'avait fait une donation il y a pas mal de temps. Elle était tombée malade, avait cru qu'elle allait mourir, et craignait que le percepteur hérite du château. C'est à ce moment-là qu'on m'a invitée ici. On a réussi à éviter toute une série de droits, mais il y en a toujours assez pour me causer du souci. Les inspecteurs du fisc commencent à me mordiller les mollets... Voilà ! Nous y sommes. »

Elle ouvrit la porte, annonçant qu'elle laissait Flavia déambuler dans les lieux à sa guise. Pendant ce temps, elle ferait un tour dans le domaine pour voir si tout allait bien.

« Tracas de propriétaire, expliqua-t-elle. On passe son temps à chercher des trous dans les clôtures et à se demander combien coûtera la réparation.

— Voulez-vous que je vous accompagne ? demanda Argyll.

— Avec plaisir. »

Ils traversèrent le petit jardin, tandis que Flavia examinait la maison de Forster d'un œil professionnel. Argyll serait bien resté avec elle, mais elle était parfaitement capable de tout trouver seule, et quand elle devait se concentrer ainsi il savait qu'il valait mieux la laisser en paix.

« J'aime beaucoup Flavia, dit Mary d'un ton péremptoire au bout d'un moment. Accrochez-vous à elle.

— J'en ai bien l'intention... Où va-t-on, au fait ? demanda Jonathan alors qu'ils passaient à travers ce qui semblait avoir été une haie.

— On est à nouveau sur les terres de Weller. Le chemin là-bas ramène, après un détour, devant la maison. Il lui arrive d'être un peu bourbeux. Ce sentier-ci traverse ce boqueteau. Il n'y a pas grand-chose dedans. Quelqu'un a jadis eu l'idée d'y faire un élevage de faisans, mais il s'en est lassé. On peut toujours en apercevoir quelques-uns en train de s'y promener. Ils ont une vie agréable. Personne ne les a ennuyés depuis des lustres. Ils sont adorables.

— Eh bien, passons par là ! Dites-moi, pourquoi est-ce que vous ne vendez pas Weller afin d'en être débarrassée une fois pour toutes ? Il resterait bien quelque chose, n'est-ce pas ? Même après les impôts.

— Après les impôts, oui. Mais pas après les impôts *et* le règlement des dettes. En gros, on survit tant bien que mal grâce à l'amabilité du directeur de la banque. L'oncle Godfrey refusait d'accepter la réalité et il avait continué à emprunter en berçant les banquiers d'espérances.

— Quelles espérances ?

— Qu'il gagnerait sa bataille à propos de la compensation concernant la réquisition du terrain de la base aérienne pendant la guerre. Une totale perte de temps, à mon avis. Du moins à l'époque. Maintenant que les Américains s'en vont, il est possible que je la récupère.

— Mais pas avant plusieurs années, sans doute ?

— En effet. Franchement, je doute d'y arriver jamais, mais gardez ça pour vous. L'important, c'est de convaincre les banques de me prêter de l'argent, en leur faisant miroiter cette perspective.

— Comme l'oncle Godfrey ?

— En quelque sorte. Vous devez penser que c'est affreusement irresponsable de ma part d'emprunter de l'argent alors que je sais ne pas pouvoir le rembourser. Mais au diable les scrupules ! À quoi servent les banques, sinon ? »

Ils traversaient une petite clairière, large d'une dizaine de mètres environ seulement. Ils firent un détour pour éviter un gros tas de débris végétaux entassés en forme de volcan pour être brûlés. Une légère odeur de matériaux calcinés et mouillés persistait encore un peu, la pluie s'étant abattue une nouvelle fois durant la nuit. La source de l'odeur apparut à l'autre bout de la clairière. Argyll tomba en arrêt. Puis il s'approcha du tas. Une vieille enveloppe en papier kraft, étiquetée *Correspondance 1982*, n'était qu'à moitié consumée. Un fragment d'un feuillet à demi brûlé portait un en-tête de Bond Street. Un autre était un morceau de quelque facture.

Ils contemplèrent le tas pendant quelques instants, puis Jonathan déclara : « Ça semble résoudre le problème du fichier vide, non ?

— Oui, fit-elle après un silence, en fourrant ses mains dans ses poches. On dirait bien, n'est-ce pas ? »

Argyll se pencha, approcha le nez des débris et renifla.

« Ça sent l'essence ou la paraffine... Quel temps faisait-il ici hier ?

— Il a plu le matin, mais la pluie a cessé l'après-midi, puis ç'a repris le soir et toute la nuit. »

Il haussa les épaules.

« Quoi qu'il en soit, quelqu'un a dû se donner beaucoup de mal. Il a dû transporter toutes ces archives hors de la maison, les apporter jusqu'ici, y mettre le feu, les regarder brûler, puis s'efforcer d'éparpiller les débris. L'ensemble a pris un bon moment. Dans quel but ? Je me le demande...

— Est-ce une question pour la forme ou connaissez-vous la réponse ?

— Ça détruit pas mal de preuves éventuelles concernant Forster, non ? Venez ! Il faut rentrer et aller chercher l'inspecteur Wilson. »

Pendant ce temps, Flavia bavardait avec Jessica Forster tout en prenant une tasse de café. Elle l'avait rencontrée alors qu'elle jetait un premier coup d'œil sur le lieu du crime. Les mains dans les poches, perdue dans ses pensées, elle se tenait au pied de l'escalier, balayant du regard les marches pour se faire une idée de la chute de Forster, quand elle entendit derrière elle une petite toux, mi-gênée, mi-indignée.

Elle se retourna pour saluer le tousseur et s'excuser d'être entrée sans frapper. En fait, elle avait complètement oublié que la veuve de Forster devait se trouver là. Elle se rendit compte plus tard qu'on traitait toujours Jessica Forster ainsi. « Effacée » lui vint spontanément à l'esprit et, malgré tous ses efforts pour se livrer à une analyse de caractère plus équilibrée, ce qualificatif ne cessa de couiner dans sa tête durant tout l'entretien.

Mme Forster devait avoir une bonne dizaine d'années de moins que son mari et était parfaitement dépourvue de la confiance en soi et de l'arrogance visibles sur les photos du défunt. Elle avait les lèvres pincées et les mâchoires serrées de ceux qui souffrent en silence, martyrs de la bienséance et de la bonne conscience. Elle était à l'évidence très bouleversée et nerveuse, et Flavia pensa charitablement que c'était tout à fait normal en la circonstance. Elle n'en éprouva cependant pas moins quelques difficultés à s'entretenir avec Mme Forster car, comme elle s'en rendit compte, la nervosité et la fébrilité sont un tantinet contagieuses.

Ses propos préliminaires, principalement des condoléances, furent reçus avec un certain calme.

« Ce fut un choc, se contenta de répondre Mme Forster. J'ai encore du mal à le croire.

— Pourrais-je vous poser quelques questions ?

— Vous voulez également m'interroger ? J'ai déjà dit à la police tout ce que je sais. »

Flavia s'empressa de la rassurer en lui expliquant qu'elle s'intéressait à d'autres aspects de l'affaire.

« Mais qui êtes-vous alors ? »

Flavia expliqua aussi qui elle était, plus ou moins.

« Que vous ont dit exactement les policiers ? ajouta-t-elle.

— Ils ne m'ont rien dit du tout. Ils m'ont seulement posé des questions. Ç'a été affreux. Comme si ça ne me regardait pas. »

Malgré quelques scrupules, Flavia lui fit part de ce qu'elle savait et termina par sa recherche du Pollaiuolo. Dans la mesure où Jessica jouait franc jeu, on ne lui avait pas dit grand-chose, en effet. À cause de son air insignifiant, on avait tendance à la traiter par-dessus la jambe. Mais, s'il était vrai qu'il fallait se forcer pour lui prêter attention, ce n'était quand même pas une raison pour oublier son existence. Elle semblait presque pitoyablement sensible à l'intérêt que lui portait Flavia, qui se sentait devenir de plus en plus compréhensive.

Une fois les explications de Flavia terminées, Mme Forster secoua la tête.

« Je n'étais au courant de rien, affirma-t-elle.

— Ça vous paraît anormal ?

— Peut-être pas. Il est vrai que je ne savais rien de ses affaires. Sauf que c'était plus dur depuis peu. À cause de Mme Verney. »

S'animant un peu pour la première fois, elle précisa que Mme Verney et son mari ne s'étaient pas du tout bien entendus.

« J'ignore lequel des deux avait tort. Elle lui a déclaré qu'elle n'avait plus les moyens de s'offrir ses services. Mais Geoffrey était furieux contre elle, bien plus que je l'aurais imaginé. Je pense qu'ils se détestaient, purement et simplement. Mais je dois dire qu'elle a toujours été charmante avec moi. Elle m'a même proposé de m'héberger à Weller House si je n'avais pas le courage d'habiter ici. C'était gentil de sa part, vous ne trouvez pas ? On découvre souvent le meilleur côté des gens quand on a des ennuis. »

Flavia fut d'accord : c'était en effet fréquemment le cas.

« Je comprenais la réaction de Geoffrey, bien sûr, reprit Mme Forster. Il s'était donné tant de peine pour Mlle Beaumont. Il avait renoncé à ses affaires à Londres afin de venir ici travailler pour elle. Et puis Mme Verney met fin à son activité. Il en a été profondément blessé. Et, je n'ai pas honte de vous le dire, ça nous a aussi fait mal financièrement parlant.

— C'était juste parce que Mme Verney n'avait plus les moyens de l'employer ? »

Jessica fronça les sourcils. Flavia se dit qu'elle était ou très bête ou très naïve. À moins qu'elle ne soit ni l'un ni l'autre.

« Quelle autre raison aurait-il pu y avoir ?

— Et ça n'a pas été facile pour vous ? Du point de vue financier, je veux dire. »

Elle hocha la tête.

« Mais les choses s'arrangeaient beaucoup. Geoffrey remettait ses affaires sur pied et il m'avait annoncé qu'il attendait une très grosse affaire d'un jour à l'autre.

— De quelle sorte ?

— Aucune idée. Il ne m'ennuyait jamais avec ce genre de détails. “Moi je gagne l'argent et toi tu le dépenses...” C'était ce qu'il me répétait. Il était très bon. Je sais ce qu'on vous a dit de lui. Mais il n'était pas que ça. Il était beaucoup plus. »

On laissa à Flavia le soin de deviner ce qu'était ce « beaucoup plus », mais elle décida que c'était trop compliqué pour qu'elle s'en préoccupe à cet instant.

« Cette affaire, demanda-t-elle, de quoi s'agissait-il ? D'un tableau ?

— Sans doute. À moins qu'il n'ait fait allusion à la vente des pavillons. Mais je ne le crois pas.

— S'il avait des peintures de valeur, est-ce qu'il les gardait d'habitude ici ?

— Je n'en ai aucune idée. Peut-être pas si elles étaient vraiment de grande valeur. Ce n'est pas l'endroit le mieux protégé, et tant de gens ont les clés, entre la femme de ménage et d'autres personnes de ce genre. Et puis, avec toutes ces histoires de cambrioleurs...

— Par conséquent, si votre mari voulait montrer un tableau à un client, il est possible qu'il ne l'ait apporté ici qu'au dernier moment ?

— C'est possible. Il possédait un coffre dans une banque de Norwich. J'ai dit tout ça à la police, vous savez.

— Il n'a jamais cité un nom de client ? »

Elle secoua la tête.

« Est-ce qu'il avait des contacts en Italie ? »

Elle secoua la tête derechef.

« Je vois... Est-ce que votre mari voyageait beaucoup ?

— Bien sûr ! Il était marchand d'art. Il passait son temps à voyager pour voir des tableaux et des gens. Non que ça lui ait beaucoup plu. Il était plutôt casanier.

— Est-ce qu'il se rendait à l'étranger ?

— Ça lui arrivait. Pas souvent cependant. Pourquoi cette question ?

— Simple curiosité, répondit évasivement Flavia. Sauriez-vous par hasard s'il était en Écosse en juillet 1976 ? »

Elle secoua la tête une fois de plus.

« Non.

— À Padoue, en mai 1991 ? »

Encore une fois.

« À Milan, en février 1992 ?

— Je ne crois pas. Il s'absentait souvent, mais jamais pour longtemps et je ne savais pas toujours exactement où il allait.

— Quelqu'un le saurait-il ?

— J'en doute. Geoffrey travaillait seul. Mais si vous demandiez au dénommé Winterton ? Il se peut qu'il soit au courant de quelque chose.

— Je vois. Merci. Pouvez-vous me dire comment votre mari en est venu à travailler pour Veronica Beaumont ?

— C'est elle qui le lui a demandé, il me semble. Il y a plusieurs années. Je crois qu'ils s'étaient fréquentés. Dans le monde. Geoffrey s'attachait à cultiver ce genre de relations. Personnellement, la plupart de ces gens, je n'en aurais pas voulu pour tirer mes bottes. Il affirmait lui avoir donné des conseils bénévoles depuis quelque temps déjà. Mais il a commencé à travailler ici pour de bon il y a environ trois ans. C'est à ce moment qu'on a pris la décision de s'installer dans le coin.

— Je crois comprendre qu'ils se connaissaient depuis des lustres. Qu'ils s'étaient rencontrés quand ils avaient une vingtaine d'années. »

Elle eut l'air étonnée.

« Peut-être. Je n'en sais rien. Il ne me l'a jamais dit. J'avoue que ça ne m'enchantait pas de venir ici. Bien sûr, les affaires marchaient mal, mais on se serait débrouillés. J'étais prête à chercher du travail pour aider à faire bouillir la marmite. Et je n'étais pas du tout certaine que dépendre des caprices d'une seule personne – qui était un peu étrange – soit une bonne idée. Mais Geoff ne m'a jamais écoutée. Et ça ne m'a guère consolée d'avoir finalement raison. On n'aurait jamais dû quitter Londres pour s'enterrer dans ce trou. »

Formulation malheureuse, songea Flavia. Mais en effet, il était dommage qu'il ne l'ait pas écoutée. Elle avait peut-être l'air d'une petite souris craintive mais, si elle disait la vérité, elle possédait plus de bon sens – ou davantage de discernement – que son mari.

« Vous ne savez pas ce que sont devenus ses papiers ? » demanda Flavia.

Jessica eut soudain l'air très nerveuse, et Flavia devina qu'elle dissimulait la vérité lorsqu'elle secoua la tête et expliqua qu'elle était sortie toute la journée.

« Je suis rentrée tard hier soir. J'avais passé la matinée à répondre aux policiers. Ensuite je suis allée à Norwich voir les avocats. Après ça j'ai passé la soirée avec des amis. Je n'étais au courant de rien à ce sujet jusqu'à l'arrivée, ce matin, des policiers, qui ont demandé à les voir. Ils se sont mis à hurler en découvrant que tous les documents avaient disparu. »

Flavia hocha la tête d'un air grave. La tension disparaissait peu à peu, comme si Jessica Forster se rassurait à mesure qu'elle égrenait cette série d'alibis. Elle était dans l'ensemble bien trop nerveuse, pensa Flavia, tout en reconnaissant que son opinion n'était guère charitable.

Elle buvait un verre de bière à petites gorgées tandis qu'elle réfléchissait gravement. Non, décida-t-elle, elle préférait sauter un repas. Ce serait moins risqué. Elle n'avait jamais vu de nourriture ayant tout à fait cet aspect-là et ne souhaitait pas vraiment chercher à connaître la réaction de son estomac. Argyll de son côté se contenta d'un friand. Désireux de compenser leur manque d'appétit, l'inspecteur Manstead, arrivé de la capitale pour surveiller le déroulement de l'enquête, planta gaillardement sa fourchette dans un second œuf à l'écossaise et, afin de rendre ce mets encore plus savoureux, ajouta à la mixture qui se trouvait dans sa bouche un gros oignon macéré dans du vinaigre. Flavia frissonna mais s'efforça de se concentrer.

« Quelles conclusions tirent-ils des événements ? Je veux dire, vos collègues ? » demanda-t-elle.

Manstead continua un peu à mâcher d'un air songeur, puis, d'une seule puissante déglutition, avala œuf, chair à saucisse et oignon au vinaigre.

« Je ne pense pas qu'ils tirent encore la moindre conclusion. Ils veulent croire à la culpabilité de ce cher Gordon. Clair et net. Aucun problème. Mais ils savent en fait que c'est faux. Ils s'accrochent à lui faute de mieux.

— Ils ont interrogé Mme Forster, non ?

— Ouais !

— Elle leur a parlé du coffre de son mari ? »

Manstead sourit.

« Oui, en effet. Et on en a vérifié le contenu.

— Et que contenait-il ?

— Rien. Apparemment, Forster était passé l'après-midi, juste avant l'heure de fermeture, et l'avait complètement vidé.

— De quoi ? Qu'est-ce qu'il y a pris ?

— La banque l'ignore. Évidemment ! Ça ne se fait pas de fouiller dans les coffres des clients. On n'est pas en Suisse, vous savez. »

Flavia fronça les sourcils.

« Donc, si je comprends bien, Jonathan téléphone... À quelle heure, déjà ?

— Vers quatorze heures trente, dit Argyll. Un peu plus tard, peut-être.

— Et Forster saute immédiatement dans sa voiture, se précipite à Norwich et récupère son paquet... »

Manstead prit le relais.

« Il faut environ quarante-cinq minutes pour faire le trajet. Il meurt le soir même, et quand nous examinons les lieux, tout semble parfaitement rangé comme si l'objet avait été rapporté du coffre la veille. Mais naturellement on ne sait pas ce qu'on cherche, n'est-ce pas ? »

Flavia renifla et se gratta le nez.

« Jonathan ? demanda-t-elle en s'adressant à lui. Que lui as-tu dit *exactement* quand tu lui as téléphoné ? »

Il se troubla et chercha à se rappeler.

« Que j'enquêtais sur un tableau dont j'avais entendu parler par l'une de ses vieilles connaissances.

— Et ?

— Et qu'on m'avait dit qu'il pourrait éventuellement me renseigner à ce sujet.

— Et ?

— Et qu'il s'agissait peut-être d'un tableau volé. Et que je souhaitais en parler avec lui. Et que je ne voulais pas discuter de ça au téléphone. Il m'a dit de venir le voir ici.

— Il a donc pu croire que tu voulais l'acheter ? »

Argyll concéda que ce n'était pas impossible.

« Et il est aussi possible qu'il se soit précipité pour aller le chercher afin que tu puisses voir la marchandise avant de lui faire une offre ? »

Il hocha la tête.

« Peut-être. Sinon, bien sûr, que j'ai mentionné précisément le palais Straga.

— Ah !

— Et ça n'explique guère pourquoi il est mort, n'est-ce pas ? Ou pourquoi ses documents ont été brûlés. Cette fois-ci on ne peut pas m'accuser. »

Manstead, qui avait écouté ces propos avec un certain plaisir, avala un bon tiers de sa pinte de bière puis clappa de la langue.

« Ah, la vie à la campagne ! s'écria-t-il avec délices. Bon air, bonne bière, bonne chère. Mais qu'est-ce que je fiche à Londres ?... Peut-être les tableaux n'ont-ils rien à voir avec l'affaire... »

Flavia lui lança un regard dubitatif.

« Selon mes amis policiers, poursuivit-il, il y a des tas d'autres pistes plus intéressantes à suivre, et le refus de Gordon de dire où il était ne constitue que l'une d'entre elles.

— Par exemple ?

— Par exemple que Forster avait une liaison avec la femme de ménage et que ça ne plaisait pas du tout à madame. Elle a peut-être l'air d'une demeurée habituée à courber l'échine, mais ça devait quand même l'agacer un brin. J'avoue que je la comprends. Et puis, il y a bien sûr le problème du voyage à Londres.

— Quel problème ?

— Mme Forster se trouve à Londres, chez sa sœur. Mais le soir de la mort de son mari elle va au cinéma toute seule. Elle quitte la maison à dix-sept heures et rentre bien après minuit. Je sais que certains films auraient intérêt à être un peu coupés, mais neuf heures, c'est plutôt longuet, même pour un de ces machins d'avant-garde. Elle se comporte bizarrement, déclare la sœur quand on lui demande pourquoi elle rentre si tard.

— Mais qu'est-ce qu'elle vous a dit à vous ?

— D'après elle, elle est allée faire une promenade, a dîné, vu un film, et comme c'était une belle soirée elle est revenue à pied. Pourquoi pas, après tout ? Mais il y a, de plus, l'affaire des papiers brûlés. Qui aurait pu les brûler à part elle ? Pour protéger sa position en détruisant les preuves des agissements de son mari ?

Pour éviter que ses biens soient confisqués par des victimes en colère ?

— Avez-vous déjà reçu une réponse des Belges à propos du tableau évoqué par Winterton ?

— Oui. L'homme est sympathique, d'ailleurs. Merci de m'avoir mis en relation avec lui. Quant au tableau, on m'a envoyé ceci. Il est toujours dans la collection. »

Il sortit du dossier une photo un peu sombre et la tendit à Flavia, un sourire satisfait sur les lèvres. L'image était plutôt floue. Elle la regarda et émit un vague grognement.

« Nous avons également montré le cliché au comte de Dunkeld, qui jure ses grands dieux que c'est son tableau. Un Pollaiuolo. *Sainte Marie l'Égyptienne.* »

Elle hocha la tête et avala une petite gorgée de bière.

« Comment a-t-il été volé ?

— Simple comme bonjour. Grande réception de mariage... (il s'interrompit pour consulter ses notes)... le samedi 10 juillet 1976. La mariée rougissante avance dans l'allée centrale de la nef... Musique d'orgue, jet de confettis, raout dans la salle de bal... Une salle de bal privée, c'est bien commode, vous ne trouvez pas ? Quoi qu'il en soit, c'est un triomphal succès. Pas la moindre anicroche. Tout se passe à la perfection, ça marche comme sur des roulettes. Sauf que le matin un tableau était accroché au mur de la bibliothèque... Tard dans la nuit, le père, las mais très fier, y pénètre pour s'y reposer tranquillement...

— Espace vide sur le mur ? »

Manstead opina du chef.

« Exact. Tout le monde était déjà reparti. Ce pouvait être n'importe lequel des sept cents invités, parents, fournisseurs, musiciens ou pasteurs.

— A-t-on jeté un coup d'œil à la liste des invités ?

— Sans aucun doute. Mais j'imagine que ça n'a rien donné.

— Pourrait-on l'examiner à nouveau ?

— Je vais le demander. Évidemment, si Forster était aussi fort que le croit votre patron, il n'a pas dû donner son véritable nom. Il ne figurait peut-être même pas sur la liste. Et c'était il y a bien longtemps, qui plus est... Étudiez le dossier vous-même si vous le souhaitez.

— Avec plaisir. Bon... Comment le tableau est-il arrivé en Belgique ?

— C'est là toute la question, à l'évidence, répondit Manstead en souriant. L'homme qui l'a acheté est décédé. Et ses archives ne le précisent pas. Comme de bien entendu, pas vrai ?

— Signalent-elles que Forster lui avait déjà vendu quelque chose ?

— Non.

— Ah ! soupira Flavia, très déçue.

— Vous m'en voyez désolé.

— Mais Forster était au courant du vol. C'est ce qui compte. Ça signifie qu'il y a désormais de vagues liens entre Forster et la disparition d'un Uccello, d'un Pollaiuolo et d'un Fra Angelico. Trois tableaux volés entre 1963 et 1991, et tous figurent sur la liste des vols commis par Giotto selon mon chef. On retrouve sa griffe dans les trois cas, pour ainsi dire.

— Impressionnant et très encourageant. Mais il n'y a de preuve solide dans aucun des trois cas. C'est vague, comme vous dites. Bon, où est passée ma bière ? »

En fait, la bière de Manstead avait été prise en embuscade – ou du moins Argyll. À peine avait-il fait sa commande au barman que George, qui le guettait peut-être depuis des heures, se glissa à son côté.

« Content de vous revoir, jeune homme ! lança-t-il comme entrée en matière. Alors, quoi de neuf ?

— Pas grand-chose, fit Argyll d'un ton désinvolte, tout en regardant l'épouse du barman – qui s'appelait Sally, crut-il comprendre – tirer les pintes. Vous en savez probablement autant que moi.

— Dans ce cas ils sont pas près de trouver le coupable, hein ? Parce que moi je sais rien du tout, sauf qu'on a brûlé les papiers de Forster, que sa femme est de retour et qu'on va devoir tôt ou tard relâcher Gordon Brown.

— Ah oui ? Pourquoi donc ?

— Il n'a rien fait, il a un alibi.

— Première nouvelle ! s'écria Argyll, tout en notant que George parlait d'une voix particulièrement forte.

— Sûr. Mais on vous l'apprendra tôt ou tard. C'est forcé. Ça fait pas un pli. Même moi, je sais qu'il n'est pas coupable. » Et, lançant un clin d'œil significatif à ceux qui se trouvaient à portée de voix, George hocha la tête d'un air entendu, prit ce qui restait de sa bière et regagna sa place de coin. Argyll eut la nette impression qu'il avait transmis son message. Mais il ne savait pas à qui s'adressait ledit message. Pas à lui, en tout cas.

Il l'apprit vers dix heures du soir, au moment où les trois commensaux débarrassaient la table et se mettaient en devoir de tout redescendre à la cuisine. Ç'avait été un bon repas malgré un début chaotique. On avait demandé à Flavia de faire des pâtes, et elle eut beau alléguer que la cuisine n'était vraiment pas son fort, il lui fallut céder, Mary Verney étant persuadée que la science des pâtes était innée chez les Italiens. Elle changea un peu d'avis après le premier plat.

Soudain la sonnette retentit.

« Les visites nocturnes à l'improviste semblent devenues une habitude », déclara Mary avant d'entreprendre, le long du corridor et à travers le vaste salon, le grand périple jusqu'à la porte d'entrée. Le trajet durait plusieurs minutes. Quand elle revint, passant la tête par l'entrebâillement de la porte, elle pria Flavia et Argyll de venir dans le petit salon, seule pièce relativement confortable de la maison.

« C'est Sally, expliqua-t-elle dans le couloir sombre. La femme du barman. Je ne sais pas ce qu'elle veut. Mes devoirs de châtelaine du village m'obligent à l'écouter, car ça semble concerner Geoffrey. J'ai pensé que ça vous intéresserait aussi. »

Sally était debout, en manteau, l'air affreusement mal à l'aise jusqu'à ce que Mary, un rayonnant sourire maternel aux lèvres, l'installe sur un siège près de l'âtre et l'apaise d'une voix rassurante.

« J'ai dit que j'avais la migraine et j'ai laissé Harry fermer tout seul, déclara Sally. Désolée de vous déranger mais... Oh ! »

S'étant retournée, elle se rembrunit à la vue de Flavia et Argyll.

« Qu'est-ce qui ne va pas ?

— Je crois que j'ai commis une erreur. Je ferais peut-être mieux de rentrer.

— Pas question ! s'écria Mary. Si vous voulez me parler en tête à tête, ces deux personnes peuvent aller faire un tour en attendant.

— Oh ! je ne sais plus, répondit-elle, soudain hésitante, apeurée. Je regrette d'être venue mais j'avais cru que vous pourriez me conseiller...

— Tout à fait, dit Mary, qui, curieusement, ne paraissait pas étonnée. Mais si je puis vous donner un petit conseil, je pense que vous auriez tout intérêt à raconter aussi votre histoire à Mlle di Stefano. Vous pouvez lui faire confiance.

— Et lui ? demanda Sally en désignant Argyll. Il est tout le temps en train de papoter avec George. »

Mary passa dans le vestibule et fourra deux doigts dans sa bouche pour émettre un sifflement perçant. En réponse au son qui, telle une sirène annonçant un raid aérien, résonna dans les vastes pièces, il y eut un aboiement étouffé et le bruit de pattes d'un chien accourant à l'appel de sa maîtresse, laquelle décrocha le manteau d'Argyll de la patère et le lui lança.

« Je vous en prie, Jonathan. Rendez-moi un petit service. Pour la paix du village. Faites faire à Frederick sa balade de santé !... Promenade ! promenade ! s'écria-t-elle en reportant son attention sur l'animal qui franchissait la porte à toute vitesse, l'œil allumé. Histoires de femmes, poursuivit-elle après avoir remarqué qu'Argyll paraissait beaucoup moins enthousiasmé que Frederick par cette perspective. Revenez dans une demi-heure. »

Lorsqu'il parvint à mi-chemin de la grille d'entrée, Flavia regardait toujours la malheureuse Sally d'un air qu'elle espérait amical et encourageant. Pas loin de la quarantaine, à cause d'un mauvais régime alimentaire et à force de rester des heures entières confinée derrière le comptoir du pub, Sally avait le visage lourd et le teint pâle. Un joli visage, au demeurant. Avec quelques soins..., pensa Flavia. Mais, comme Argyll le lui répétait à l'envi, ici on faisait les choses autrement.

Quel que soit le motif de sa visite, Sally ne semblait pas brûler de le révéler. Incapable de se lancer, elle fixait le tapis sans desserrer les lèvres.

« Voulez-vous que je vous aide, souffla Mary. Vous êtes venue parler de Gordon, c'est ça ?

— Oh oui, madame Verney ! » s'empressa-t-elle de répondre. On aurait dit que Mary avait débondé une barrique. Les mots jaillirent soudain à flots. « Il n'a rien fait de mal. Je suppose que tout le monde sait qu'il vole et qu'il peut être violent. Mais pas à ce point.

— L'hypothèse semble plaire aux policiers.

— Ils se trompent. J'en suis sûre.

— Et pour quelle raison ? »

Sally se tut à nouveau.

« Parce qu'il était avec vous, n'est-ce pas ? »

Elle hocha la tête, l'air angoissé.

« Racontez-nous ce qui s'est passé, suggéra Flavia.

— Peut-être devrais-je d'abord vous fournir quelques explications, lui dit Mary. Gordon est marié à Louise. Nom de jeune fille : Barton... C'est la fille de George. Voilà pourquoi Sally ne voulait pas qu'Argyll soit présent. »

Sally commença alors son récit. C'était relativement simple. Elle et son mari ne travaillaient ensemble derrière le comptoir qu'aux heures d'affluence. Durant le week-end ils engageaient un extra, mais, souvent, ils se débrouillaient tout seuls. En général, à l'heure du déjeuner et le soir, l'un des deux servait au comptoir. Le jour de la mort de Forster c'était le tour de Harry, et sa femme avait sa soirée de libre. Le bar se trouvait au rez-de-chaussée et l'appartement au premier, sur l'arrière. À huit heures, moment où ça devenait très animé, sachant que le mari serait occupé jusqu'à la clôture, Gordon avait quitté le pub, était passé par-derrière et avait escaladé la gouttière jusqu'à la chambre de Sally. Il y était resté jusqu'à ce que retentisse le gong annonçant la fermeture. Il s'était alors éclipsé par où il était venu.

« Je vois, déclara Flavia, décidée à s'en tenir aux faits plutôt que d'analyser les motifs. Par conséquent il était en votre compagnie, disons de huit heures environ à près de onze heures ?

— C'est ça.

— Ce qui le couvre pour toute la période durant laquelle Forster a pu être tué.

— Oui ! Vous voyez ? C'est ce que je veux dire.

— Vraiment, le plus simple serait d'avouer la vérité à la police. Une fois pour toutes.

— Et vous croyez que les policiers garderaient ça pour eux ? Ils ont arrêté Gordon et ils seront forcés de le relâcher. Ils diront pourquoi, et avant la fin de la semaine tout le village en fera des gorges chaudes.

— Mais, Sally, remarqua Mary tristement, les deux seules personnes dans tout le Norfolk à ne pas être au courant de votre liaison avec Gordon sont votre mari et la femme de Gordon. Vous le savez bien, n'est-ce pas ? »

Sally porta la main à sa bouche, l'air effaré.

« Non !

— Eh bien, moi je suis au courant et pourtant je ne suis pas particulièrement indiscrète.

— Excusez-moi, dit Flavia, interrompant cette séance de confession, mais pourriez-vous me dire pourquoi Gordon n'a pas expliqué ça à la police ? Il n'avait pas vraiment grand-chose à perdre.

— Parce que..., commença Sally à contrecœur.

— Parce que quoi ? insista Mary, qui à l'évidence devinait un motif échappant totalement à Flavia.

— Parce que Gordon a vu George sortir de la maison de Forster.

— Ah ! » fit Mary d'un air soucieux.

Flavia s'appuya au dossier de son siège. Il était inutile d'intervenir, de dire quoi que ce soit. Mary Verney conduirait bien mieux qu'elle cet interrogatoire.

Peu à peu Mary parvint à faire raconter par Sally que, venant de son pavillon, Gordon était passé devant la maison de Forster alors que George en sortait. La tête baissée, celui-ci s'était éloigné à grands pas mais il paraissait troublé et mécontent.

Sally secoua la tête.

« Gordon n'y a pas prêté attention sur le moment, mais le lendemain matin, quand il a appris la nouvelle, il a craint que George ait commis l'irréparable. Vous êtes au courant de l'histoire du pavillon...

— Et plutôt que de l'accuser, quand il a été arrêté Gordon a préféré se taire. C'est très beau de sa part », conclut étonnamment Mary.

Flavia soupira. Elle avait du mal à comprendre le fort accent de l'Est-Anglie et était un peu interloquée par la façon dont s'effritait la façade de respectabilité de ce village anglais. D'un autre côté, elle se rappelait certaines bourgades italiennes. Inceste, échange de partenaires et massacre de familles entières semblaient partout compter parmi les passe-temps locaux.

Elle se pencha en avant sur son siège.

« Mais c'était avant huit heures du soir, n'est-ce pas ?

— Oui. Gordon allait au pub. Vers sept heures.

— Alors que craint-il ? Il y a au moins une chose dont la police est certaine, c'est que Forster est mort après neuf heures. Peut-être longtemps après. Le témoignage de Gordon n'incrimine pas du tout George, en fait. Surtout qu'il n'y a pas de mobile.

— Il y a une sorte de mobile, en réalité, expliqua Mme Verney. Ou, à tout le moins, quelque chose qu'on pourrait considérer comme tel. Jonathan ne vous a pas raconté que Forster menaçait d'expulser George ?

— Ah !

— Il habite là depuis toujours et l'idée ne lui plaisait guère. En fait, il détestait Forster et, à l'occasion, a dit sur lui des choses regrettables.

— Par exemple : "Je vais trucider ce fils de salaud" ?

— Oui. Plus ou moins.

— Je vois. Il a dit ça à beaucoup de gens ? »

Mary Verney hocha la tête.

« Dans ce cas, la police l'apprendra tôt ou tard, répondit Flavia après avoir réfléchi quelques instants à la question. Gordon doit l'en informer. Si les policiers découvrent la vérité tout seuls, il risque d'être inculpé pour entrave au bon fonctionnement de la justice, si c'est ici la formule adéquate. Quant à vous, Sally, je vous suggère de donner ce conseil à Gordon. Vous n'avez pas besoin d'en faire davantage. La police a des affaires plus pressantes à régler. »

Sally hocha la tête sans enthousiasme et se leva.

« Vaut mieux que je rentre. Autrement, Harry va se demander où je suis passée.

— Voulez-vous que je dise deux mots à George ? s'enquit Mary. Je suis sûre que ce n'est pas important. Mais il vaudrait mieux qu'il ait une explication toute prête. Je pourrais en discuter avec lui.

— Vraiment ? fit Sally. Ça me soulagerait beaucoup.

— Avec plaisir. De cette façon, Gordon peut révéler ce qu'il sait sans avoir le moins du monde besoin de vous mêler à ça. »

Flavia sourit d'un air encourageant et Mary raccompagna à la porte une femme soulagée d'un grand poids.

« Pas une seule minute de répit ici, hein ? » fit Flavia lorsque Mary revint dans le salon et s'installa devant la cheminée pour se réchauffer.

Son hôtesse opina du chef.

« Apparemment.

— Cela vous a surpris ? demanda Flavia.

— L'innocence de Gordon ? Pas du tout.

— Non. Ce qui concerne George.

— Énormément. Si surprise que, à la vérité, je n'en crois pas un mot. Je préfère voir la nature humaine sous un jour favorable, comme Jonathan a pu vous le dire. Et les papiers brûlés, là-dedans ? Je ne vois pas George en train d'agir ainsi.

— Forster est mort.

— Mort, sans doute. Mais pas forcément assassiné. De plus, je croyais que vous vouliez que ça ait un lien avec des tableaux. Ou la malheureuse Jessica est-elle devenue la suspecte numéro un ?

— On fait de notre mieux, vous savez. Tous autant que nous sommes.

— Je le sais. Veuillez m'excuser. Cette histoire commence à m'agacer. Vous ignorez si Geoffrey a été assassiné et si c'était un voleur. Alors pourquoi un tel acharnement ? Cette affaire a mis le village sens dessus dessous, voyez-vous. Vous ne pouvez pas soupçonner tous les habitants, l'un après l'autre.

— Même sans nous, il y aurait eu une enquête sur la mort de Forster. Et si ça peut vous mettre du baume au cœur, la police semble se lasser. Moi aussi, franchement.

— Parfait ! »

13

Ce même soir, comme l'heure de pointe touchait à sa fin et que la rumeur de la ville s'atténuait, le général Bottando, assis à son bureau, se sentait passablement frustré. Il est dur de constater qu'une enquête peut fort bien se passer de vos services. On a l'impression d'être vieux et inutile. Et c'était évidemment là son talon d'Achille, puisque Argan s'efforçait de transformer cette impression en politique officielle.

Ce dernier problème semblait moins pressant, pour le moment en tout cas, même si Bottando jugeait qu'il s'agissait d'une simple accalmie avant la tempête finale. À part un petit mot exigeant une nouvelle fois qu'on s'occupe plus énergiquement du cambriolage de la via Giulia, la secrétaire du général lui signala que depuis un ou deux jours l'ordinateur d'Argan était demeuré silencieux. Les notes prouvant les iniquités de la brigade de protection du patrimoine avaient cessé de circuler partout.

Cela dit, c'était sans doute parce que l'atmosphère était désormais saturée. Les renseignements détenus par le personnage étaient d'ailleurs d'une qualité exceptionnelle. Il était au courant de la rencontre de Flavia et de la della Quercia, avait appris que Sandano était revenu sur ses aveux et deviné le vrai motif du voyage de Flavia en Angleterre.

Après quelques subtiles modifications, on présentait dorénavant Bottando comme un jobard gobant des théories stupides et prêtant foi aux propos d'un malfaiteur condamné parce qu'ils s'accordaient avec ces chimères. Le général avait expédié à grands frais en Angleterre sa petite fille obéissante pour une opération de la dernière chance destinée à sauver son poste.

Vu sous cet angle, tout ça n'était certes pas complètement faux. Mais quelle était la source de ces renseignements ? Qui donc les fournissait ? Doué d'un sixième sens, comme tous ceux qui luttent pour leur survie, Bottando était certain de le savoir... Paolo. Un brave garçon, pensait-il avec un brin de condescendance, mais désireux de brûler les étapes. Excessivement pressé et dans l'espoir, sans aucun doute, d'accélérer le mouvement, il s'accrochait aux basques d'un Argan triomphant. Bottando ne lui avait-il pas assez prêté attention ? Peut-être bien.

Il était trop tard maintenant pour revenir sur les erreurs du passé. Argan avait sa taupe sur place. Que faire désormais ? Telle était la seule question.

Rien pour le moment. On verrait plus tard.

L'ennui, c'est qu'après avoir jeté maintes petites notes sur le papier, le général avait abouti à la conclusion – avec une extrême réticence, à son corps défendant et en pestant à l'envi – qu'il n'était pas impossible que l'abominable Argan ait finalement raison. Et peut-être perdait-il la main... Il pouvait tout juste accepter cette seconde hypothèse, mais la première allait tellement à l'encontre des lois fondamentales de la nature que la tête lui tournait encore de stupéfaction.

Pour la énième fois, il sortit et relut ses notes afin de voir s'il parvenait à détecter une faille par laquelle lui et le reste du service pourraient se glisser.

Forster impliqué dans un vol de tableau commis à Florence en 1963 : Giotto numéro un. Vaguement lié à la disparition d'un Pollaiuolo en Écosse en 1976 : Giotto numéro treize. Lié au vol d'un Fra Angelico à Padoue en 1991 : Giotto numéro vingt-six.

Trois liens surgissant de nulle part, à l'improviste, en moins d'une semaine. Offerts sur un plateau, pour ainsi dire. Voilà ce qui lui donnait la migraine, faisait craquer ses os et le portait à penser que quelque chose clochait quelque part. Ce ne pouvait être par simple coïncidence que quelqu'un – s'il s'agissait bien de Giotto – ait réussi à couvrir sa marche depuis un quart de siècle et laisse soudain ses empreintes poisseuses partout.

Et, bien sûr, il y avait l'autre aspect de la question. À y regarder de plus près, rien ne prouvait que Forster ait volé quoi que ce soit. Il n'avait pas beaucoup d'argent, ne menait pas grand train. Personne n'avait apporté la preuve qu'il se trouvait dans les parages quand l'un ou l'autre tableau avait été volé.

Bottando secoua la tête et serra les dents. Il se rendit compte qu'il abandonnait la partie. Il restait assis là à attendre que le destin le rattrape. C'était indigne de lui. Il était temps de lutter, si peu que ce soit. Il pouvait commencer par la Fancelli et passer ensuite à Sandano.

Il sourit et se sentit mieux. Voici déjà un problème de résolu. Il enfourna ses papiers dans son sac et sortit de son bureau d'un pas guilleret.

Sa secrétaire étant déjà rentrée chez elle, Bottando lui écrivit un petit mot.

Deux choses, griffonna-t-il. *D'abord, vous pourriez téléphoner à Florence et demander qu'on arrête Sandano pour moi. Je serai là-bas à dix heures du matin. Ensuite, vous pourriez téléphoner à Argan. Je m'excuse, mais j'ai été appelé. D'urgence. Je le préviendrai de mon retour.*

Ayant ainsi accompli le premier pas vers la maîtrise de l'univers, il quitta les lieux.

Le seul fait d'être sur la route donnait à Bottando une sensation de bien-être. Rouler, parler aux gens, saisir la vie à pleines mains. Le problème, se disait-il en garant sa voiture avec désinvolture dans une zone interdite située au centre de Florence, avant de placer sa carte de police bien en vue sur le tableau de bord, c'est qu'il était trop longtemps resté confiné dans son bureau.

Même si sa rencontre avec la Fancelli n'avait prouvé qu'une chose, à savoir que Flavia avait fait correctement son travail, il était satisfait. La vieille malade avait répété son histoire presque mot pour mot, et l'indignation que suscitait en elle la simple évocation de Forster ne semblait guère feinte. En outre, le certificat de naissance de son fils, récupéré auprès du service de l'état civil et indiquant que l'enfant était issu des œuvres de Geoffrey Forster, pour ainsi dire, paraissait assez probant.

Mais il n'y avait aucun mal à vérifier. Voilà en quoi consistait le vrai travail de police, celui qu'il essayait de défendre. Ça n'avait rien à voir avec Argan, en réalité. En un sens, poursuivit-il, philosophe, comme il se dirigeait vers le poste des carabiniers où l'on retenait Sandano, l'affreux bonhomme avait raison. Il était réellement dépassé. Mais pas pour les raisons qu'imaginait Argan. Il avait, en fait, gaspillé son temps à rédiger des notes, à jouer les ronds-de-cuir, tandis que d'autres, comme Flavia, effectuaient le boulot intéressant.

Il était toujours perdu dans ses pensées quand on le fit entrer dans la petite cellule où un Sandano énervé était assis, les jambes croisées, sur un lit pliant. S'installant sur la chaise lui faisant face, Bottando lui sourit affectueusement.

« Sandano...

— Mon général... Je suis flatté. Une visite de la part du grand patron lui-même, rien que pour me tourmenter sans la moindre raison.

— Tu sais aussi bien que moi qu'on ne tourmente pas les gens sans une bonne raison, rétorqua Bottando d'une voix égale. Il y a toujours un motif.

— Oh ! fit le voleur, tout penaud. Vous l'avez appris... Je suppose que c'est ma grand-mère qui vous a mis au courant. »

Cette déclaration déconcerta quelque peu le général. Appris quoi ? Flavia ne lui avait-elle pas signalé qu'il avait paru particulièrement cachottier ?

« En effet, répondit Bottando d'un air entendu, dans l'espoir que la tendance suicidaire de Sandano résoudrait le problème. Voilà une citoyenne responsable. Et je veux que tu vides ton sac, bien que je sache déjà tout. Tu t'en trouveras mieux sur le long terme, sois-en sûr... si tu coopères. »

Sandano le fixa d'un air renfrogné pendant quelque temps, puis émit un puissant soupir, avant de céder.

« Bon, d'accord. Mais n'oubliez pas la promesse de Flavia.

— Je ne l'oublie pas.

— J'y suis pour rien, vous savez. Je vole, d'accord. Mais je suis pas le genre à frapper un veilleur de nuit. Moi, j'ai juste conduit le fourgon. »

De quoi parle-t-il, nom d'un chien ? se demandait le général tout en cherchant à se composer un visage sévère, au regard réprobateur.

« Il a pas voulu payer, vous voyez. On a pénétré dans le hangar du chantier de fouilles. On a piqué toutes les statuettes et on les a livrées comme prévu. Mais quand mon frangin est allé se faire payer, le type l'a envoyé sur les roses. Le contrat n'avait pas été honoré et il n'avait pas encore reçu le pèze. C'est pas moi qui suis retourné pour défoncer la vitrine avec la bagnole pour les reprendre, si c'est ce que vous croyez. Je peux vous le certifier. Je fais pas ce genre de trucs. À ce moment-là j'étais déjà de retour à Florence.

— D'accord, fit Bottando, toujours perplexe.

— Ce type, il se croit tout permis. Le salaud ! Il vous a tous dans sa manche. C'est pourquoi il a fait ça...

— On verra ce point-là plus tard. » Ce pauvre vieux Sandano n'était vraiment pas très futé. Qui a jamais entendu parler d'un malfaiteur qui avoue avant d'être accusé ? « Et puisque tu as décidé de passer aux aveux, tu pourrais peut-être me fournir quelques détails supplémentaires sur le Fra Angelico.

— Le Fra Angelico ?

— Peintre florentin. De la Renaissance. Dans le coffre de ta voiture. Tu te rappelles ?

— Ah ! ce truc ? Je vous ai dit la vérité. J'ai dit à votre petite... »

Bottando leva la main.

« Un bon conseil, mon cher ami : pas de "petite"...

— Non ?

— Non. Jamais.

— O.K. De toute façon, j'ai dit la vérité à Flavia. C'est pas moi qui l'ai volé.

— Je le sais.

— Alors, pourquoi est-ce que vous posez la question ?

— Je veux juste que tu me racontes cette histoire. Directement à moi. Allez, vas-y !

— Eh bien, c'est comme je l'ai expliqué à Flavia : j'ai jamais volé ce tableau. J'ai juste pas eu de chance à la frontière.

— Oui ?

— Et j'ai déclaré que c'était moi seulement parce que les carabiniers m'ont proposé un marché.

— Ensuite ce Forster est apparu pour en parler ?

— Comme j'ai dit. Y a environ trois ou quatre mois. Juste après que j'ai purgé ma peine pour les chandeliers de l'église.

— Il t'a affirmé qu'il l'avait volé ?

— Pas tout à fait. Mais il était parfaitement au courant, comme j'ai dit. Et je sais que l'affaire a été étouffée : les journaux n'en ont jamais parlé. Pas vrai ?

— Je vois. Donc il se ramène. Et puis ?

— Il est venu me demander ce qui s'était passé. Le vol, la remise de la marchandise, ce qui avait foiré. Je lui ai tout raconté. Alors il a dit qu'il était désolé que j'aie été mis en taule pour un vol que j'avais pas commis, et que si je voulais laver mon honneur en me rétractant ça ne le gênerait pas. Et il m'a donné de l'argent, comme je l'ai dit.

— Mais il n'a pas clairement avoué que c'était lui le coupable, hein ?

— Non. Pas exactement.

— Alors comment connais-tu son nom ?

— Il s'est présenté. Et il m'a donné sa carte au cas où j'aurais besoin de quelque chose et si je voulais le contacter.

— Il t'a donné sa carte... Je vois. Décris-le, s'il te plaît.

— Suis pas très doué pour ce genre de chose. Suis un peu myope.

— Tu devrais porter des lunettes. Fais de ton mieux. Rappelle-toi ta grand-mère.

— Eh bien, il était anglais, ainsi que j'ai dit. Parlait l'italien comme une vache espagnole. Cinquantaine bien tassée, voire plus. Tous ses cheveux, brun foncé, presque noirs... Bonne coupe. Pas trop mal fringué. Taille moyenne, bien bâti pour son âge.

— Presque ci, moyen ça... Ça me fait une belle jambe ! Aucun trait distinctif ? Des cicatrices de duel, ou quelque chose d'approchant ?

— J'ai rien remarqué. Je fais de mon mieux.

— Bien sûr. Donc, quelqu'un te donne spontanément son nom, te remet sa carte, te rend visite à ta sortie de prison, te demande des tas de choses qu'il aurait dû déjà savoir si c'était lui qui avait volé le tableau. Et tu en déduis avec certitude qu'il a commis le vol. Tu dois croire qu'il est aussi crétin que toi, hein ? »

Sandano prit un air vexé.

« Je suppose que tu as jeté la carte ? demanda Bottando, avant de hocher tranquillement la tête lorsque Sandano admit le fait et d'ajouter : Je t'en prie, Giacomo, écoute-moi. Conseil d'ami...

— Quoi ?

— Range-toi. Laisse tomber. Trouve-toi un boulot.

— C'est ce que tout le monde me dit. Même le juge.

— Alors, suis ces conseils. Bon, une dernière chose... Ces statuettes ? Qu'en est-il advenu ? Où sont-elles ? »

Sandano hésita.

« Allez ! Tu as intérêt à tout avouer, une fois pour toutes. Je ne dirai rien.

— Promis ?

— Promis.

— Elles sont sous le lit de ma grand-mère. Mais vous devez le savoir puisqu'elle... Oh ! Je suis retombé dans le panneau... »

Bottando opina du chef et lui fit un radieux sourire.

« C'est pourquoi je te le répète : range-toi ! »

« Charmant garçon », murmura-t-il pour lui-même en quittant le poste.

Dès qu'il eut fini de boire un verre au bar du coin tout en réfléchissant à l'affaire, il appela Flavia et lui parla du Fra Angelico.

L'interprétation du général ne plut guère à la jeune femme, surtout qu'il avait à l'évidence raison. Comme il le disait, voilà ce qui arrivait lorsqu'on sous-estimait la bêtise de la gent criminelle.

« Quel sale petit taré ! s'écria-t-elle une fois qu'il eut terminé son récit. La prochaine fois qu'il me tombe sous la main...

— Vous pourrez le torturer tout à loisir. Mais vous comprenez ce que ça signifie, n'est-ce pas ?

— Si Forster a volé ce tableau, à quoi jouait-il, nom d'un chien, quand il est revenu pour parler à Sandano ?

— Toute la question est là. Il serait encore possible de démontrer de manière très convaincante que j'ai l'imagination trop fertile. Surtout si, comme vous l'affirmez maintenant, il est possible que la mort de Forster n'ait rien à voir avec ses affaires. C'est ce que vous êtes en train de me dire, non ?

— C'est une hypothèse. Et tout à fait plausible.

— Voilà bien l'ennui. Il n'y a que des preuves indirectes. Pouvez-vous me dénicher quelque chose de solide ? Dans un sens ou dans l'autre. Prouvant de préférence que le temps et l'argent que vous avez consacrés à cette affaire n'ont pas été un simple gaspillage des fonds du service. Et qu'il ne s'agit pas d'une opération à laquelle seul un vieux fou sénile aurait pu donner son accord.

— Ah ! Argan... J'allais vous demander de ses nouvelles.

— Il s'agit de lui, en effet. On dirait qu'il s'est calmé pour le moment. Peut-être a-t-il décidé que nous avons eu raison de mener l'enquête. En tout cas, il semble avoir cessé de s'en servir pour me nuire. Il y a plusieurs jours qu'on n'a pas reçu l'une de ses notes. Mais je suis certain qu'on en aura d'autres. Je bous d'impatience. Je suis sûr que ça ne mènera à rien. Pouvez-vous vraiment imaginer que certains préféreront se ranger dans le camp de ce petit nigaud plutôt que dans le mien ? »

Elle secoua la tête en silence en reposant le combiné. Ce pauvre vieux Bottando, se dit-elle. Il se raccroche désormais à la moindre lueur d'espoir. En outre, une affreuse pensée venait de lui traverser l'esprit.

14

C'était l'un des grands drames de la vie du premier praticien de l'agglomération que ses parents, M. et Mme Robert Johnson, d'Ipswich, l'aient baptisé Samuel. Et un drame à peine moins douloureux que le gamin ait très tôt désiré devenir médecin. Toute sa vie, semblait-il, les gens à qui on le présentait avaient eu un petit sourire ironique. Pas une seule plaisanterie sur James Boswell qu'il n'eût déjà entendue plusieurs fois... Les commentaires du grand lexicographe sur les médecins, il les connaissait aussi bien que s'il les avait écrits lui-même, car ils étaient venus le hanter maintes et maintes fois [1].

---

1. Moraliste, critique, poète, dramaturge, et surtout lexicographe, le Dr Samuel Johnson (1709-1784) n'était pas médecin mais docteur honoris causa de Trinity College, et de l'université d'Oxford. Il est l'auteur du prestigieux *Dictionnaire de la langue anglaise*. Son amitié James Boswell (1740-1795), son futur biographe, de trente et un ans son cadet, avec qui il entreprit le célèbre voyage dans les îles Hébrides est aussi légendaire en Angleterre que celle de Montaigne et La Boétie en France. En Angleterre, avoir pour prénom Samuel quand on s'appelle Johnson équivaut à se prénommer Jean-Jacques quand on a Rousseau pour patronyme en France. La cerise sur le gâteau, c'est si le titre de docteur précède le nom. *(N.d.T.)*

C'est pourquoi le Dr Samuel Johnson, médecine générale, était un homme résigné. Et, petit, rondouillard, débraillé, la veste maculée de vieilles taches de nourriture, les lunettes toujours posées de travers sur le bout du nez, par une mystérieuse influence du psychisme, il s'était mis au fil des ans à ressembler de plus en plus au puits de science du XVIIIe siècle qui empoisonnait son existence. Il avait aussi tendance à se montrer revêche quand il rencontrait quelqu'un pour la première fois, dans l'espoir qu'une mine dûment farouche dissuaderait les plus craintifs de faire des commentaires prétendument humoristiques. Mais, vu sa nature aimable et indolente, il n'y parvenait pas très bien, et l'effet était plus incongru qu'effrayant.

Lorsque Flavia entra dans son cabinet d'un pas vif et le gratifia d'une vigoureuse poignée de main, avant de s'asseoir sur le siège du patient sans en avoir été priée, il ne fut pas nécessaire de lancer une attaque préventive, pour une simple et bonne raison : Flavia n'avait jamais entendu parler de Samuel Johnson, et n'avait pas la moindre idée qu'il pouvait y avoir quoi que ce fût d'amusant dans le fait qu'un médecin possédât l'un ou l'autre de ces noms anglais assez courants, voire les deux.

Le Dr Johnson trouva ce changement très reposant et, comme cette jeune femme était à la fois tout à fait sympathique et dotée d'un physique agréable, il se montra plus johnsonien que Johnson, jouant le rôle du gentleman anglais empressé et raffiné, d'une façon que famille, amis et collègues auraient jugée extrêmement gênante.

Mais cela eut l'heur de plaire à Flavia. Elle trouvait absolument adorable la manière dont il gloussait en la regardant entre ses gros sourcils broussailleux et le haut de ses lunettes. Si elle fut un peu surprise cependant par sa tendance à renverser son thé sur sa chemise, tel un demi-civilisé, et à tapoter la tache d'un air distrait avec sa cravate tout en continuant de deviser, elle attribua ce comportement à une certaine excentricité.

En d'autres termes, ils s'entendirent à merveille, et le Dr Johnson eut plus envie de séduire que d'habitude. À la recherche du moindre détail susceptible de l'éclairer sur les rapports de Forster et de Veronica Beaumont, Flavia était venue le consulter en désespoir de cause. La thèse d'Argyll n'était pas mauvaise en l'occurrence, mais de fait elle n'apportait pas grand-chose. Et, quelle qu'ait été la nature de leur relation, un élément clochait. Ils s'étaient connus en Italie mais ne s'étaient pas entendus. Puis, plus de vingt ans plus tard, Forster avait refait surface, reçu un salaire que Mlle Beaumont n'avait guère les moyens de payer pour un travail qui n'était pas nécessaire. En apparence, du moins. D'accord, peut-être utilisait-il cet emploi uniquement pour écouler des tableaux. Mais Mlle Beaumont était-elle si fêlée qu'elle ne s'en apercevait pas ?

Le problème était que les sources d'information s'avéraient fort rares. Avant d'hériter du domaine,

Mme Verney ne s'était rendue à Weller House que de temps en temps, et elle ne fournissait aucun détail précis. Il n'y avait guère de parents et quasiment aucun ami. À part le pasteur, homme peu observateur dont le témoignage avait été très vague quand la police l'avait interrogé, et la gouvernante, qui se montra aussi peu précise puisqu'elle ne passait au château que quelques heures par jour, personne n'avait bien connu l'ancienne châtelaine.

Mais Veronica Beaumont avait été malade... Cela voulait donc dire qu'elle voyait un médecin. Voilà pourquoi Flavia s'était rendue chez le Dr Samuel Johnson, médecine générale. Les médecins connaissent souvent beaucoup de secrets. L'ennui, c'est qu'ils ont parfois beaucoup de scrupules à vous les confier.

En l'occurrence, le personnage rubicond aux vêtements souillés de taches d'œuf paraissait vouloir coopérer. Oui, déclara-t-il, bien qu'elle n'ait pas souffert de grand-chose relevant de sa compétence, Mlle Beaumont avait été l'une de ses patientes après le départ à la retraite de son prédécesseur, environ cinq ans plus tôt. Sa mort avait été une vraie tragédie, même s'il n'en avait guère été surpris pour sa part. « Sans être psychiatre, vous savez...

— Je crois comprendre qu'elle est morte d'une surdose. C'est bien ça ? »

Il opina du chef.

« C'est noté dans le rapport du coroner. Il n'y a de ce fait rien de confidentiel. Elle prenait des somnifères.

Un jour elle en a avalé beaucoup trop, ce qui a provoqué son décès.

— De propos délibéré ? »

Il enleva ses lunettes, les nettoya avec le pan de sa chemise, puis les rechaussa en laissant pendre la chemise hors du pantalon.

« La version officielle a conclu, me semble-t-il, qu'il n'y a aucune raison de rejeter la thèse de l'accident.

— Et la version officieuse ?

— Les comprimés de cette nature produisent des effets bizarres quand on les prend avec de l'alcool. Tout est donc possible. Personnellement, je doute fort qu'elle se soit ôté la vie de propos délibéré. Elle était, certes, déséquilibrée. Mais pas à ce point. C'est pourquoi je préfère penser qu'il s'agit d'un accident.

— Déséquilibrée ? Mme Verney affirme qu'elle était folle.

— Non, non. Seuls les pauvres sont fous. La famille Beaumont a eu son lot d'originaux, il est vrai. C'était avant mon temps, mais je me suis laissé dire que la mère de Mme Verney était plutôt excentrique. À la génération suivante, ç'a été la malheureuse Veronica.

— Que voulez-vous dire par "déséquilibrée" ?

— Hallucinations, phobies insensées, compulsions. Ce genre de choses. Cela a l'air très grave, mais ça ne lui prenait que de temps en temps. Elle pouvait mener une vie normale durant des années, puis avoir ce que sa famille appelait "une petite crise". Que l'on dissimulait toujours avec discrétion.

— Mais que dissimulait exactement la famille ? »

Le Dr Johnson agita le doigt.

« Ce serait une violation du secret médical. Si vous souhaitez connaître les détails, vous devrez vous adresser à Mme Verney. Il m'est absolument impossible de vous renseigner sur ce sujet.

— Même pas un vague indice ? »

Le Dr Johnson se colleta un moment avec sa conscience médicale.

« Elle était issue d'une famille ayant connu des jours meilleurs. Mais toujours fort à l'aise selon moi. Cela dit, tout est relatif en la matière. Elle souffrait de ne pouvoir s'offrir ce qui jadis allait de soi pour sa famille. En général, elle supportait très bien cette frustration. Quand elle n'y parvenait pas... »

Il se tut, hésitant à nouveau.

« Je crois comprendre qu'elle devenait envieuse, reprit-il. Terriblement.

— C'est-à-dire ?

— Cupide.

— Comment ?

— Veuillez m'excuser, mademoiselle. Je n'aurais pas dû en parler. Il vous faudra demander de plus amples détails à un membre de la famille. Après tout, c'est celle-ci qui m'a renseigné, moi. Mlle Beaumont ne se confiait guère à moi.

— Un moment, s'il vous plaît. Vous voulez dire qu'elle était kleptomane ? C'est ce à quoi vous faites discrètement allusion ? »

Mais c'était trop demander au médecin. Se tordant les doigts, il se réfugia dans le jargon médical.

« C'est une manière vague de s'exprimer qui ne résout rien. En fait, je doute fort que ce genre de pathologie existe réellement. Il ne s'agit pas d'une seule maladie avec des symptômes identifiables ou prévisibles.

— Sauf concernant le vol d'objets. »

Sa façon de dire les choses fit émettre une toux gênée au Dr Johnson.

« Elle volait bien, n'est-ce pas ? insista Flavia.

— C'est ce que je crois comprendre, admit-il enfin, avant de se rasséréner. Une paire de gants ici, une boîte de thon là. Certains grands magasins de Londres la connaissaient parfaitement. Je le tiens de Mme Verney. C'était elle, semble-t-il, qui ces dernières années devait se rendre sur place pour régler le problème, si vous me suivez. Non, je ne peux vraiment rien ajouter. Je ne suis pas psychiatre, et de plus elle n'a été ma patiente que durant les toutes dernières années de sa vie. Je tiens mes renseignements de membres de sa famille et c'est à eux que vous devrez vous adresser. Bien sûr, ils voulaient le plus possible éviter que ça se sache.

— Je vois, dit Flavia, stupéfaite. Bon, j'aimerais surtout savoir ce qu'il en était de ses relations avec Forster. »

Johnson sembla au comble de l'embarras et Flavia craignit que le secret médical ne soit à nouveau invoqué.

« Elles lui étaient très nocives, répondit-il au contraire. Mlle Beaumont était une personne faible et influençable qu'il manipulait de manière absolument éhontée. À des fins personnelles, je pense.

— Pour vendre le contenu de Weller House ?

— Je ne suis pas du tout au courant des détails. Ce que je sais, c'est que plus il entrait dans ses bonnes grâces, plus on lui donnait de tâches à remplir, et que ça n'a jamais abouti à rien. Si Mme Verney ne s'était pas efforcée de le tenir à l'écart, la situation aurait été bien pire. Évidemment, elle ne pouvait pas faire grand-chose. Vers la fin, il me semble qu'il y a eu une sérieuse querelle entre les deux femmes à propos de l'influence de M. Forster. Après la mort de Mlle Beaumont, Mme Verney a tenté de réparer les dommages qu'il avait causés. Sans grand succès.

— Vous voulez dire envers George Barton ? Ce genre de choses ?

— Oui. Forster avait persuadé Mlle Beaumont de transférer certains des pavillons qui lui restaient à une société d'exploitation dont il était propriétaire. Il s'agissait de les retaper, de les vendre et de partager les bénéfices. Il avait l'intention d'en transférer encore plus. Il lui racontait que c'était une façon d'éviter de payer des impôts, ou quelque stupidité dans ce goût-là. Ça n'a pas abouti, heureusement. Personnellement, je doute qu'elle aurait reçu un seul sou. Mme Verney a donc passé un temps fou à s'efforcer de remédier à la situation, mais sans grand résultat, semble-t-il. On allait expulser George Barton et elle ne pouvait guère s'y opposer.

— Je comprends... Bon, pour revenir à l'hypothèse du suicide, y avait-il un motif qui aurait pu la pousser à se tuer à ce moment précis ?

— Je ne vois pas lequel, même si les dépressifs n'ont pas réellement besoin d'un motif particulier. Et je dois dire qu'elle avait quelque raison d'être déprimée. Elle était très hypocondriaque, mais pendant sa dernière année – ç'a duré plus d'un an, en fait –, elle était vraiment très malade.

— Comment ça ?

— Elle a eu une légère attaque pendant l'été 1992. Sa vie n'était pas en danger à court terme et elle n'a pas été handicapée, mais elle a eu très peur. Un rien l'effrayait d'ailleurs. Elle n'était pas du genre à bien supporter l'adversité. Elle passait le plus clair de son temps au lit et ne s'aventurait jamais très loin du château. Je pense, quant à moi, qu'elle était moins faible qu'elle le paraissait et qu'elle aurait dû faire davantage d'exercice. Mais elle refusait de m'écouter.

— Était-elle déprimée au moment de sa mort ? Plus que d'habitude, je veux dire ? »

Le Dr Johnson réfléchit à la question.

« C'est possible. Bien que la dernière fois que je l'aie vue, "en colère" aurait mieux décrit son état d'esprit. Mais, je le répète, ce n'était pas inhabituel. Elle pestait souvent contre certaines choses : les socialistes, les voleurs, ce qu'elle se plaisait à appeler les "basses classes", et le percepteur. Ce qui, cette fois-là, la mettait plus précisément hors d'elle, je n'en sais rien. Peut-être quelque chose lié à Forster. Mais, comme je vous l'ai déjà dit, je doute qu'il faille chercher de ce côté la cause de sa mort. »

Flavia se leva et lui serra la main.

« Merci, docteur, vous avez été très aimable. »

Alors que Flavia se préoccupait des affaires en cours, Argyll s'octroyait presque tout un après-midi de congé. N'ayant pas grand-chose à faire et l'intérêt de l'Italie pour Forster semblant par ailleurs faiblir, il passa son temps parmi les tableaux. Ils étaient, bien sûr, plus ou moins liés au dossier, mais il avait surtout envie de les regarder et de vérifier s'ils étaient tous là. On pouvait toujours espérer qu'on avait par hasard négligé un détail.

C'est pourquoi, oublieux des voleurs et autres assassins mais muni des deux inventaires, il déambula tranquillement dans toute la maison pour essayer de faire coïncider les tableaux cités sur ces bouts de papier et ceux toujours accrochés aux murs de Weller House.

Tâche d'une étonnante facilité. Les deux inventaires étaient presque identiques et, à en juger par l'aisance avec laquelle il repéra les peintures, il soupçonna fortement qu'elles n'avaient même pas été décrochées depuis une quinzaine d'années pour être sérieusement époussetées. Peut-être même depuis qu'on les avait achetées au XVIIIe ou au XIXe siècle. Félicitations à Forster pour les soins et l'attention qu'il leur avait accordés...

Ce ne fut guère une opération passionnante. Soixante-douze tableaux figuraient dans les inventaires et il ne tarda pas à en compter soixante-douze suspendus aux murs du château. Cinquante-trois d'entre eux étaient des portraits de famille sans intérêt. Des portraits, en tout cas ; mais certains étaient si sombres et encrassés qu'il était difficile de dire qui ils représentaient. Pour un bon nombre, le coût du nettoyage serait plus élevé que le prix de vente. La salle à manger était particulièrement lugubre. Dans cette magnifique salle lambrissée d'une boiserie de chêne, on aurait dû entendre le tintement du cristal, le raclement de l'acajou sur le parquet et les pas feutrés du maître d'hôtel. Mais les volets étaient clos et la pièce, sale, mal entretenue, exhalait une forte odeur de moisi. L'énorme glace au-dessus de la cheminée était fendue de part en part, et si piquée qu'elle ne réfléchissait plus rien – il n'y avait de toute façon pas grand-chose à réfléchir. Les lampes ne fonctionnaient plus et, lorsqu'il tenta d'ouvrir les volets, Argyll s'aperçut qu'on les avait bloqués.

Les portraits des ancêtres illustres, censés regarder de haut les dîneurs et les impressionner par la longueur de la lignée, étaient donc désormais réduits à des plaques noires entourées de cadres à l'or terni. Argyll l'étudia avec soin, mais ne parvint à les identifier qu'en trichant : les rares inscriptions sur les cadres lui permirent de déduire qu'il s'agissait de la série du XVIIe des six membres de la famille Dunstan, les anciens propriétaires nobles qui s'étaient renfloués en se résignant au mariage de leur fille avec le sieur Beaumont, marchand londonien roturier mais richissime. Le petit portrait en buste de Margaret Dunstan-Beaumont était le tableau attribué à Kneller. C'était sans doute le seul susceptible d'être vendu à un prix à peu près intéressant, quoiqu'il fût sale au point qu'on pouvait tout juste y deviner un portrait. Qu'il ait représenté une jeune femme était matière à conjectures. Et l'attribution était sujette à caution : même si Argyll concédait que devoir l'étudier à la lueur d'une allumette ne constituait pas la meilleure façon d'en apprécier les nuances, l'œuvre n'avait pas l'air d'un Kneller à ses yeux. Il semblait bien que l'expert ait eu raison, en l'occurrence.

Renonçant à poursuivre l'analyse de crainte de s'abîmer la vue, il se dit qu'il était grand temps qu'un autre riche marchand rapplique pour remplir les coffres de la famille. Dommage que Mabel n'ait pas accompli son devoir ! À cause d'elle, conclut-il en cochant les portraits de la liste, sa fille va devoir bientôt vendre.

Cette tâche achevée, il remonta au grenier pour voir s'il y avait bien là deux tableaux anciens censés s'y trouver. C'était le cas. Ils étaient aussi supposés être en mauvais état et ne posséder aucune valeur. Là encore, Argyll ne put prendre en défaut le jugement de ceux qui avaient procédé à l'expertise. Ensuite il reprit son analyse du contenu de la pile de cartons, avec l'espoir de trouver dans un vieux livre de comptes quelques petits détails sur le lieu et la date d'achat des tableaux. Une simple date peut avoir un effet magique sur la valeur d'une peinture.

Peine perdue. Il ouvrit un carton, y découvrit des photos des noces de Veronica et le referma en frissonnant devant le style des coiffures. Il en ouvrit un autre. Puis un autre. Et encore un autre. Apparemment il se rapprochait peu à peu de l'époque à laquelle la famille possédait assez d'argent pour acheter des tableaux. Le cinquième carton contenait un vieux registre dont la page de garde indiquait qu'il concernait le mariage de Godfrey Beaumont et de Margaret Dunstan. On ne sait jamais, se dit-il en parcourant du regard la liste des divers frais et celle des présents et faveurs reçus. Un spécialiste d'histoire sociale y eût trouvé une mine de renseignements pour analyser le réseau de relations liant la société anglaise. Celles des Dunstan étaient, en tout cas, excellentes : comtes, chevaliers et baronnets s'étaient assemblés pour souhaiter beaucoup de bonheur à la pauvre fille. Et même un certain nombre de courtisans de haut rang jouissant de la faveur du roi. Jusqu'au comte d'Arundel qui, en bon avare, avait lésiné sur le cadeau de mariage. Alors que les autres invités avaient offert fourrures, tapisseries, voire des fermes seigneuriales, lui avait envoyé, comme l'indiquait sèchement le registre, une « Anatomie du signore Leoni ».

Hourra ! songea Argyll. Je parie qu'après avoir déballé le cadeau le marié a fêté l'événement toute la nuit. ... Sûrement pas. Pourtant, pensa-t-il soudain, le souffle coupé, peut-être aurait-il dû...

Il s'appuya au dossier de sa chaise, prit une profonde inspiration, un éclair ayant jailli dans son esprit et provoqué une douleur aussi violente que s'il avait été frappé par la foudre. Deux éclairs, en fait. Et il s'avéra qu'ils ne s'étaient pas produits dans le bon ordre. Lorsqu'il s'aperçut qu'Arundel était mort en 1646 et que Margaret Dunstan avait dû se marier avant cette année-là, le sens de cette découverte lui avait déjà échappé.

Les pensées qui avaient submergé cette indication étaient nées de souvenirs lointains concernant l'histoire des collections. Le comte d'Arundel était le plus grand collectionneur d'Angleterre. Il avait acheté les meilleures peintures disponibles avec un discernement sans faille. Plus important, il était en affaires avec un certain Pompeo Leoni.

Et Pompeo Leoni lui avait vendu presque tous les dessins connus à ce jour de Léonard de Vinci. Sept cents d'entre eux.

Argyll fit un effort de mémoire. Ils avaient disparu pendant la guerre civile mais, presque cent cinquante ans plus tard, on en avait redécouvert six cents tout à fait par accident au château de Windsor, au fond d'un vieux coffre. Ils sont toujours au château, cependant les cent autres se sont volatilisés sans laisser de trace.

Il réfléchit encore un peu, superposant la notation écrite et ce que constataient ses propres yeux. Et il se convainquit peu à peu qu'il n'en manquait plus que quatre-vingt-dix-neuf. Il n'avait jamais eu une telle certitude. Le centième, orné d'une tache d'humidité, se trouvait dans la chambre. Anatomie, en effet... Beau cadeau de mariage ! Dieu seul savait quelle était sa valeur aujourd'hui. Peut-être même Lui ne le savait-Il pas. Voilà des décennies qu'une œuvre de cette nature n'était apparue sur le marché.

Il est l'heure d'aller faire une balade, se dit Argyll. Il aurait du mal à digérer une telle découverte.

15

Le retour de Bottando dans son petit bureau ne fut pas agréable. Comme la plupart des gens, le général avait tendance à considérer que la réalité ne consistait qu'en ce qu'il pouvait voir et entendre. Que les autres cessaient d'agir dès qu'il n'était plus là. S'il était absent du bureau pendant les trois quarts de la journée, il espérait naïvement retrouver le soir les choses à peu près dans l'état où il les avait laissées.

Cet espoir fut sérieusement déçu ce soir-là, quand il s'aperçut qu'en fait presque tout le monde s'était jeté dans une activité débordante dès l'instant où il avait quitté Rome, le matin. Pis encore, il découvrit qu'Argan avait profité de son absence pour s'initier à la gestion du service.

« Un terrible cambriolage a été commis à Naples, déclara l'horrible personnage quand le général le découvrit carrément installé à son bureau. Durant votre absence.

— Vraiment ? répliqua Bottando d'un ton sec, et il le poussa sans ménagement hors de son fauteuil pour récupérer son bien.

— Oui. J'ai pris les choses en main en attendant que vous reveniez. J'espère que ça ne vous dérange pas. »

Bottando fit un geste signifiant qu'Argan ne devait pas se gêner.

« Et une église a été dévalisée juste à côté de Crémone.

— Vous avez là aussi pris les choses en main, c'est ça ? »

Argan hocha la tête.

« J'ai pensé que ce serait mieux ainsi. Vu vos graves préoccupations du moment.

— Ah oui...

— Et où en sont les recherches ? continua Argan en émettant le léger ronron du chat jouant avec un oiseau blessé.

— De quelles recherches parlez-vous ?

— Sur Giotto.

— Dieu du ciel ! A-t-on également volé Assise durant mon absence ? J'espère que vous avez là encore pris les choses en main. »

Argan eut un rictus.

« En quelque sorte. J'ai parlé cet après-midi à l'un des contrôleurs du Budget.

— Sans blague ? Pourvu que ça vous ait distrait.

— Ç'a été une conversation assez déprimante, en fait. Il est très préoccupé – comme beaucoup de gens au ministère, vous savez – à propos du rapport coût/rendement de ce service.

— Vous voulez dire qu'à leur avis on devrait procéder à davantage d'arrestations ? Je suis entièrement de leur avis.

— Bien. Mais j'ai perçu une certaine hostilité dans sa voix, voyez-vous. »

Qui peut bien en être la cause ? se demanda Bottando.

« Quoi qu'il en soit, vous me connaissez, la loyauté avant tout. Alors j'ai trouvé une brillante idée pour nous débarrasser d'eux... »

Nous ? s'étonna Bottando. Nous y voilà.

« Évidemment, j'aurais dû vous consulter. Mais comme vous n'étiez pas là...

— ... vous avez pris les choses en main.

— Exactement. J'espère que ça ne vous ennuie pas. »

Le général poussa un soupir.

« J'ai donc déclaré que l'impression d'inefficacité donnée par le service était fausse. Je leur ai annoncé que le général était justement en train de travailler sur un important dossier qui connaîtrait un succès retentissant. Je leur ai dit un mot sur Forster, et leur ai indiqué la somme de temps et d'efforts que vous avez consacrés à la traque de cet individu.

— Vous m'en direz tant !

— Ils ont demandé une réunion plénière pour discuter de ça avec vous. Demain. À quatre heures.

— Ah oui ?

— Oui. Ils sont si désireux d'apprendre la manière dont vous avez pisté le personnage que le ministre lui-même assistera à la réunion pour entendre le récit de vos exploits.

— Je m'en réjouis à l'avance.

— Moi aussi. Il y a peu de choses aussi gratifiantes que d'écouter le compte rendu d'un spécialiste sur les vertus de l'expérience. Ce sera passionnant. »

Tandis que Flavia terminait son entretien avec le Dr Johnson puis se rendait une fois de plus à la police afin de discuter du dossier, vérifier et revérifier les éléments sans, espérait-elle, trop donner en échange, Argyll partait en promenade pour profiter d'un rayon de soleil passager. Il avait matière à réfléchir et, comme d'habitude dans ces cas-là, il avançait au hasard sans s'attarder longtemps sur rien, avant de repartir, l'esprit ailleurs.

C'était le Léonard qui occupait ses pensées. Comment en parler à Mme Verney ? Il joua un court moment avec l'idée de ne pas lui dire ce qu'il savait, de lui raconter simplement qu'il voulait l'acquérir parce qu'il l'adorait et de lui en proposer cinquante livres. Ça ne les valait pas, bien sûr, mais...

Il repoussa cette idée. Ça ne lui ressemblait pas. Il ne serait pas capable de se comporter de la sorte et il se maudirait à jamais s'il l'osait. Il lui révélerait ce que c'était, en espérant qu'elle le chargerait de le vendre. Ça paierait ses dettes et il lui resterait même pas mal d'argent pour restaurer le château. Il pourrait aussi en parler à Flavia. Voilà une belle occasion de faire la fête avant qu'ils rentrent tous chez eux, le mystère Giotto demeurant entier.

Argyll se dirigea vers l'église dans l'espoir qu'un peu plus d'exercice libérerait définitivement son esprit du regret de ne pas être moins scrupuleux et plus cynique. Rien de tel, dans ce genre de circonstances, avait-il l'habitude de penser, qu'une bonne église pour vous remonter le moral. Il franchit donc le portail du cimetière, s'arrêtant quelques instants pour examiner le panneau d'affichage... Tour de service des marguilliers (George Barton le premier dimanche du mois ; Henry Jones le deuxième ; Witherspoon fils le troisième ; Witherspoon père le quatrième). Réunion du conseil paroissial cinq mois auparavant ; fête du village, le deuxième samedi de juillet (l'annonce que Mme Mary Verney aurait la bonté de l'ouvrir était biffée, son nom remplacé par celui du pasteur). Recommandation de ne pas utiliser les tuyaux d'arrosage à cause de la sécheresse...

Il lut soigneusement chaque avis et en oublia tout de suite le contenu. Cette source de renseignements épuisée, il pénétra dans le cimetière et passa davantage de temps à contempler les stèles funéraires. L'une d'elles était ornée de fleurs des champs récemment cueillies : celle de Joan Barton, épouse bien-aimée de George et mère de Louise et d'Alice. À côté se trouvait la tombe de Harry Barton, frère bien-aimé de George et mari d'Anne. Né en 1935 et mort en 1967. Plutôt jeune, le pauvre homme. On ne faisait pas de vieux os chez les Barton.

Mélancolique à souhait, Argyll déambula au hasard, passant devant les stèles de marbre noir du XXe siècle, entre celles du XIXe, en pierre de la région, jusqu'aux sculptures plus travaillées du XVIe et du XVIIe. Certaines tombes étaient aussi bien entretenues qu'un jardinet de pavillon de banlieue, d'autres présentaient un aspect plus sauvage. Les mêmes noms réapparaissaient sans cesse : des dizaines de Barton, des générations de Brown... Il découvrit celui du mari de Veronica : *Henry Finsey-Groat, mort tragiquement par noyade, époux bien-aimé, regrets éternels, décédé en 1966*. Seule la dernière notation semblait véridique. « Mort grotesquement par noyade » eût semblé plus approprié, et, à en juger par l'état d'abandon de la tombe complètement envahie de mauvaises herbes, la formule « époux bien-aimé, regrets éternels » ne paraissait pas très exacte.

Il pénétra dans l'église et étudia la série de plaques de cuivre ainsi que les monuments du XVIIIe placés là en mémoire des divers membres de la famille Beaumont. Ils avaient été plutôt nombreux. Il lut la plaque toute simple à la mémoire de Margaret Dunstan-Beaumont – la jeune femme du cadeau de mariage et du portrait par Kneller – et apprit qu'elle était morte en 1680, à l'âge de soixante ans, profondément regrettée par sa famille et tous ceux qui se la rappelaient comme une épouse pieuse, une mère dévouée à ses quinze enfants, et comme la généreuse donatrice de huit shillings par an aux pauvres de la paroisse. Quelle inscription allait-on graver sur la stèle de Forster ? Les mémorialistes embellissent volontiers la vérité, mais la formule « regrets éternels » risquait de paraître un tantinet exagérée. Personne jusqu'à présent ne semblait beaucoup déplorer sa mort. Sauf sa femme, l'unique personne ayant eu un mot gentil à son égard. Même si la sincérité de ses paroles était loin d'être prouvée.

La pierre tombale de Margaret Dunstan-Beaumont était située près du mur ouest du transept nord. Seul l'énorme amas de vieux magazines paroissiaux entassés au pied et tout autour en gâchait l'aspect. Argyll les feuilleta au hasard. Contenu sans surprise : tombolas et recettes de cuisine, annonces de foires, fêtes de la moisson ou manifestations pour collecter des fonds. C'était chaque année la même chose. Le premier coucou, le temps, sans oublier le charmant discours de Mlle Beaumont à l'ouverture des festivités. Mythe de la vie bucolique... Merveilleux, du moment qu'on s'en trouve à cent lieues.

Retour aux pierres tombales, surtout celles du XVIIIe, les plus tarabiscotées, avec vers latins et damoiselles en pâmoison, qui occupaient la place d'honneur, dans la croisée et dans le chœur. Bien plus ostentatoires que les stèles du cimetière. Joan Barton devait se contenter d'une simple plaque de pierre gravée, alors que ces défunts-là étaient à l'intérieur, bien au sec, jouissant de guirlandes sculptées, de chérubins, d'ornementations et de péans composés en leur honneur. Mais l'épouse de George avait récemment eu droit à un bouquet. Ces détails pouvaient vaguement retenir l'attention du touriste de passage. Il n'avait que l'embarras du choix.

Réfugié dans le transept, le touriste Jonathan Argyll pensait à la mort et aux tableaux quand il sentit un léger picotement sous la peau. Jaillit alors dans son esprit, à l'improviste et sans le moindre rapport avec quoi que ce fût d'autre, le souvenir que Godfrey Kneller était venu en Angleterre dans les années 1670. Et Margaret Dunstan-Beaumont s'était obligatoirement mariée avant 1646, si Arundel avait pu lui offrir un charmant petit croquis de Léonard. Argyll était juste sur le point de comprendre en quoi la chronologie était importante quand il fut à nouveau distrait. Par la petite porte de la pièce, située de l'autre côté de l'église, où le pasteur gardait ses vêtements sacerdotaux, empilait des livres de prières inutilisés et remisait les ciboires vides, s'échappait un bruit confus de voix. Il crut reconnaître l'une d'entre elles.

Argyll ne se jugeait pas indiscret, tout en admettant volontiers qu'il était curieux de nature. Ce fut donc davantage par curiosité que par indiscrétion qu'il s'approcha de la porte à pas feutrés, juste pour avoir confirmation qu'il ne se trompait pas. Il pensait sincèrement ne pas avoir l'intention d'écouter aux portes, habitude qu'il jugeait très impolie.

Mais pour vérifier l'identité d'une voix, force est malgré tout d'entendre quelques mots au moins. Il faudrait être bien pédant pour établir un subtil distinguo entre, d'une part, écouter le timbre d'une voix et, d'autre part, chercher à comprendre les mots énoncés. Indiscrétion ou simple curiosité, Argyll entendit bel et bien une conversation entre Mary Verney et George Barton. Faisant fi de sa discrétion innée, il se concentra sur le sens des paroles échangées.

« Alors que devriez-vous faire, selon vous ? dit la voix claire, douce et mélodieuse de Mary Verney.

— Sais pas. Rien, j' crois.

— C'est très grave, vous vous en rendez compte. Si la police le découvre, vous irez en prison. Pour un bon bout de temps. Espérez-vous quelque chose de moi ?

— Oh non ! Je ne vois pas ce que vous voulez dire, madame Verney. Du moment que vous vous taisez, il n'y aura pas de problème, j'imagine. Tout ça c'est si ridicule. Si je m'étais pas disputé avec lui, je me serais pas soûlé, et si je m'étais pas soûlé j'y serais pas retourné et...

— Oui, je comprends. Mais vous y êtes retourné et maintenant vous me le racontez. Alors, parlons clair !

Pouvez-vous supporter ce secret ? Vous ne voulez vraiment pas vous rendre à la police pour libérer votre conscience ?

— Non-hon... Si on inculpait ce crétin de Gordon, d'accord, j'y serais obligé. Pour sûr que je le ferais. Je le laisserais pas aller en taule, quoi qu'il m'en coûte. Vous le savez bien. Mais Gordon a été relâché.

— Dans ce cas je ne sais quoi dire.

— Ça devait lui arriver tôt ou tard ! s'écria George avec une soudaine véhémence. Ça lui pendait au nez ! Vous savez quoi, madame Verney ? Le monde se porte mieux sans lui. "Œil pour œil, dent pour dent !" voilà ma devise. Il a aucune raison de se plaindre. C'était un sale type, et pour moi justice est faite. Y a rien d'autre à dire. Je vais pas perdre une minute de sommeil à cause de lui. »

Bien que ce fût passionnant, Argyll ne chercha pas à en entendre davantage. Sentant qu'il allait éternuer, et de crainte d'être pris la main – ou plutôt l'oreille – dans le sac, il s'empressa de se réfugier derrière une tombe où il cessa de se retenir. C'était la faute aux bouquets de fleurs, se dit-il un peu plus tard. Très jolis, et qui témoignaient d'un bel esprit communautaire, mais le pollen lui chatouillait les narines. Quoi qu'il en soit, la conversation fut assez brusquement interrompue lorsque son tonitruant éternuement retentit dans toute l'église. Au moment où Mary Verney émergea de la sacristie, il se tenait loin de la porte, oublieux du monde, éperdu d'admiration devant une plaque du milieu du XVIIIe vantant les vertus de sir Henry Beaumont, homme d'un commerce agréable et de grande charité, fort regretté par tous ceux qui le connaissaient.

« Ah, salut ! fit-il, d'un ton désinvolte et surpris qui lui parut sonner bien faux. Je me croyais seul en ces lieux. D'où avez-vous donc surgi ? »

Pour la première fois depuis qu'il la connaissait, Mme Verney parut mal à l'aise.

« Je faisais un peu de rangement dans la sacristie. »

Pendant qu'elle parlait, Argyll crut entendre la porte de ladite sacristie donnant sur le cimetière se refermer avec un petit bruit sec. George Barton s'esquivait discrètement.

« Je ne vous savais pas dévote paroissienne, enchaîna-t-il.

— Ce n'est pas le cas, mais chacun doit mettre la main à la pâte. C'est la règle.

— Bien sûr... Cela dit, ne pas avoir à mettre la main à la pâte fait, à mon sens, partie des avantages de la grande ville. C'est une jolie église, n'est-ce pas ?

— Magnifique. L'argent de la laine, vous savez. Avez-vous vu nos miséricordes ? »

Argyll avoua que non. Il venait tout juste d'entrer dans l'église, affirma-t-il, ravi de pouvoir glisser le renseignement dans la conversation. Mme Verney parut fort soulagée. Puis il suivit patiemment la visite guidée des miséricordes, l'une des plus belles séries du comté, datant du XIVe, avec accoudoirs ornés de feuillage et saillies fixées sous l'abattant décorées de monstres, d'oiseaux et de scènes de la vie rurale. Tout ça était délicieux mais, alors que d'habitude rien ne plaisait autant à Argyll qu'une belle miséricorde, cette fois-là il eut du mal à se concentrer.

16

Flavia revint de son entretien avec Manstead et la police du coin de fort méchante humeur. En un mot comme en cent, les policiers du Norfolk gardaient le dossier Forster sous le coude jusqu'à ce que surgisse une preuve décisive. Selon eux ils avaient déjà assez de vols et de meurtres sur les bras. Ils n'avaient tout simplement pas le temps de s'occuper de ce genre de chose.

« Vous voyez, lui avait déclaré Manstead d'un ton un rien contrit, on ne peut même pas prouver que Forster a été assassiné. Pas de manière convaincante, en tout cas. Quant à la possibilité que ç'ait été un voleur...

— Pas de preuve non plus ? Le mariage des Dunkeld ?

— C'était notre seule vraie chance, à mon avis. Mais ça n'a rien donné. On leur a même demandé de regarder sa photo pour voir si elle leur rappelait quelque chose, mais en pure perte. Bien sûr, je ne me faisais guère d'illusions après autant d'années, mais vous ne pouvez pas dire qu'on soit restés les bras croisés.

— Je sais, et je crois qu'à votre place j'agirais de même. Je vous suis reconnaissante d'avoir fait tout votre possible.

— Je le répète, si on avait le plus petit élément de preuve...

— Oui. Merci... Au fait, Veronica Beaumont figurait bien sur la liste des invités, n'est-ce pas ? »

Manstead regarda l'inspecteur Wilson qui hocha la tête.

« En effet, comme, à ma connaissance, la majeure partie du *Burke's Peerage*, l'almanach de la noblesse du royaume.

— Ah, bien ! Avez-vous, par hasard, réinterrogé George Barton ?

— Oui. Grâce à vous. Je crains que son gendre ne l'ait défendu tout à fait inutilement. Il a bien vu Forster ce soir-là, mais longtemps avant sa mort. Ensuite il est allé rendre visite à sa fille. Ce que Gordon aurait su, bien sûr, s'il n'avait pas été en train de batifoler avec Sally. Ou si George et lui n'avaient pas cessé de se parler.

— Donc, ça aussi, ç'a été une perte de temps.

— Tout à fait. Et Mme Forster a également été mise hors de cause.

— Pour quelle raison ?

— Nous avons pu démontrer qu'elle n'était pas allée au cinéma ce soir-là...

— Ah bon !

— ... en effet, comme son mari avait une liaison, elle a voulu lui rendre la pareille...

— Bon sang ! C'est une épidémie.

— Eh oui. Dès qu'on gratte un peu la surface... Quoi qu'il en soit, elle ne figure plus sur la liste des suspects.

— Je vois. La première fois qu'elle a été interrogée, savait-elle que son mari était l'objet d'une enquête pour vol ? »

Manstead lui tendit une liasse de feuillets.

« Voyez vous-même ! Il ne s'agissait que d'une conversation préliminaire... Où étiez-vous ? Que faisiez-vous à ce moment-là ? Rien d'insolite comme des vols. Ça, c'est venu plus tard. Ce matin, en fait. Et elle a déclaré que c'était vous qui lui en aviez parlé pour la première fois. Elle ne dit peut-être pas la vérité, mais comment le prouver ? C'est impossible pour le moment. Et en attendant... »

Une fois de retour, Flavia s'était assise dans le vestibule pour faire son rapport à Bottando par téléphone. Argyll la trouva en train d'écouter son correspondant, la mine attristée.

« Ils seront tous là, au grand complet, expliquait Bottando après avoir monopolisé la conversation en pestant contre la décision d'Argan de procéder à une mise au point définitive. Pour m'entendre présenter les fruits de mon expérience. Argan avait du mal à se contenir. Il me semblait bien que ce petit salaud était resté étonnamment silencieux. Maintenant je sais pourquoi. J'ai consulté une nouvelle fois ses disques. Il a déjà rédigé un nouveau compte rendu détaillé sur toute l'affaire. Vous en devinez sans difficulté le contenu.

— "Il faut la mettre au vert, cette vieille baderne !" » dit-elle avec un certain manque de tact. Il y eut un long silence à l'autre bout du fil.

« Plus ou moins.

— Vous semblez prendre la chose avec philosophie.

— Que faire d'autre ? Je suis sûr que tout se passera bien dès que j'aurai fourni mes explications. Je suis certain de pouvoir sortir du chapeau un lapin ou deux pour l'occasion. Et vous, comment allez-vous ? »

Elle hésita.

« Ça m'ennuie de vous le dire...

— Quoi donc ?

— ... Forster était un sale petit bonhomme. Mais je ne crois pas pouvoir prouver qu'il était Giotto. Sûrement pas pour demain après-midi. Je fais de mon mieux, mais la police locale ferme boutique.

— Pourquoi ça ?

— Parce que, en gros, les preuves ont la consistance d'une brume matinale. »

Il y eut à nouveau un long silence au centre de Rome pendant qu'on digérait la nouvelle.

« Ah bon ! Peu importe... Ce n'est pas votre faute. On ne peut pas fabriquer des malfrats – ou des preuves – s'il n'y en a pas. Si vous pouviez revenir dès demain, ce serait très utile. »

Elle raccrocha, resta immobile sur son siège, se concentrant pour choisir entre les diverses options – aussi déplaisantes les unes que les autres – qui se présentaient à son esprit.

« Ce pauvre vieux Bottando, dit Argyll.

— Hmm. Je pense qu'il se fait des illusions sur le soutien qu'on va lui accorder. Moi, je ne crois pas que quelqu'un l'aidera, tu sais. Je crains qu'il ne soit en train de perdre son sens des réalités politiques.

— Alors, que vas-tu faire ? »

Elle plissa les lèvres et réfléchit quelques instants.

« Tout mon possible, j'imagine, répondit-elle, sans paraître très sûre que ça suffirait. Je vais devoir rentrer. Je ne peux pas dire que je me réjouis d'assister à l'hallali de mon vieux chef, mais au moins je le soutiendrai de mon mieux... Allons ! Je crois que j'ai besoin de faire un brin de causette avec Mme Verney. Et de boire un bon verre d'alcool, bien costaud. »

Il est gênant de poser des questions trop pointues à son hôtesse, notamment parce que si elle se vexe, on risque de se retrouver à la rue. En outre, Flavia jugeait Mme Verney plutôt sympathique. Vive et généreuse, elle était d'un commerce très agréable.

Le temps pressait, malgré tout. Si Flavia ne pouvait toujours rien prouver en se fondant sur les renseignements en sa possession, elle était pourtant quasi certaine de comprendre ce qui s'était passé. Le hic était qu'avoir raison ne lui servait absolument à rien.

« Ah ! vous voilà de retour ! » lança Mary d'un ton joyeux comme Argyll et Flavia entraient dans la cuisine. Elle remua d'un coup de cuillère ce qui se trouvait dans la marmite puis replaça le couvercle. « J'espère que votre journée s'est révélée fructueuse. »

Elle leva les yeux et les fixa avec attention.

« Oh ! mon Dieu ! En voilà des mines d'enterrement ! L'heure des discussions sérieuses a sonné, n'est-ce pas ?

— Si vous êtes d'accord... »

Elle ôta son tablier, le jeta sur le dossier d'une chaise, puis sortit un plateau, des verres et une bouteille.

« On en aura peut-être besoin... Allons ! Venez ! Retournons au salon. Voyons ce que vous voulez savoir... »

Menant la marche d'un pas assuré, elle sortit de la cuisine et monta l'escalier pour gagner le salon, Flavia sur ses talons, tandis qu'Argyll suivait en portant le plateau. Tout à fait persuadé lui aussi que c'était un moment décisif, il versa à boire et distribua les verres, tandis que les deux femmes s'installaient dans les gros fauteuils rembourrés et se préparaient à en découdre.

« Bon, commença Flavia, je vais vous dire comment s'est déroulée la journée durant laquelle Forster est mort... Jonathan et Edward Byrnes déjeunent ensemble. Vers deux heures et demie, Jonathan appelle

Forster et lui annonce qu'il veut lui parler d'un tableau. D'un tableau volé. Juste après ce coup de téléphone, apparemment, Forster quitte la maison et part pour Norwich, où il vide son coffre à la banque. Plus tard il reçoit la visite de George Barton, avec qui il se dispute âprement à propos de l'expulsion imminente de George. Celui-ci s'en va et Gordon, son gendre, l'aperçoit. Vers neuf heures, Forster tombe dans l'escalier, se brise la nuque et meurt. Jonathan découvre le corps le lendemain matin. À l'heure de la mort, Gordon se trouvait au lit avec Sally, la serveuse du bar. George était en visite chez sa fille et Mme Forster, avec son amant.

— Avec qui ? s'écria Mary, stupéfaite.

— C'est la pure vérité, semble-t-il.

— Non ! Elle monte de plus en plus dans mon estime.

— Soit. Le fait est, cependant, que personne n'a vu, entendu, senti, soupçonné, prévu ou deviné quoi que ce soit. À telle enseigne que, d'après ce que je crois comprendre, la police du cru a maintenant arrêté sa décision : pour elle, le dossier de la mort de Forster est refermé jusqu'à ce qu'apparaisse une preuve quelconque justifiant sa réouverture.

— Quel soulagement ! s'exclama Mary. Tout le monde sera satisfait.

— Donc, à quelle conclusion est-ce qu'on aboutit ? Que le petit voyage de Forster à Norwich n'a rien à voir avec le coup de fil de Jonathan. Que sa mort est un accident. Que le fait qu'il ait accepté de lui parler d'un Uccello volé n'a rien à voir non plus avec sa mort. »

Mary Verney paraissait intéressée, sans plus, et restait coite.

« Quoi qu'il en soit, plusieurs indices suggèrent que Forster était, d'une manière ou d'une autre, lié à des vols de tableaux. Les déclarations de trois personnes ne se connaissant pas entre elles l'indiquent. Et, bien sûr, il y a la destruction par le feu de ses papiers, que l'on ne peut attribuer qu'à Mme Forster. Elle rentre au village, et découvre que son mari est mort et qu'on le soupçonne d'être un voleur de grande envergure. Peut-être sait-elle que c'est la vérité. Par conséquent, afin de sauvegarder le peu d'argent qu'elle possède, elle décide de mettre un terme brutal à l'enquête policière sur cet aspect de la vie de son mari. Rideau. »

Mary Verney demeurait toujours impassible, tout en se montrant poliment attristée que le dénouement ne fût guère plus satisfaisant.

« L'ennui, bien sûr, reprit Flavia, c'est que, même si cette explication est plaisante à entendre, elle est fausse.

— Ah ! Vous en êtes certaine ?

— Oui. Quasiment.

— Comment ça ?

— D'abord, parce que les policiers affirment avoir évité avec soin que Jessica Forster apprenne par eux que son mari était soupçonné de vol. Ils déclarent lui avoir posé des questions sur des points ayant trait à sa mort, mais sur absolument rien d'autre. Peut-être savait-elle que c'était un voleur, mais rien ne pouvait lui laisser supposer que, quelqu'un d'autre étant au courant, elle devait passer à l'action. Alors, comment a-t-elle appris qu'on le savait ? »

Un long silence s'ensuivit, tandis que Mme Verney avalait une bonne gorgée d'alcool avant de déclarer : « C'est tout simple. C'est moi qui le lui ai dit.

— Pour quelle raison ?

— À votre avis ? Je ne l'aime guère, mais vivre avec Geoffrey était un châtiment suffisant pour expier les péchés d'une vie entière. Elle ne méritait pas de souffrir à cause de lui après sa mort. Je voulais épargner à la malheureuse l'épreuve de voir tout ce qu'elle possédait – ou tout ce qu'il possédait – réquisitionné par des victimes en colère. Voilà pourquoi, quand elle est venue me voir cet après-midi-là, je lui ai dit que si elle souhaitait faire quelque chose pour se défendre il lui faudrait agir vite. Je considère que c'était un bon conseil.

— Alors elle s'est précipitée, armée d'allumettes.

— Non, c'est moi qui me suis précipitée, armée d'allumettes. Elle était trop hésitante pour prendre l'initiative. Elle m'a consultée et je lui ai donné mon avis. Elle m'a demandé mon aide et je la lui ai fournie.

— Il s'agit d'un grave délit. »

L'accusation sembla la laisser de marbre.

« Moi, je ne vois pas du tout ce que ça change. »

Flavia la foudroya du regard.

« C'est très généreux de votre part. Dommage que ce ne soit pas vrai non plus.

— Je crains que si. Je me suis presque rompu le dos à soulever cette quantité de papiers.

— Ce n'est pas ce que je veux dire. Je faisais allusion à vos motifs. Vous ne lui avez pas soufflé cette action pour détruire les preuves indiquant que Forster était un voleur. Et vous n'êtes pas passée à l'acte après la visite de son épouse.

— Non ?

— Non. Vous avez agi pour cacher le fait qu'il n'existait pas la moindre preuve que Forster était un escroc. Et ça s'est passé après notre retour de Londres, quand Jonathan a annoncé qu'il allait fouiller dans ses papiers pour voir ce qu'il avait vendu de votre collection.

— Mais il pleuvait.

— La pluie s'arrêtait, à notre arrivée.

— Quel était donc mon motif ? Qu'est-ce que ça pouvait bien me faire ?

— Les documents auraient sans doute révélé qu'il vous saignait à blanc, vous et votre famille, en vous menaçant de révéler que depuis des lustres votre cousine kleptomane faisait les châteaux d'Europe pour y voler des chefs-d'œuvre.

— Mon Dieu ! Quelle charmante idée ! Comment aboutissez-vous à cette conclusion ?

— Grâce à pas mal d'éléments, je pense.

— Par exemple ?

— Tout d'abord, Forster. Quelles preuves existe-t-il qu'il volait des tableaux ? Les déclarations de trois personnes, les remarques qu'il a faites à Jonathan, et sa mort. Mais il ne vivait guère comme un malfaiteur de haute volée. Il y avait des signes évidents qu'il était à court d'argent, et pas la moindre indication qu'il en cachait quelque part.

» Il est censé avoir passé des décennies à sillonner l'Europe pour voler des œuvres d'art, mais sa femme affirme qu'il détestait les voyages et que depuis son installation ici il quittait rarement le Norfolk, sauf pour aller passer une journée à Londres. Il était bien à Florence quand l'Uccello a disparu. Mais votre cousine Veronica s'y trouvait elle aussi, chez la della Quercia. L'institution était située tout à côté du palais Straga, auquel votre cousine avait accès. Elle figurait sur la liste des invités au mariage Dunkeld en 1976, mais pas lui. On savait qu'elle dérobait des objets. Alors qu'il y a encore une semaine ce n'était pas le cas de Forster.

» Cela n'est pas suffisant pour acquitter Forster ou accuser votre cousine. Mais pensez à leurs relations... À Florence, il semble qu'elle ne l'ait pas beaucoup aimé, et pourtant elle le fait venir ici pour l'aider à s'occuper de sa collection. Pour quelle raison ? Ça ne paraissait guère utile. Elle lui donne un salaire, lui offre quasiment une maison, et se met à opérer des transferts de biens de telle sorte qu'il en hérite entièrement à sa mort. C'est beaucoup d'argent en échange de pas grand-chose. Si c'était lui le voleur, ça n'a aucun sens. S'il faisait chanter une voleuse, alors tout est clair. »

Mary Verney but une petite gorgée et regarda Flavia d'un air affectueux. Flavia nota qu'elle ne paraissait ni indignée par de telles accusations ni inquiète.

« Je vois... Intéressant. Mais ça ne tiendrait pas devant un tribunal. Même le Dr Johnson, cette vieille pipelette, aurait du mal à persuader un jury qu'une malheureuse toquée comme ma cousine aurait pu élaborer la stratégie que votre Giotto a dû mettre au point pour réussir ses coups. Je veux dire que le vol du tableau lui-même n'est pas le plus dur, n'est-ce pas ?

— Sans aucun doute ! Mais je suis certaine que si elle réussissait si bien, c'est parce que l'occasion fait le larron : elle ne connaissait que des vieux aristocrates décrépits et désargentés comme elle-même dont les collections n'étaient justement pas très bien répertoriées ni suffisamment assurées. C'est Bottando qui a transformé le déséquilibre mental en méthode et la folie en époustouflante adresse. Quant à la manière de se débarrasser des tableaux, elle n'avait pas à s'en préoccuper. C'était le boulot de Winterton. »

L'accusation parut surprendre Mary.

« Winterton ? Pourquoi lui ?

— Allons, allons ! la morigéna Flavia. Vous pouvez faire mieux que ça. Vous savez très bien pourquoi. C'est lui qui est allé parler à Sandano il y a trois mois pour voir ce qu'il savait sur le vol du Fra Angelico. La cinquantaine ou plus, avec une chevelure noire fournie, d'après Sandano. Ça correspond au physique de Winterton, alors que les cheveux de Forster étaient gris et plutôt clairsemés sur le dessus. C'était très malin, d'ailleurs, de remettre à Sandano l'une des cartes de Forster.

— Un vieil ami de la famille donnant un petit coup de main ? »

Ce manque d'imagination fit froncer les sourcils à Flavia d'un air désapprobateur.

« Qui a fourni à un médiocre marchand d'art comme Forster un bureau dans sa très prestigieuse galerie ? Et qui risque sa carrière en se rendant en Italie pour donner un pot-de-vin à un voleur et impliquer Forster dans le vol du Pollaiuolo ? Winterton se garderait bien de se compromettre ainsi s'il n'y était obligé. Ce n'est pas le genre à rendre cette sorte de service. Ça ne marche pas... Peut-être devriez-vous éclairer ma lanterne ? Ainsi, je ne gaspillerais pas mon temps et mon énergie à jouer aux devinettes.

— C'est peut-être une bonne idée, en effet », répondit Mary en buvant une nouvelle petite gorgée avant de reposer son verre et de se préparer à l'épreuve des aveux complets. À tout le moins, pensa Flavia, ils n'allaient pas devoir naviguer péniblement entre nouveaux mensonges et nouvelles échappatoires. Mary Verney était éminemment pragmatique. Elle savait quand elle avait perdu la partie.

« Il a fondé toute sa carrière sur les petites faiblesses de la malheureuse Veronica, déclara-t-elle avec un soupir. Je crois qu'il prenait une énorme commission. À telle enseigne que la pauvre imbécile n'a jamais vraiment profité de ses pratiques. Juste assez pour faire bouillir la marmite, mais pas beaucoup plus. C'était bien d'elle, d'ailleurs. À mon avis, si on décide de devenir escroc, autant en tirer profit, vous ne trouvez pas ?

— Tuer Forster avait toujours fait partie du projet ?

— Sûrement pas ! s'écria-t-elle avec force. Si ç'avait été dans mes intentions, j'aurais pu l'assassiner et m'en débarrasser une fois pour toutes. Non, je voulais simplement ne plus l'avoir sur le dos. Sa mort a atrocement compliqué les choses.

— Comment se fait-il que vous l'ayez eu sur le dos, en premier lieu ?

— Forster avait connu Veronica en Italie, et quand elle a dérobé l'Uccello, il lui a offert de l'aider à le vendre. C'était en réalité une façon de se mettre dans ses petits papiers, même si je soupçonne que l'opération lui a fait gagner beaucoup d'argent. Puis leurs relations se sont interrompues durant plusieurs années, jusqu'au jour où il a été chargé d'organiser une collection en Belgique. Il s'est très bien débrouillé, mais a aussi remarqué qu'un tableau de Pollaiuolo ne correspondait pas tout à fait à ce qu'il était censé être. Après pas mal de recherches, il a fini par découvrir ce que c'était en réalité. Alors il a filé avec tous les documents de vente concernant le tableau.

— C'est-à-dire ?

— D'abord un acte de vente contresigné par Veronica et par Winterton en tant que marchand ayant organisé la vente, et ensuite un permis d'exporter indiquant comme provenance la collection de Weller House.

— N'est-ce pas là une méthode risquée pour vendre des tableaux volés ?

— Si, puisque nous sommes en train d'en discuter, rétorqua-t-elle. Mais qui suis-je pour porter un jugement ? À la réflexion, peut-être n'existait-il aucun document indiquant le nom du propriétaire légitime. Le tableau était resté caché un bon bout de temps, rien ne prouvait qu'il ne venait pas de Weller House et les inventaires de la collection étaient plutôt vagues. Si Forster a eu des soupçons, c'est uniquement parce qu'il connaissait Veronica et parce que, après la mort de l'oncle Godfrey, il avait consulté l'inventaire et appris ainsi ce qui y figurait en réalité. Ils n'ont vraiment pas eu de chance.

» Quoi qu'il en soit, Forster a imaginé ce qui avait pu se passer et a décidé de ne pas en rester là. Il a écrit à Veronica, est venu la voir et a joué cartes sur table. “Salut ! Vous vous souvenez de moi ? On s'est connus à Florence. À l'époque où vous avez volé un Uccello. Content de voir que vous n'avez pas perdu la main. Un Pollaiuolo maintenant, dites donc ! Et j'ai des documents pour le prouver. Mon silence vaut combien ?”

» En ce temps-là, voyez-vous, il n'en connaissait qu'un tout petit bout, mais une fois dans la place il a eu tôt fait d'évaluer la situation. Il a commencé à lâcher quelques allusions, à demander des faveurs, de l'argent, puis une maison.

— Mais qu'avait donc votre cousine ? On ne pouvait pas l'empêcher de voler ?

— Ce n'est pas moi qui peux vous répondre à ce sujet. J'aurais réussi à l'en empêcher, mais personne ne me l'a demandé. Quand elle est revenue d'Italie, elle a tout avoué à mon oncle. Alors, pris de panique, il a demandé conseil à Winterton. Je pense que la seule option possible aurait été d'aller à la police et de l'aider à récupérer le tableau. “Désolé, mais Veronica a eu une de ses petites crises. Vous savez ce que c'est...” Ensuite, il aurait fallu l'enfermer ou lui faire suivre un bon traitement psychiatrique.

» Mais, bien sûr, les autres membres de ma famille pensaient différemment. Ils avaient surtout peur du scandale. Leur première réaction a été de l'étouffer dans l'œuf, et Winterton les a encouragés à croire que ce serait facile. En toute sincérité, je ne pense pas qu'ils aient jamais compris qu'un grave délit avait été commis. Un plouc comme Gordon Brown est un voyou, un Beaumont commet une erreur de jugement. Et naturellement ils ont gardé la part de Veronica sur la vente.

» En outre, au début, personne n'a imaginé que ça deviendrait une habitude. Et ensuite il fut trop tard. Une fois que Veronica a eu accroché aux murs cinq ou six de ses petites acquisitions dans l'attente que Winterton ne les écoule, ils s'étaient désormais gravement compromis. Fabriquer de faux certificats d'origine ? Écouler de la marchandise volée ? Tirer profit de la vente ? Comment pourraient-ils se justifier ? Forster constituait le seul problème, mais Winterton a très bien réussi à le persuader qu'il était aussi coupable que les autres, et qu'il risquait plus qu'eux de faire de la prison si quelqu'un parlait. Cela pouvait marcher tant que Forster croyait qu'il s'agissait d'un incident isolé.

» Comme je l'ai dit, c'est ainsi que Winterton a bâti un commerce clandestin prospère et a blanchi l'argent sur le marché de l'art officiel. Il a d'ailleurs fort bien réussi, une fois qu'il a eu déterminé quels étaient les clients les plus riches et les moins scrupuleux. S'il est pédant et snob, il est loin d'être bête.

» Contrairement à Forster, qui, une fois lancé, ne savait pas s'arrêter et qui a poussé le bouchon un peu trop loin en demandant cette maison et tout le reste. Du fait que Veronica était malade, il se voyait déjà seigneur de Weller ou quelque chose du même genre. C'était un arriviste invétéré. Or, si Veronica était un peu fêlée, elle n'était pas complètement folle. Et il l'a agressée sur le seul terrain où elle était prête à se battre : l'honneur familial. Elle était déterminée à garder Weller dans la famille Beaumont, même si c'était moi qui devais en hériter.

» Alors elle a décidé de lutter et l'a défié d'aller jusqu'au bout de son infamie. Forster lui a répliqué que c'était bien son intention. Se rendant compte qu'il va joindre le geste à la parole, elle se jette sur ses comprimés, seul moyen de l'en empêcher. C'est une interprétation possible.

— Il y en a une autre ?

— Veronica décide de se livrer à la police, de faire des aveux complets et de dénoncer Forster comme maître chanteur. Alors Forster la tue.

— Est-ce plausible ? »

Elle haussa les épaules.

« Je n'en sais rien. Ça ressemble vraiment trop à un mélodrame victorien.

— Dans ce cas, pourquoi avez-vous réveillé le passé ? Je suppose que c'est vous qui avez soufflé à la Fancelli d'écrire à la police italienne ?

— Absolument pas. Ce n'était pas du tout à l'ordre du jour.

— Que s'est-il donc passé ? »

Elle poussa un soupir de lassitude, puis hocha tristement la tête.

« J'ai toujours été marginale par rapport à la famille. Je savais que Veronica était un peu fêlée, mais je ne connaissais pas l'exact degré de gravité de sa folie. Elle est morte et j'ai hérité du domaine. J'ai découvert à ce moment-là l'état catastrophique des finances. De ce fait, j'ai résolu de pratiquer des coupes claires dans le budget, et l'économie la plus importante – et la plus agréable – était de donner congé à Forster. Mais j'ai reçu alors une petite visite. C'était la première fois que j'entendais parler de toute cette histoire. Je lui ai d'abord ri au nez et ai refusé de le croire. Il m'a suggéré de m'adresser à Winterton. C'est ce que j'ai fait, et Winterton m'a tout raconté.

» Ç'a été un sacré choc, comme vous pouvez l'imaginer. J'hérite d'un beau château et je découvre que c'est en réalité un gouffre financier délabré, un radeau de la Méduse maintenu à flot par des voleurs fous ; je me retrouve criblée de dettes, harcelée par le percepteur et sur le point d'être coulée par un maître chanteur. Dieu du ciel, quel tableau si je puis dire ! Un sale pétrin !

» L'important était de savoir si Forster possédait vraiment assez de preuves. Winterton a cherché à découvrir qui pourrait connaître quelque chose susceptible d'apporter de l'eau au moulin de Forster, et, à part lui-même, les deux individus les plus dangereux étaient la Fancelli et Sandano. On n'était pas certains qu'ils aient été au courant de quoi que ce soit, mais il était important de le vérifier. C'est pourquoi Winterton est allé leur rendre visite, et s'est assuré que, s'ils étaient interrogés, ils disculperaient totalement Veronica et diraient qu'à leur avis le voleur était Forster. Ensuite, j'ai examiné tous les documents se trouvant ici et détruit ceux qui auraient pu s'avérer gênants. Et il y en avait un sacré paquet, croyez-moi.

— Mais Forster gardait toujours la preuve fondamentale dans son coffre, à la banque, dit Flavia, désormais fascinée par ce récit.

— Oui. Et on ignorait toujours ce que c'était. C'est pourquoi Winterton a aussi fait signer à la Fancelli et à Sandano des déclarations affirmant plus ou moins ce qu'ils vous ont dit : qu'ils savaient que Forster était un voleur et qu'il avait dérobé ces deux tableaux. Si Forster possédait des déclarations *suggérant* que Veronica était une voleuse, nous, nous avions des déclarations *affirmant* qu'il volait des tableaux. J'ai donc proposé à Forster de considérer qu'on avait fait match nul, d'échanger les documents compromettants et d'accepter une prime pour régler l'affaire à l'amiable.

— C'était la grosse affaire dont il avait parlé à sa femme ?

— Sans doute. J'avais raclé les fonds de tiroir et réuni la somme. J'avais préparé les documents et j'attendais seulement que quelques milliers de livres de plus soient crédités à mon compte. Il ne nous manquait plus que l'accord de Forster.

— Que s'est-il passé ensuite ?

— Le ciel nous est tombé sur la tête... à cause de cette idiote de Fancelli. Elle a trouvé formidable, voyez-vous, l'idée de raconter que Forster avait volé l'Uccello une fois qu'on a eu évoqué cette possibilité. Trente ans plus tard, elle y a vu un moyen de se venger de lui.

— Un instant ! Forster était bien le père de son enfant ?

— Hmm ? Oh oui ! Tout ça était vrai. Et je crois comprendre que le fils s'est affreusement mal conduit. Tel père, tel fils.

— Il ne paye pas la maison de retraite ? »

Elle secoua la tête.

« Non. C'est moi qui la paye. Ou plutôt Winterton. Échange de bons procédés, après les déclarations de la Fancelli contre Forster... Où en étais-je ?

— La vengeance de la Fancelli.

— Ah oui ! De toute façon, l'ennui c'était qu'elle tenait à se venger avant de mourir. Selon Winterton, elle était au plus mal, et j'imagine que c'est cette histoire qui a provoqué son état. C'est pourquoi elle a mis la puce à l'oreille de la police et, peu après, Jonathan a téléphoné à Forster.

» Manque de chance. Surtout que Forster a pensé qu'on jouait double jeu. J'ai réussi à le persuader que le mieux était d'accepter le marché proposé et de tout détruire le plus vite possible. De s'assurer qu'il n'y aurait aucune matière à enquête, et que les allégations délirantes d'une vieille toquée et celles d'un voleur ayant avoué ses forfaits seraient estimées à leur juste valeur.

» Et puisqu'on en était là, j'avoue que j'ai tiré parti de la situation. Forster devait se décider très vite. Acceptait-il le marché, oui ou non ? Je l'ai soumis à une forte pression. Je n'ai pas honte de l'avouer, je commençais à avoir assez peur. Moi qui aime mener une vie tranquille, j'étais servie ! Forster a enfin compris mon point de vue... Je devais aller chez lui à dix heures, munie de mes preuves et d'un chèque. On était convenus de procéder à un échange.

— Et les choses ont très mal tourné ?

— Un vrai désastre. J'ai trouvé Geoffrey au pied de l'escalier, mort. J'étais absolument pétrifiée. Dieu seul sait combien de temps je suis restée là sans bouger. Mais finalement, toute honte bue, j'ai enjambé le cadavre, gravi l'escalier et pris la liasse de documents, avant de repartir comme j'étais venue.

— Et vous les avez détruits ?

— Oui, bien sûr. Sans tarder.

— C'est tout ?

— Jusqu'au moment où Jonathan a commencé à fouiller dans les papiers de Forster, est tombé sur l'inventaire et s'est mis à fourrer son nez dans les tableaux. Il y avait toujours le risque que quelque chose d'autre se soit trouvé là-dedans. J'ai donc convaincu Jessica qu'elle avait intérêt à incinérer le reste des papiers, par simple mesure de précaution.

— Alors, au bout du compte, qui a assassiné Forster ? »

Elle haussa les épaules.

« A-t-il été assassiné ?

— Oui, fit Argyll, très déçu. Vous le savez bien... »

Il y eut un long silence. Argyll donnait à Mary l'occasion de s'expliquer. Il n'était pas tout à fait sûr de devoir intervenir, mais il était convaincu que tôt ou tard cela sortirait. Donc, autant en terminer au plus vite. Mary ne disant toujours rien, il reprit la parole.

« ... et moi aussi. Je vous ai entendue. À l'église.

— Que voulez-vous dire, Jonathan ?

— C'est George Barton qui l'a tué. Il vous l'a avoué. Dans la sacristie. Il a dit qu'il en était ravi, qu'il n'éprouvait aucun remords et que, vu la façon dont Forster s'était comporté avec tout le monde, il méritait son sort. »

Mary Verney le regarda comme on regarde l'invité surpris en train de glisser une petite cuillère dans sa poche ou de gaver le chien de chocolats au point de le faire vomir sur le tapis persan. Argyll lui sourit d'un air gêné.

« Pouvais-je me taire ? » gémit-il.

Elle adoucit un rien son regard, puis se détendit un peu.

« Je sais. Le devoir, c'est ça ?

— Avant d'entrer dans toutes les nuances du savoir-vivre, puis-je vous demander si c'est vrai ou faux ? »

Elle hocha la tête d'un air contraint.

« Après ce que m'avait raconté Sally, j'avais décidé d'avoir un petit entretien avec lui. Je pensais que tout s'emboîtait et je craignais le pire. J'avais raison, hélas ! Quand il a bu il peut se montrer violent. C'est sans nul doute arrivé par accident. À jeun, il est doux comme un agneau. Vous savez que Forster voulait le vider de son pavillon ?

— Oui. Et alors ? »

Elle poussa un petit soupir puis expliqua la situation. C'était tout simple. George était allé chez Forster pour le prier d'être raisonnable. Forster l'avait pratiquement mis à la porte. George était reparti et avait bu un verre de trop. Il s'était monté la tête et, fou furieux, était revenu chez Forster.

« Je suis sûre qu'il n'était pas animé de mauvaises intentions. Il a dû suivre Forster à l'étage et le tirer trop violemment par le bras. Forster a roulé sur les marches et fait une mauvaise chute.

» Évidemment, c'est là pure spéculation de ma part. George ne m'a pas avoué qu'il était coupable. Sa fille a juré ses grands dieux qu'il a passé toute la soirée chez elle. Et, si on m'interrogeait sur sa possible culpabilité, je répondrais que c'est à mon avis une idée tout à fait ridicule. Je ne le dénoncerai jamais.

— Et la justice ? Et la loi et l'ordre ? »

Elle haussa les épaules.

« Qui suis-je pour invoquer ces grands principes en l'occurrence ? Au diable toute cette histoire ! J'aime beaucoup George. À quoi ça servirait de le jeter en prison ?

— N'est-ce pas au tribunal de décider ?

— Je pense que je vais avoir l'arrogance de prendre la décision moi-même, et ainsi de faire gagner beaucoup de temps et épargner bien de la peine à tout le monde.

— Mais...

— Non ! s'écria-t-elle avec force. Pas de "mais". J'ai pris ma décision. Faites de moi ce que vous voulez, je ne témoignerai pas contre ce malheureux George. Et j'ai l'impression que, sans mon concours, il n'y aura vraiment pas assez de preuves pour passer à l'action.

— Le "malheureux George" a brisé la nuque de quelqu'un. Puis a abandonné le corps sur place ! s'exclama Flavia avec une certaine colère. Et ça ne vous affecte pas ?

— Pas outre mesure. »

Un profond silence salua cette déclaration.

« Bon. Que va-t-il advenir de moi à présent ?

— Vous allez être au mieux accusée d'entrave répétée au bon fonctionnement de la justice, sans doute. De complicité d'assassinat également.

— Je vous avais bien dit que j'avais eu tort d'accepter cet héritage, déclara Mary avec un soupir. Avant que j'hérite de ce domaine, je menais une vie si simple et si tranquille. Quelle sale famille ! Je regrette de vous avoir causé tant d'ennuis. Je cherchais seulement à sortir d'un trou creusé par d'autres. » Ses deux invités la regardèrent avec compassion.

« J'imagine que Winterton n'avouera pas davantage avoir vendu les tableaux que George être entré dans la maison de Forster, Flavia, dit Argyll d'un ton lugubre. Tu sais où se trouve un des tableaux piqués par Giotto, mais Forster avait dérobé toutes les preuves indiquant sa provenance, et Mary vient de les détruire. Tu finiras peut-être par dénicher quelque chose, mais autant chercher une aiguille dans une botte de foin. Et tu ne vas sûrement rien découvrir avant la réunion de Bottando demain. »

Il y eut un nouveau silence tandis que Flavia réfléchissait à la véracité de ces propos.

« Ça se présente mal, pas vrai ? poursuivit-il impitoyablement, exprimant à haute voix les pensées de Flavia.

— Que veux-tu dire ?

— Aucun tableau de retrouvé sur les trente ou plus figurant sur la liste. Aucune preuve décisive concernant Winterton, sauf si Sandano acceptait de le reconnaître – mais qui croirait Sandano, de toute façon ? Pas d'assassin de Forster non plus.

» Et le pire, c'est que tu vas devoir annoncer que Giotto, le génial voleur, n'était en fait qu'une vieille toquée. Bottando deviendra la tête de Turc de toute la police, une fois qu'Argan aura raconté urbi et orbi qu'il a poursuivi une cinglée sur toutes les fausses pistes ouvertes devant lui. Il sera dans de beaux draps, le malheureux.

— J'en suis bien consciente. Mais qu'y puis-je ?

— Winterton saurait-il où sont passés tous ces tableaux ?

— Sûrement, admit Mary. Mais ça ne signifie pas qu'il va vous le dire.

— Il doit bien se douter que, tôt ou tard, on finira par découvrir quelque chose si on continue à chercher avec soin. Alors que si on lui offrait une garantie en béton que le dossier serait refermé définitivement... ?

— Jonathan, demanda Flavia avec impatience, où veux-tu en venir ?

— C'est toi qui n'arrêtes pas de me répéter qu'il est souvent tout à fait justifié de prendre certains raccourcis. Et Bottando ne cesse de dire que ton boulot consiste avant tout à récupérer des tableaux..., commença Jonathan d'un ton mal assuré.

— C'est ce qu'il affirme, en effet.

— Par conséquent, c'est peut-être ce que tu devrais faire ? »

Elle comprenait très bien ce qu'il sous-entendait. C'était précisément ce à quoi elle voulait éviter de penser. Voilà l'ennui quand on vivait avec quelqu'un. Si elle pouvait réussir, au prix d'un grand effort, à maîtriser son instinct de conservation, elle ne parvenait pas cependant à empêcher Jonathan d'œuvrer à sauvegarder le sien.

Il s'expliqua donc, d'une voix hésitante au début, puis de façon plus affirmée à mesure qu'il se persuadait que c'était la seule attitude raisonnable. Il mit une bonne heure encore à emporter le morceau. Alors Mary Verney se dépêcha d'emmener Flavia à Norwich afin qu'elle attrape le dernier train pour Londres. Ils partirent si vite que Flavia laissa sur place la plupart de ses vêtements. Argyll promit de les lui apporter quand il rentrerait.

À la gare elle lui donna un rapide baiser.

« À bientôt ! lui lança-t-elle. Et merci pour le conseil. Sans toi, je n'aurais sans doute pas osé agir ainsi. Je retire ce que j'ai dit sur ton incapacité à te montrer suffisamment impitoyable. À nous deux, je pense qu'on a pris assez de raccourcis pour toute une vie. »

La réunion eut lieu dans la salle de conférences du ministère, et dans une bien triste ambiance. Une quinzaine de personnes s'étaient assemblées pour assister au martyre public de Bottando et à son sacrifice sur l'autel de l'austérité et de l'efficacité. Beaucoup étaient venues en traînant les pieds, car elles aimaient le général et le tenaient en haute estime. D'autres étaient simplement soulagées que ce soit lui, et non elles, qui se trouve sur la sellette.

Bien davantage encore de policiers détestaient Argan et ce qu'il représentait. Mais personne ne pouvait ou ne voulait se manifester. Soutenir un collègue était une chose, mais un assez grand nombre des récriminations d'Argan avaient circulé pour laisser penser que cette fois-ci Bottando était vraiment dans le pétrin. Quand on veut se défendre, il faut choisir le meilleur terrain possible. Et la vieille garde avait décidé d'un commun accord de conserver ses forces pour une occasion plus propice.

Dès qu'il pénétra dans la salle, une très nerveuse Flavia à son côté, Bottando savait qui était la seule personne sur laquelle il pouvait compter. Et elle n'allait pas lui être d'un grand secours. Elle était absolument vannée, après sa course folle pour gagner Londres et sa longue et épuisante séance de marchandage avec Winterton, qui avait mis trois heures à accepter de coopérer. Il y avait eu ensuite le vol de retour à Rome durant lequel elle avait passé son temps à se demander si elle avait pris la bonne décision, puis un bref entretien avec Bottando pour lui fournir quelques munitions. Remarquablement serein, son chef s'était en gros contenté d'écouter avec attention la jeune femme, avant de la remercier et de la pousser dans la voiture. L'heure de la réunion, expliqua-t-il, avait été avancée.

La séance fut ouverte par le ministre, homme terne, inoffensif, manquant par trop de force d'esprit pour contredire ses fonctionnaires une fois que ceux-ci avaient pris une décision. En tout cas, il resta dans le vague, se lavant verbalement les mains de l'affaire, suggérant que, quoi qu'il arrive, il espérait que personne ne le tiendrait le moins du monde pour responsable. Ensuite on passa aux affaires courantes et éclata alors, en préliminaire, une incroyable altercation relative à une broutille se rapportant au système de comptabilité, querelle qui indiquait surtout le degré de tension entre les participants.

Puis ce fut le tour d'Argan de prendre la parole, d'un ton serein, doucereux – et d'autant plus dangereux.

Il commença tranquillement par évoquer des questions de structure, attirant peu à peu l'attention de l'auditoire sur la façon dont les décisions étaient prises dans le service, décisions dont, en fin de compte, Bottando était responsable. Il égrena ensuite les statistiques concernant le nombre de vols, de récupérations de tableaux et d'arrestations. Même Bottando aurait eu du mal à soutenir, la main sur le cœur, qu'elles étaient satisfaisantes.

« Mais ce sont des chiffres ennuyeux et qui n'ont pas grand sens, continua Argan d'un ton léger. Et j'espère rendre le problème plus évident en citant quelques incidents précis. Ces deux dernières semaines il y a eu plusieurs affaires délictueuses plus ou moins graves et pas une seule n'a été résolue, aucune enquête n'a même été menée avec compétence. Le général Bottando affirmera sans doute qu'il était impossible de les résoudre en si peu de temps. Que les vols d'objets d'art ont besoin de mûrir jusqu'à ce que leur solution soit prête à être cueillie. Durant plusieurs générations si nécessaire.

» Ce n'est pas mon avis. Je crois, quant à moi, qu'une approche plus méthodique et mieux ciblée permettrait un bien meilleur taux de réussite. Il faut battre le fer tant qu'il est chaud. Voilà quelle devrait être notre devise.

» Ce n'est pas, à l'évidence, celle du service tel qu'il est géré aujourd'hui. Au moment où un site étrusque de première importance est pillé, le général Bottando envoie l'une de ses jeunes demoiselles bavarder avec quelque vieillarde rancunière au sujet d'un vol commis il y a trente ans. Lorsqu'une galerie de la via Giulia est dévalisée, est-ce qu'on diligente une enquête ? Non. La même petite assistante file au contraire discuter d'une histoire à dormir debout avec un malfrat condamné.

Méfaits et vols s'accumulent, mais on se précipite en Angleterre à la poursuite de vagues chimères.

» Et tout ça pour quelle raison ? Parce que le général Bottando a une théorie personnelle. Depuis des années, malgré les innombrables preuves indiquant que le crime organisé est responsable de la plupart des vols d'objets d'art et bien que la technologie actuelle soit manifestement plus efficace, le général Bottando s'accroche coûte que coûte à des théories romanesques dépassées. Bref, il croit au voleur génial, au mystérieux personnage qui se balade dans l'ombre sans jamais être découvert. À part lui, nul n'imagine même qu'un tel individu puisse exister. Pas un seul policier dans toute l'Europe n'est de son avis. Il saute aux yeux que cette hypothèse est parfaitement fantaisiste. Mais, en s'appuyant sur un raisonnement fallacieux, on peut prouver n'importe quoi. Croyez-moi, en tant qu'ancien historien je suis bien placé pour le savoir. »

Petite plaisanterie, pensa Bottando d'un air distrait. Il est sûr de lui. Mais quoi de plus normal ? Il utilise précisément la même technique. Il sait aussi bien que moi que je n'ai jamais cru à Giotto. Il sait que je n'y avais même plus songé depuis des années. Il sait que Flavia n'a vu Sandano que pendant quelques minutes. Et il sait surtout que l'affaire n'aurait jamais été plus loin s'il n'avait pas décidé d'y fourrer son nez et de commencer ses manipulations. Le salaud !

Argan continuait sa diatribe, mettant en garde contre les hypothèses erronées, élaborées à partir de preuves insuffisantes, avec pour corrélat le gaspillage des énergies de la police. Il fallait de la discipline, affirmait-il. Une gestion rigoureuse et coordonnée afin de concentrer les efforts là où c'était nécessaire. Dans notre monde moderne, à l'époque des contraintes budgétaires, il n'y avait pas de place pour le sixième sens, le flair, le pif. Il fallait protéger les deniers de la police – devait-il dire ceux du contribuable ? Rapport qualité-prix. Rendement. Productivité. Actions ciblées. Responsabilité financière.

On n'épargna pas à l'auditoire le moindre cliché. On toucha le moindre point sensible. Argan utilisa toutes les formules adéquates, sans exception. Les ronds-de-cuir rayonnaient de plaisir pendant qu'il débitait un à un les slogans de leur service. De toute façon, ils étaient sans doute perdus d'avance pour la cause de Bottando. Mais même les policiers présents paraissaient mal à l'aise. Et c'était leur appui à eux qu'il devait regagner. Blessée par les propos d'Argan, en particulier ses saillies au sujet des jeunes demoiselles, Flavia lui lançait des regards noirs depuis sa place de subalterne, à l'autre bout de la table, se retenant des quatre fers pour ne pas traverser la pièce et lui taper dessus.

« Mon général ? fit le ministre avec un sourire gêné. Je crains que vous n'ayez dû écouter une évaluation plutôt critique du fonctionnement de votre service. Je suis certain que vous souhaitez répondre.

— En effet », dit Bottando en se penchant en avant sur son siège. Il sortit ses lunettes et les percha sur le bout de son nez afin de regarder tout autour de la table de façon plus professorale. « Et j'avoue me sentir attristé qu'après avoir passé tellement de temps dans le service le *dottore* Argan se soit semble-t-il forgé une si piètre opinion de nos méthodes de travail.

» J'ai tenté de lui expliquer que ce service a été instauré pour défendre le patrimoine du pays et pour le récupérer chaque fois que c'était possible. En plusieurs occasions, quand on a dû choisir entre l'arrestation d'un malfaiteur et la récupération d'une œuvre importante, on nous a demandé de préférer la seconde option. Ces directives sont toujours en vigueur. En ce qui concerne le cambriolage du chantier de fouilles étrusques, les carabiniers se sont chargés du dossier puisqu'il y avait eu effraction. Nous avons proposé notre aide mais on nous a indiqué qu'elle n'était pas nécessaire.

— Minables querelles de territoire ! N'avons-nous pas aujourd'hui dépassé cette sorte d'errements ? bougonna Argan.

— Bien sûr, poursuivit Bottando. Mais cela ne nous a pas empêchés de tendre l'oreille et d'utiliser les réseaux de renseignements élaborés au fil des ans. L'élément humain de toute enquête qui, si je puis me permettre, ne sera jamais supplanté par aucun ordinateur.

— Et quel résultat cela a-t-il produit ? » lança Argan en ricanant.

Bottando soupira en réfléchissant à la question. Incapable de trouver une réponse adéquate, il se pencha en avant et prit une boîte placée à côté de lui. Puis, lentement, élément par élément, il en sortit le contenu et le fit circuler.

« Trente-neuf figurines étrusques, déclara-t-il en les suivant d'un regard attentif pendant qu'elles faisaient le tour de la table. Ramassées à Viterbo ce matin sous le lit d'une vieille dame. »

Un silence salua ce petit coup de théâtre avant qu'Argan ne se ressaisisse.

« J'espère qu'on les rendra vite à leur propriétaire légitime ! s'écria-t-il. Nous connaissons tous votre habitude de décorer votre bureau avec des objets volés. »

Bottando lui fit un radieux sourire.

« Ils le seront. Une fois qu'on aura liquidé toute la paperasse. Mais j'aimerais indiquer dès maintenant que je regrette la perte de temps qu'a entraînée cette affaire. Je veux dire que si le beau-frère du *dottore* Argan avait payé les vandales qui ont dérobé pour lui ces antiques objets, ils ne se seraient pas sentis moralement en droit de dévaliser sa galerie pour les récupérer. Les larrons ont un code d'honneur, voyez-vous. »

Bottando jeta un coup d'œil rapide autour de la pièce. En plein dans le mille ! constata-t-il devant les regards désapprobateurs lancés à Argan. Celui-ci ne souriait plus.

« Je vous l'avais bien dit, murmura-t-il à Flavia. Il ne faut jamais attaquer un vieux lion avant d'être tout à fait sûr qu'il n'a plus de dents... Bon, à présent, passons à l'aspect le plus important du dossier Giotto », reprit-il à haute voix, repoussant discrètement Flavia qui lui tapotait le bras et lui chuchotait d'un ton pressant qu'elle avait besoin de lui toucher un mot en privé hors de la pièce. Pas maintenant, Flavia, pensa-t-il, je m'amuse trop.

« Comme l'a fait remarquer le *dottore* Argan, pendant longtemps, ce dossier n'a été qu'une série de vagues hypothèses de ma part. J'ai suivi – ou plutôt mon service a suivi – la procédure habituelle. Les dossiers de vols non élucidés sont rouverts de façon périodique pour être confrontés à de nouveaux indices apparemment sans relation avec eux. Une fois de plus, l'expérience, permettez-moi d'insister, est capitale pour mener à bien cette procédure. Afin de repérer les pistes possibles et de les suivre. Pour apercevoir le dessin d'ensemble du forfait. Puis-je souligner que, bien que le *dottore* Argan ait eu sans restriction accès au dossier original et qu'il l'ait étudié, semble-t-il, avec soin, il n'a pas vu qu'il existait des possibilités à exploiter. Mon expérience, ajouta le général avec hauteur, et les compétences pratiques de la signorina di Stefano, ici présente, ont permis de repérer ces possibilités. »

Pour une raison ou une autre, la signorina di Stefano avait l'air plus accablée que fière en entendant cet hommage. Elle aurait tant voulu le forcer à se taire. Il avait gagné. Désirait-il vraiment réduire l'ennemi à néant ?

Oui.

« Ce dossier qui a tant fait ricaner le *dottore* Argan, nous l'avons étudié à fond. Ce dossier qu'il a condamné sans appel comme un tissu d'inepties, nous l'avons analysé et en avons suivi toutes les implications. Ce dossier que le *dottore* Argan aurait jeté à la corbeille, nous l'avons finalement bouclé. Et j'ose affirmer avec joie qu'il s'agit du succès le plus important de ma carrière. Si on doit évaluer ma gestion du service, je serai absolument ravi qu'elle le soit sur la base du traitement du dossier Giotto. »

Cette déclaration hardie produisit un bel effet. Dans l'univers de la bureaucratie, il est après tout très rare qu'on ose se mouiller à ce point en lançant des affirmations aussi définitives. Toujours très nerveuse, Flavia fixait le plateau de la table et triturait son stylo.

« Quant à l'individu que j'ai appelé Giotto et dont le *dottore* Argan conteste l'existence, je suis aujourd'hui à même d'étoffer ma théorie originelle. Il s'appelait Geoffrey Arnold Forster et nous pouvons le prouver. Nous avons découvert son identité parce que nous avons écouté des escrocs et des vieilles dames séniles, et parce que nous possédons la compétence et l'expérience nous permettant de juger s'ils disent la vérité ou s'ils mentent. »

La preuve ? poursuivit-il, comme les questions fusaient. Bien sûr. Même si on se méfiait de Sandano, il y avait le témoignage de la signora Fancelli. (Flavia avait oublié de lui raconter comment il avait été obtenu.) Les déclarations d'Arthur Winterton, qui, selon Bottando, était connu dans le monde international de l'art comme un galeriste de la plus haute intégrité. Le témoignage de Mary Verney, indiquant que Forster avait prétendu vendre des tableaux de la collection Weller. La confirmation par Jonathan Argyll qu'il mentait. La façon dont Forster avait peut-être tué Veronica Beaumont, quand elle avait découvert qu'il utilisait le nom de la famille pour négocier des tableaux volés et qu'elle l'avait interrogé à ce sujet. Le fait que sa femme avait brûlé ses papiers afin de détruire les preuves de ses méfaits. Enfin la possibilité que Forster ait été lui-même assassiné sur ordre d'un client mécontent, bien qu'il n'y eût guère de chances qu'on puisse jamais le prouver, le dossier étant traité par la police anglaise, laquelle ne possédait pas une brigade chargée de la protection du patrimoine assez expérimentée pour mener efficacement l'enquête.

Il s'interrompit pour ménager le suspense et pour voir comment sa tirade était reçue. Tous les participants s'agitaient sur leur siège, étonnés de ce plaidoyer d'une vigueur imprévue. Argan avait l'air à nouveau un peu plus détendu, car il savait que jusque-là Bottando n'avait pas présenté la preuve de ce qu'il avançait. Il préparait sa contre-attaque. Bottando attendit de le voir se lécher les babines d'avance. Alors, lui décochant un charmant sourire, il sortit une feuille de papier.

« Et il y a surtout ceci », reprit-il avant de poser le feuillet sur la table avec grand respect. Il s'interrompit une fraction de seconde, la salle étant plongée dans le silence car tous, même les moins vifs, comprenaient que le moment de vérité était arrivé.

« Trouvé dans ses fichiers, une fois de plus par un membre de mon service. Et de quoi s'agit-il ? » demanda-t-il pour la forme, parcourant la salle du regard comme s'il s'attendait à voir des doigts se lever. Il secoua la tête, l'air de signifier que pour lui cette simple broutille faisait partie du traintrain quotidien.

» De rien de moins que de la liste de ses clients, poursuivit-il d'un ton léger. Des tableaux qu'ils ont achetés. Et des lieux où ils ont été volés. Rien de moins. Un liste probablement incomplète, mais à mon avis l'une des grandes découvertes dans l'histoire des vols d'objets d'art. Dix-neuf œuvres, douze volées en Italie : des Uccello, Martini, Pollaiuolo, Masaccio, Bellini, et j'en passe. Enregistrées sur ma liste des méfaits portant la griffe de Giotto dont le *dottore* Argan persiste à nier l'existence. Cela représente une collection de tout premier plan dont s'enorgueillirait n'importe quel musée. Nous savons où elles se trouvent et il est probable qu'on pourra en récupérer un grand nombre... Les avoir repérées, conclut-il avec force en jetant un regard circulaire qui défiait quiconque de le contredire, constitue un succès triomphal pour mon service. »

Vers la fin de sa péroraison, peut-être força-t-il un peu le ton, emporté par son désir de ne rien laisser dans l'ombre. Il fit circuler la liste que Flavia, après d'âpres négociations, avait arrachée la veille à Winterton, afin que tous puissent la lire avec admiration. Et pendant que le comité l'examinait, Bottando développa ses variations sur le thème de la compétence et de l'expérience ; sur le danger de croire que la vie réelle pouvait se réduire à un ordinogramme de responsabilités administratives ; sur la nécessité des projets à long terme, par opposition aux constants changements pour coller au moindre caprice de la mode. Il expliqua que le travail policier est ardu, prend énormément de temps et ne peut s'effectuer au rabais. Qu'il faut rester objectif et ne jamais défendre des escrocs sous prétexte qu'on leur est apparenté. Et, surtout, que les maîtres mots sont : conscience professionnelle absolue, intégrité et probité. Il prononça ce dernier vocable avec un regard en direction d'Argan.

Tous ces propos avaient été énoncés d'un ton suave, serein, mélancolique, et ils chantaient délicieusement aux oreilles des policiers du comité, lesquels, à la fin de son exposé, le regardaient presque avec vénération. L'ambiance de la réunion avait changé du tout au tout. C'étaient maintenant les alliés naturels d'Argan qui fuyaient ses yeux. Ils reviendraient tôt ou tard à la charge, pour réclamer des réformes. Mais ils n'allaient pas se faire massacrer pour un homme qui les avait inconsidérément conduits dans une embuscade.

Le vote de confiance en faveur de Bottando fut unanime. Bizarrement, seule Flavia avait toujours l'air chagrin. Ce devait être la tension accumulée, se dit Bottando. Il lui faudrait quelques jours pour récupérer et pour qu'elle se rende bien compte de l'extraordinaire boulot qu'elle avait accompli.

Même Argan félicita Bottando pour son beau travail. Bottando le plaignait presque.

Enfin, pas vraiment.

17

Tandis que Bottando triomphait, Jonathan Argyll vivait un vrai cauchemar. Lorsque Flavia l'avait quitté à la gare de Norwich, il s'était senti très satisfait. Après mûre réflexion, il pensait avoir donné de judicieux quoique insolites conseils afin que chacun trouve son compte dans cette histoire. Il s'était montré vif, décidé, impitoyable, comme tout le monde le lui recommandait. Si ce nouvel habit de fonceur le gênait un peu aux entournures, il était cependant certain qu'il s'y habituerait. Il ne lui restait plus qu'à jouer ce rôle dans son métier de marchand de tableaux et tout irait pour le mieux. Il parlerait bientôt à Mary Verney du Léonard. Sa belle humeur dura pendant tout le trajet du retour à Weller House, l'accompagna jusqu'au coucher et lui permit de jouir cette nuit-là d'un sommeil exceptionnellement réparateur.

Hélas ! cette bonne disposition d'esprit ne dura pas très longtemps le lendemain matin. Pour être précis, elle se dissipa comme il entamait la seconde moitié de son œuf... Passant la tête par l'entrebâillement de la porte, Mary Verney lui annonça qu'on le demandait au téléphone.

« C'est l'inspecteur Manstead. Il veut vous dire bonjour. »

En homme bien élevé, Manstead avait appelé Argyll uniquement pour le remercier de son aide et lui faire part de son immense admiration pour la puissance de déduction de Flavia.

« Je n'avais jamais vraiment cru que Forster était un voleur, vous savez, avoua-t-il. Ça montre à quel point on peut se tromper. Je crains qu'on ne connaisse jamais les circonstances de sa mort. Mais la liste de tableaux que vous avez retrouvée, c'est de la dynamite ! Dommage que vous ne l'ayez pas remarquée la première fois que vous avez fouillé dans son bureau. Mais au moins vous avez eu la bonne idée de regarder à nouveau.

— Oui ! J'avais oublié mon stylo dans le bureau. Et c'est en le cherchant...

— On a eu une sacrée chance qu'elle n'ait pas été brûlée avec tous ses papiers. Cette fichue épouse ! Si Flavia n'avait pas recommandé la clémence, je lui ferais passer un sale quart d'heure... Elle nous a fait perdre un de ces temps !

— La compassion est une grande vertu, dit Argyll. Devoir vivre avec ce type a déjà été un châtiment suffisant.

— C'est vrai, et sans doute est-elle presque sans le sou. Dieu seul sait ce que Forster a fait de son argent. Vu tout ce qu'il a piqué, il aurait dû rouler sur l'or.

— On a parlé du démon du jeu, suggéra Argyll.

— Vraiment ? s'étonna Manstead. Première nouvelle. Je suppose que ce sont des ragots de marchands de tableaux, non ?

— Plus ou moins.

— Ce n'est pas très important, de toute façon. Si on récupère le Pollaiuolo, ce sera déjà une belle récompense. Je veux dire qu'on savait où il se trouvait, mais maintenant on peut prouver plus précisément que l'acquéreur était au courant de son vol, et donc il sera plus facile de le récupérer.

— Il était sur la liste ? demanda Argyll, soudain foudroyé sur place tandis que la lumière jaillissait dans son esprit.

— Bien sûr. Pourquoi ?

— Oh ! pour rien. C'est juste que je n'avais pas fait attention. Dans l'excitation du moment, sans doute... Dites-moi, est-ce que l'Uccello figurait aussi sur cette liste ?

— Évidemment ! À la première ligne. Vous n'avez même pas pris la peine de la lire ? Vous deviez être complètement abasourdi.

— Oui. Abasourdi. C'est le mot juste. »

La bonne humeur d'Argyll s'évaporait à vive allure au fur et à mesure que de petits détails lui revenaient en mémoire, se gaussant de lui. Assombri, il retourna à son œuf à moitié froid. Que s'était-il passé ? Lui était très capable de commettre une erreur, mais il ne pensait pas que Flavia aurait pu se tromper. Après tout, elle était douée pour ce genre d'enquête. Mais cette fois-ci, elle s'était appuyée lourdement, il est vrai, sur les renseignements recueillis par lui. Seule, elle aurait établi certains rapports. Étant donné qu'il n'avait pas fait un compte rendu détaillé de ses fouilles dans les archives de Weller House ni de ses promenades dans les cimetières, comment aurait-elle pu reconstituer le puzzle ?

Mais peut-être se faisait-il des idées, se dit-il en fixant son toast d'un air chagrin. Ou peut-être pas, hélas ! corrigea-t-il quelques instants plus tard en lisant une lettre qu'avait apportée le facteur pendant qu'il était au téléphone. Son contenu lui donna le *coup de grâce*.

Elle émanait de Lucy Garton, laquelle indiquait qu'Alex, le spécialiste de l'Italie, s'étant finalement accordé une longue pause déjeuner après une période de zèle inaccoutumé, elle avait saisi l'occasion pour fouiller dans ses fichiers. Le style de la missive n'était guère enjoué. C'est même d'un ton vexé qu'elle expliquait que, malgré les affirmations d'Argyll, Geoffrey Forster n'avait jamais vendu le moindre tableau italien par l'intermédiaire de sa maison.

Vu qu'Argyll s'en doutait désormais, ce renseignement ne l'étonna pas outre mesure. En revanche, il fut quelque peu surpris par la déclaration indignée que

Forster avait bien vendu quatre tableaux ces deux dernières années, mais tous de peintres anglais. Plus intéressant, l'un d'entre eux était censé provenir de Weller House et c'était Lucy elle-même qui l'avait expertisé. Elle acceptait de jouer sa réputation sur la justesse de son expertise et elle joignait le catalogue de la vente aux enchères pour le prouver. De quoi retournait-il au juste ? poursuivait-elle. Comment était-elle censée obtenir sa promotion bien méritée si Argyll l'induisait en erreur ? Se rendait-il compte du prix qu'allait maintenant lui coûter le repas promis ?

Argyll regarda l'endroit indiqué dans le catalogue, et maudit le jour où il avait eu l'idée de rendre visite à cette satanée Lucy. Elle avait entouré le lot quarante-sept. Portrait, école de Kneller, représentant Margaret Dunstan-Beaumont, vendu mille deux cent cinquante livres, collection Weller House. Une photocopie du reçu correspondant à la vente était signée Veronica Beaumont.

Il secoua la tête, n'en croyant pas ses yeux. Comment avait-il pu se tromper ? Ce fichu dessin l'avait troublé, voilà la raison de la confusion, se dit-il. Il s'agissait d'une question de simple arithmétique, en fait. Margaret Dunstan-Beaumont était morte en 1680, à l'âge de soixante ans. Kneller avait commencé à travailler en Angleterre au milieu des années 1670. Par conséquent, sur un portrait de Margaret Dunstan-Beaumont exécuté par lui aurait figuré une femme d'au moins cinquante-cinq ans.

L'esprit chaviré et submergé par les implications de cette découverte, Argyll se dirigea vers la salle à manger et regarda de beaucoup plus près le tableau censé représenter cette femme. Il était encrassé et toujours dans la pénombre. Mais, malgré tous ses efforts, il ne réussit pas à se persuader qu'il s'agissait du portrait d'une quinquagénaire. Le modèle avait vingt-cinq ans tout au plus. Il regarda de plus près, allant jusqu'à mouiller son doigt pour le passer sur la toile.

Espèce d'imbécile ! pensa-t-il tristement comme la crasse s'estompait un peu. C'est bien une jeune femme. Inutile de le nettoyer pour le constater. Tu connais cette œuvre. Tu l'as vue sur le mur du bureau de Bottando il y a deux ans. Jamais plus je ne penserai qu'avoir une bonne mémoire visuelle est une bénédiction du ciel, se dit-il avec amertume.

Il savait qu'il devrait appeler Flavia sur-le-champ, mais aussi que s'il se trompait ses constants revirements ridiculiseraient complètement Bottando. Et sa confiance en son propre jugement se détériorait très vite. D'un autre côté, s'il avait bien raison, tous ces périlleux subterfuges par lui recommandés s'avéraient, dans le meilleur des cas, inutiles. Que faire ? Il retrouva soudain sa personnalité d'antan tandis que son alter ego fonceur et dynamique s'étiolait et disparaissait. Tant mieux, d'ailleurs, vu les ennuis qu'avait causés sa brève apparition...

Afin de repousser le plus longtemps possible le moment où il lui faudrait prendre une décision, il se dirigea vers la chambre pour contempler une fois de plus son dessin adoré. Loin d'être un orphelin abandonné, il s'agissait en fait d'un prince déguisé. Maintenant qu'il en connaissait l'auteur, il était vexé de ne pas avoir reconnu le style au premier regard. Le trait de crayon vigoureux et hardi, la façon subtile dont l'ombre et la lumière étaient juste suggérées par un coup de crayon ici ou là, cette perfection inouïe... Cependant les choses avaient changé. Il l'avait aussitôt aimé, mais, désormais sûr que c'était un dessin de Léonard, dont le pedigree remontait sans conteste jusqu'au crayon du maître, il était tout simplement éperdu d'admiration.

Il décida de s'octroyer une demi-heure de plus. Il prendrait alors une décision définitive.

Trois quarts d'heure plus tard, il concluait à contrecœur qu'il n'avait pas le choix. Flavia devait être mise au courant de l'entière vérité. Il ne pouvait en conscience agir autrement. Ce serait très pénible mais pas catastrophique, du moment qu'elle parvenait à parler à Bottando avant son discours devant le comité.

« Jonathan, ç'a été atroce, bredouilla-t-elle au téléphone sans même lui laisser le temps de dire bonjour.

— Il a déjà parlé ? Je croyais que c'était à quatre heures ?

— La réunion a été avancée.

— Dieu du ciel ! Il leur a tout dit ? Que Forster était Giotto ? Il n'a eu aucun scrupule ?

— Pourquoi donc aurait-il eu des scrupules ? »

Il y eut un long silence tandis qu'Argyll digérait la nouvelle.

« Tu veux dire que tu ne lui as pas expliqué ? demanda-t-il, sidéré, et se balançant d'avant en arrière de stupéfaction. Il a raconté cette histoire sur Forster sans savoir que c'était une pure invention ?

— Je n'en ai pas eu le temps ! s'écria-t-elle, un peu sur la défensive. Je te le répète, la réunion a été avancée. Et j'étais sûre qu'il aurait rechigné, de toute façon, à cette idée. Le pire, c'est que ce n'était pas nécessaire. Bottando avait déjà coincé Argan. Il a prouvé que son beau-frère était un receleur qui pillait des sites archéologiques. Il n'avait pas besoin de tous ces trucs sur Forster qu'on a fabriqués. Par conséquent, je n'aurais jamais dû t'écouter.

— Non mais ! s'insurgea Argyll, personne ne t'y obligeait !

— Je sais. Excuse-moi. Et ça ne tire pas à conséquence, hein ?

— Vous allez récupérer quelques tableaux. C'était bien le plus important, non ?

— Théoriquement. Et j'imagine que ça valait le coup. Veronica est morte, et puis on n'aurait pas pu coincer Winterton. Ce n'est donc pas comme si on laissait filer quelqu'un. »

Il y eut un nouveau long silence pendant qu'Argyll tentait de garder la tête froide.

« Ah bon ! Tout est donc pour le mieux. Mais que se passera-t-il si la vérité se fait jamais jour ?

— Je ne vois pas comment. C'est moi qui vais rédiger les rapports, et les propriétaires actuels ne vont pas s'empresser de révéler urbi et orbi ce qui s'est passé. Pas plus que Mary ou Winterton s'ils ont pour deux sous de jugeote.

— Et les autres tableaux ?

— Quels autres tableaux ?

— Ceux qui figuraient sur la liste mais qu'a réfutés Winterton ? Que va-t-il advenir de ceux-là ? Le Vélasquez, par exemple ?

— Bah ! Je suppose qu'il s'est trompé. Je ne crois pas qu'elle ait piqué celui-là. Après tout, Bottando n'est pas infaillible. La plupart du temps, il ne faisait que deviner.

— Ah, bien ! Aucune importance, par conséquent.

— Quand reviens-tu ?

— Je pars pour Londres dans quelques heures. Il ne me reste plus qu'un ou deux détails à régler.

— Bon, mais dépêche-toi ! Bottando veut nous inviter au restaurant pour célébrer l'événement. »

Après avoir rangé sa chambre, fait ses bagages et s'être préparé à partir, Argyll décida que Mary Verney était la seule personne capable de lui donner de judicieux conseils. La seule susceptible de lui indiquer la marche à suivre.

Il la trouva dans le salon, l'unique pièce confortable de cette fichue baraque, comme elle disait, en train de lire un livre, pelotonnée dans un vaste fauteuil victorien.

« Jonathan, mon ami, lança-t-elle en enlevant ses lunettes, un sourire sur les lèvres, êtes-vous sur le point de m'abandonner ?

— Je le crains, en effet.

— Qu'est-ce qui ne va pas, mon cœur ? Vous avez l'air affreusement nerveux.

— Il y a un problème... Je me demandais...

— Vous voulez mon avis ? Comme c'est flatteur ! Bien sûr. Allez-y ! De quoi s'agit-il ? Hélas ! je ne peux pas vous garantir d'être vraiment capable de vous aider. Je suis encore sous le choc de ce qui s'est passé hier. Toute cette excitation... »

Toujours aussi charmante, mais cette fois-là la réaction d'Argyll fut moins chaleureuse. Il était trop soucieux.

« Il y a de petites anomalies, voyez-vous, fit-il. Des lacunes dans les indices.

— Mon Dieu ! Pouvez-vous me mettre dans la confidence ? Me révéler ces lacunes ? »

Malgré lui il finit par sourire. Il était facile de la trouver sympathique. C'était une partie du problème.

« Oh oui ! Peut-être êtes-vous précisément la personne à qui il faut les révéler. Peut-être même la seule.

— Je suis fascinée. Mais j'ai également soif. Quelles que soient ces révélations, je suis certaine qu'elles seront plus intéressantes un verre de gin à la main.

J'espère que vos problèmes ne sont pas graves au point de vous avoir rendu tout à fait sobre. »

Il acquiesça d'un signe de tête. Comme à son habitude elle versa deux grands verres pleins, puis descendit à la cuisine pour aller chercher de la glace et du citron.

« Bien ! déclara-t-elle finalement en se rasseyant pour lui prêter toute son attention. Ces anomalies... Pourquoi vous donnent-elles l'air aussi préoccupé ? »

Il but une gorgée de gin.

« Parce qu'elles signifient que vous n'avez pas dit l'entière vérité », répondit-il d'un ton plus gêné qu'il n'était absolument nécessaire.

Un long silence suivit tandis qu'elle l'étudiait, la mine à la fois perplexe et soucieuse.

« Mais ça, vous le savez, dit-elle enfin.

— Ce que je veux dire, c'est qu'on finit par s'apitoyer sur votre sort et on imagine une façon de redresser la situation pour vous éviter de souffrir à cause de votre famille, continua-t-il, pensant à voix haute.

— On vous en a été reconnaissante. Et ça a servi les intérêts de Flavia autant que les miens.

— C'est ce que j'ai cru. Puis je me suis aperçu que vous aviez menti de nouveau.

— Je crains de ne plus vous suivre. »

Il secoua la tête, l'air presque furieux.

« Vous me suivez très bien ! La situation ne vous a jamais échappé. Et le fait que tout est ma faute n'arrange pas les choses.

— Plaît-il ?

— Comme je vous trouvais sympathique, je n'ai pas été très attentif. Et parce qu'elle était pressée, Flavia m'a laissé la bousculer malgré son intuition et son bon sens. Je suis entièrement responsable, voyez-vous. »

Fixant sur lui un regard bizarre, Mary lui suggéra de parler clair.

« Si ce que vous dites est vrai, alors la cousine Veronica aurait dû voler tous les tableaux de la liste fournie par Winterton. Autrement, comment aurait-il su où ils se trouvaient aujourd'hui ?

— En effet... Une olive ?

— Non, merci. Bon. S'il y avait sur la liste des tableaux qu'elle n'avait pas volés, qu'elle ne pouvait pas avoir volés, vos explications d'hier ne tiennent plus.

— Je ne vous suis toujours pas, mon cœur, mais continuez quand même. Je suis certaine que la logique de vos propos apparaîtra bientôt.

— Deux tableaux qu'elle n'a absolument pas pu voler figuraient sur la liste.

— Incroyable !

— Et en premier l'Uccello. Censé avoir été volé par elle quand elle était élève de cette institution pour jeunes filles de bonne famille. Sauf qu'elle n'y était pas. Elle n'a jamais mis les pieds chez Mme della Quercia. Évidemment pas !

— Qu'est-ce qui vous fait penser ça ?

— À cette époque, elle était déjà mariée. Son mari est mort au cours de la réception donnée pour leur cinquième anniversaire de mariage. En 1966, selon l'inscription sur sa pierre tombale. Ils se sont donc mariés en 1961. On ne va pas dans une institution pour chercher un mari si on en a déjà un. Ce serait ridicule, il me semble. Des snobs invétérées comme la della Quercia ne vous appellent pas Mlle Beaumont si vous vous nommez Mme Finsey-Groat et n'expliquent pas que vous avez trouvé plus tard un excellent parti. Et, à en juger par la façon dont les gens parlent de la cousine Veronica, ça m'étonnerait que cette vieille taupe de della Quercia ait gardé d'elle un si agréable souvenir. Ce n'est pas elle, mais vous qu'on a envoyée là-bas.

— Hmm.

— Et puis il y a le Pollaiuolo.

— Je croyais que le charmant inspecteur Manstead avait établi que Veronica figurait sur la liste des invités.

— En effet. Et c'est vrai. Mais elle n'est pas allée à la réception. Ça lui était impossible puisqu'elle ouvrait la fête ici. Le 10 juillet 1976. Un samedi, et à l'évidence le second samedi du mois. Le jour de la fête, selon la tradition. Fête qu'elle ne manquait jamais. J'ai donc vérifié. Il y a eu un compte rendu dans la revue paroissiale. Elle a fait un charmant et gracieux discours depuis le podium de la tombola. Comme l'a dit George, elle n'en a jamais raté une.

— Stupéfiant !

— Et enfin il y a la bagatelle du vol du portrait, par Vélasquez, de Francesca Arunta. Dérobé deux mois après l'attaque de Veronica. Franchement, le spectacle de Veronica en train de tituber de par les rues, un Vélasquez attaché à son déambulateur, passe l'imagination.

— Est-il aussi sur la liste ?

— Pas sur celle fournie par Winterton. Flavia l'a omis parce qu'il n'y avait aucun indice suggérant l'identité du voleur, mais il figurait sur la liste des coups les plus extraordinaires de Giotto dressée par Bottando.

— Donc, Flavia avait raison et Bottando se trompait, suggéra gentiment Mary. Il est clair que Veronica ne peut pas avoir volé ce tableau, n'est-ce pas ?

— C'est bien ce que je dis.

— Par conséquent ?

— Par conséquent, que fait-il dans votre salle à manger ?

— Ah ! Bonne question ! À laquelle je dois avouer qu'il est quelque peu difficile de répondre. Quelles conclusions tirez-vous de tout ceci ?

— C'est très simple. Forster n'était pas Giotto. La cousine Veronica n'était pas Giotto... Giotto, c'est vous.

— Et que voulez-vous que je vous réponde ? répliqua-t-elle en partant d'un rire joyeux.

— Je voudrais que vous preniez une mine un rien narquoise et que vous me demandiez comment j'ai bien pu parvenir à une conclusion aussi drôle mais, hélas ! totalement erronée.

— Non, je n'en ai pas l'intention. Mais je vais souligner un défaut dans votre hypothèse de base. Pourquoi aurais-je pris le risque d'attirer une enquête dans ma propre demeure, alors que ne rien faire aurait évité que l'attention de la police se tourne jamais vers moi ? Où serait la logique dans tout ça ?

— C'est parfaitement logique, même si les implications sont très dérangeantes.

— Que voulez-vous dire ?

— Votre cousine flaire quelque chose de louche. Elle ne sait que faire. Aussi elle consulte Forster, qui a aidé la famille par le passé. Il étudie sérieusement la question et finit par prouver que l'origine de votre argent est plus que suspecte. Il découvre le pot aux roses juste après que vous avez volé le Vélasquez.

» Veronica vous met les preuves sous le nez. Et meurt. Je ne pense pas qu'elle se soit suicidée, ni que Forster l'ait tuée. Vous l'avez assassinée parce qu'elle vous avait démasquée. Vous lui avez filé les comprimés supplémentaires avant de la laisser seule.

» L'erreur de Forster est d'essayer de vous faire chanter au lieu de se rendre sur-le-champ à la police. Vous décidez de l'assassiner lui aussi dès que l'occasion se présentera.

» Mais avant de passer à l'action, vous devez être sûre de pouvoir mettre la main sur toutes les preuves qu'il a accumulées. C'est pourquoi, loin de déplorer que la Fancelli ait parlé à la police contre votre gré, en fait c'est vous qui lui avez enjoint de l'avertir pour obliger Forster à agir.

» Ça marche très bien. Dès que je le contacte, il me donne rendez-vous et part chercher ses preuves. Winterton vous prévient qu'il a mordu à l'hameçon. Alors vous allez chez lui, le tuez et emportez les preuves compromettantes.

— Et la confession de George Barton ? Vous l'avez entendue, après tout.

— George Barton n'a pas dit qu'il l'avait tué. La conversation aurait pu aussi bien indiquer qu'il vous avait vue sortir ce soir-là de la maison de Forster. Parce qu'il vous aime bien et qu'il n'aimait pas Forster, il vous promettait de ne pas ouvrir la bouche.

— Et c'est ce qu'il a fait.

— Et ce qu'il continuera sans doute à faire. Ici règne la loi du silence. Quoi qu'il en soit, Forster est mort, vous avez détruit les documents et vous vous croyez tranquille. Jusqu'à ce que vous compreniez qu'on cherche d'autres preuves. Vous poursuivez donc votre œuvre : vous brûlez les papiers de Forster, dans l'espoir qu'on s'en tiendra à lui, et, par mesure de précaution supplémentaire, vous multipliez les allusions à votre malheureuse cousine dérangée. Vous vous demandez comment elle entretenait la maison avec si peu d'argent. Vous évoquez des fugues, son intérêt pour les arts. Le Dr Johnson affirme qu'elle volait des objets – mais il précise aussi qu'il tient ce renseignement de vous.

» Et pendant tout ce temps, la raison se trouve sous notre nez : le Vélasquez volé à Milan il y a environ deux ans, attendant je suppose qu'on vienne le chercher. »

Mary Verney poussa un profond soupir et le regarda avec tristesse.

« Je suis désolée, Jonathan, dit-elle enfin, après avoir hésité sur la façon de traiter la question et décidé qu'il était inutile de tergiverser davantage, vous devez avoir le sentiment d'avoir été affreusement trompé. »

Voilà l'ennui ! Voleuse et meurtrière, comme il l'avait prouvé – en théorie, du moins –, elle gardait tout son charme et il la trouvait toujours sympathique. Satanée bonne femme !

« C'est le moins qu'on puisse dire.

— J'imagine que vous ne me tenez guère en haute estime.

— Deux meurtres... Dieu seul sait combien de vols. Faire porter le chapeau à Forster et à votre cousine. Manipuler Jessica Forster. Mentir de manière éhontée à la police, à Flavia et à moi... J'ai rencontré des gens mieux intégrés à la société... Mais pourquoi donc ? Vous êtes vraiment sympathique. Vous possédez intelligence et personnalité...

— Et j'aurais pu être une femme honnête ! Mariée à un homme que je n'aimais pas, pratiquant un métier qui m'ennuyait, vieillissant dans la crainte de ne pas avoir assez d'argent pour prendre ma retraite et de vivre dans quelque taudis exigu et sombre. Voilà ce qui m'attendait, une fois que ma famille aurait fait tout ce qui était en son pouvoir pour me nuire. Oui, j'aurais pu mener ce genre de vie... Mais pour quelle raison, nom d'un chien ?

— Alors, vous avez préféré voler le bien d'autrui.

— Si vous voulez, rétorqua-t-elle avec morgue. D'accord, je suis une voleuse. Mais je n'ai jamais rien détruit et je n'ai jamais volé quelqu'un qui n'avait pas les moyens. La plupart des propriétaires ne connaissaient même pas la valeur des tableaux que je leur dérobais. C'est seulement plus tard qu'ils ont crié au scandale. J'ai volé trente et un tableaux. Les dix-neuf dont nous vous avons parlé seront bientôt à nouveau entre les mains de leurs propriétaires légitimes. Quant aux autres, ils vont refaire surface l'un après l'autre. Ils ont été, disons, empruntés – comme tous les tableaux, en réalité. On n'est jamais propriétaire d'un tableau. On n'en est que le gardien pour une période plus ou moins longue. Après tout, ils existent toujours, et plusieurs sont mieux entretenus aujourd'hui qu'ils ne l'étaient jadis.

— Mais le droit de propriété et la possession légitime d'un bien...

— Oh ! vraiment, Jonathan. Ne montez pas ainsi sur vos grands chevaux. Même si on s'est rencontrés il y a seulement quelques jours, je vous connais trop bien...

— Vous en êtes sûre ?

— ... trop bien pour être sûre que vous ne croyez guère à ces grands principes. Le Vélasquez de la collection Calleone... Savez-vous d'où vient l'argent qui a permis de l'acheter ? Des siècles d'exploitation éhontée des paysans, de massacres d'indigènes en Amérique du Sud. Le Pollaiuolo des Dunkeld appartenait à des aristocrates qui avaient saigné l'Irlande à blanc deux siècles durant. Ce que je fais est mal, bien sûr. Mais au moins je ne joue pas les bienfaitrices de l'humanité.

— S'il n'y avait que ça, je ne serais pas loin d'être d'accord avec vous. Mais ce n'est pas tout, bien sûr, pas vrai ? Vous avez tué deux personnes. Vous ne ressentez aucun remords. Pas même un léger ?

— Ça ne me réjouit pas le cœur ! s'écria-t-elle, un rien indignée. Je ne suis pas une psychopathe, vous savez. Mais je vous l'ai déjà dit : à quoi servent les remords ? On le fait ou on ne le fait pas. C'est aussi simple que ça. Quant à ces deux personnes, il s'agissait de légitime défense. C'étaient des maîtres chanteurs et des sangsues qui n'avaient même pas le courage de leur cupidité. Ils se contentaient l'un et l'autre de profiter de mes méfaits tout en ayant le toupet de le prendre de haut et de me critiquer. Veronica, l'incarnation du principe "Noblesse oblige"... Pendant des années, elle m'a traitée par le mépris et s'est montrée envers moi d'une grossièreté inouïe. Elle a persuadé l'oncle Godfrey de ne pas aider ma mère mourante. Elle ne voulait pas entendre parler de moi, jusqu'au jour où elle a appris que j'avais de l'argent. Alors elle ne m'a plus lâchée, me harcelant pour qu'il serve à restaurer Weller dans sa splendeur d'antan.

» Elle n'avait jamais rien fait de ses dix doigts et se fichait pas mal de l'origine de mon argent, du moment qu'elle pouvait s'emparer du magot. J'ai accepté et je lui ai permis de survivre. En fait, c'était une merveilleuse façon de blanchir de l'argent sale. Mais je n'ai accepté qu'à la condition que j'hériterais de cette maison, de manière à rentrer tôt ou tard dans mes fonds. Ma mère aimait ce domaine, et moi aussi. Elle aurait dû en hériter et j'avais bien l'intention d'en être un jour propriétaire. À la mort de Veronica, je l'avais payé plutôt deux fois qu'une.

» N'ayant guère le choix, elle a accepté le marché. Mais une fois qu'elle a eu touché un énorme paquet, elle a tenté de rompre le contrat pour donner Weller – qui sans moi aurait été vendu depuis longtemps – à quelque cousin. Tout pour s'assurer que ce ne serait pas moi qui en hériterais.

— C'est là qu'intervient Forster ?

— Juste. La vieille taupe se met à chercher un prétexte pour se dégager de l'accord sans perdre mon argent. Et elle fait venir Forster. Elle devait se rendre compte qu'il y avait quelque chose de louche dans la provenance de cette manne, mais elle n'arrivait pas à mettre le doigt dessus. Elle a exploré mon passé, a recherché mes fréquentations et est tombée sur Forster, qui lui a appris que j'avais commis quelque action suspecte à Florence. Alors elle lui a enjoint d'effectuer de plus amples recherches. Le Pollaiuolo a été le fruit de ces recherches. Elle m'a convoquée à la fin de l'année dernière, a présenté les preuves apportées par Forster et m'a annoncé que je pouvais dire au revoir à mon argent. Et faire mon deuil de Weller, qui serait administré par fidéicommis, hors de mon atteinte.

» Elle était mourante, de toute façon. C'est pourquoi elle était pressée. J'ai réfléchi quelque temps à la question, puis j'ai hâté le processus naturel. Rien de plus. Que faire d'autre ? Pas question de me laisser piquer mon bien avant sa mort.

— Et Forster ?

— Un beau salaud ! fit-elle, l'air songeur, les mots contrastant étrangement avec la voix douce et mélodieuse. Il a mis enceinte la Fancelli, puis l'a abandonnée. L'enfant n'était pas de lui, a-t-il affirmé. La fille était une traînée. Allez savoir qui était le père ? Les Straga ont prévenu que si la della Quercia voulait continuer à les fréquenter, la Fancelli devrait être mise à la porte. C'était une époque primitive, intolérante. Je l'ai prise en pitié. Mes propres origines n'étaient pas beaucoup plus reluisantes.

» Maria Fancelli s'est retrouvée à la rue. J'étais scandalisée. Puisque personne d'autre n'acceptait de lui venir en aide, c'est moi qui m'en chargerais. Ma famille m'avait envoyée en Italie pour trouver un mari qui la débarrasserait de moi. Je ne voulais pas aller dans une institution pour jeunes filles de la bonne société afin de me dénicher un mari, Dieu du ciel ! Je désirais me débrouiller seule.

» Comme je n'avais pas d'argent à donner à Maria Fancelli, j'ai estimé juste que les Straga le fournissent. Le dimanche, à dix heures tapantes, toute la tribu allait à la messe. On laissait toujours une porte latérale ouverte pour qu'on puisse livrer le déjeuner. Je suis entrée, ai pris le tableau et suis repartie comme j'étais venue.

» Ç'a été si facile, fit-elle d'un ton rêveur et nostalgique. Il me semble qu'ils ont mis deux jours à remarquer sa disparition. L'étape suivante a été de le passer à un vieil ami de ma mère qui l'a vendu. À nouveau, ç'a été très facile.

— Donc ce n'est pas Forster qui l'avait volé ? Par conséquent, la Fancelli n'a raconté qu'un tissu de mensonges ?

— Il l'a emmenée en Suisse et a livré le paquet de ma part. Je l'avais soigneusement enveloppé et hermétiquement scellé. Mais, bien entendu, il l'a ouvert. Je lui ai donné de l'argent pour m'assurer de son silence et j'ai remis le reste à la Fancelli. J'ai payé son accouchement, exactement comme je paye maintenant pour qu'elle meure dans le confort. Je l'aimais bien. C'est pourquoi elle était prête à m'aider.

— À l'époque, Forster n'a pas essayé de vous faire chanter ?

— Il ne l'aurait pas pu. Ç'aurait été sa parole contre la mienne. Me débarrasser de lui a été alors très simple. Tout a été très simple, en fait. Ce que j'avais appris de l'épisode Straga, c'est qu'on gagne toujours à voler des tableaux, du moment qu'on sait s'y prendre. Une autre leçon : j'avais un alibi naturel. À chacun de mes vols, la police recherchait un homme. "*Il* a dû entrer par..." "*Il* a décroché le tableau..." Je savais que, sauf si je commettais une grosse bourde, on ne devinerait jamais qu'une femme était coupable. Je déplore le mouvement féministe, vous savez. Ç'a rendu ma vie bien plus difficile.

» J'ai donc poursuivi mes activités. Les tout premiers vols ont résolu mes problèmes financiers pendant un certain temps. Je suis revenue en Angleterre, ai épousé Verney et me suis retirée des affaires. Ensuite ce salaud m'a plaquée en me laissant les enfants à élever. J'ai alors décidé que ce genre de vols était un métier à plein temps comme un autre. J'ai étudié l'histoire de l'art jusqu'à ce que mes fonds s'épuisent, ai travaillé dans une salle des ventes et dans une ou deux compagnies d'assurances en tant que secrétaire, ai peu à peu établi des contacts... Et j'ai fini par faire la connaissance de Winterton, que j'ai vite jaugé comme un homme dépourvu de scrupules, ambitieux et – ceci peut paraître paradoxal – entièrement fiable.

» Après quatre ans de patientes recherches, j'étais prête. J'étais en possession des plans de dizaines de maisons qui renfermaient certaines peintures ; je connaissais l'emplacement des systèmes de sécurité, lorsqu'ils existaient, et je savais quels tableaux avaient été photographiés. Il ne s'agissait plus que d'aller les décrocher l'un après l'autre.

— Quelles sommes en avez-vous tirées ?

— Je ne me débrouillais pas mal du tout à l'époque. Le marché de l'art montait, bien sûr. Entre 1971 et 1975, j'ai gagné environ six cent mille dollars ; entre 75 et 80, plus d'un million. À partir de là j'ai travaillé à la commission, une fois que le client avait été trouvé et avait payé à l'avance. Un seul intermédiaire, qui lui non plus n'entrait jamais personnellement en contact avec le client, aucun assistant. Toujours des petits tableaux que je pouvais transporter moi-même sans difficulté. Et je faisais chaque fois extrêmement attention. Si l'affaire se présentait mal, je rendais l'argent. Et j'insistais toujours pour que le tableau reste caché pendant deux ans afin d'éviter qu'il ne refasse surface avant que la police n'ait abandonné ses recherches.

— Le Fra Angelico ?

— C'est mon seul échec et la raison pour laquelle nous sommes en train de discuter ici en ce moment. Je m'étais fait engager dans la maison comme femme de ménage – subterfuge fort commode, entre parenthèses. Alors, naturellement, j'ai dû continuer ce travail plusieurs mois encore. C'eût été me dénoncer que de disparaître sur-le-champ. C'est pourquoi j'ai dû me rabattre sur cet imbécile de Sandano pour faire sortir le tableau du pays. Grave erreur ! Comme je ne m'étais pas adressée à lui directement, bien sûr, je ne risquais rien, mais j'ai perdu le tableau.

— Le Vélasquez de Milan ?

— J'ai dû m'en charger parce que j'avais déjà été payée pour le Fra Angelico. Comme ç'avait raté, je leur ai offert d'effectuer un boulot de remplacement. Ils ont insisté pour que ce soit le Vélasquez. Ça ne m'enchantait guère : je savais qu'on en avait tiré une gravure susceptible de servir à l'identifier. Normalement je ne me chargeais pas d'œuvres aussi connues. Mais je voulais remplir mon contrat et prendre ma retraite. Je deviens bien trop vieille pour ce genre de travail. J'ai néanmoins insisté pour qu'il ne soit livré que dans deux ans. Quand j'ai hérité de Weller, j'ai pensé que ce serait l'endroit idéal pour l'entreposer.

— Pourquoi donc ? N'était-ce pas jouer avec le feu ?

— Il fallait bien que je le mette quelque part et il n'y a rien de plus dangereux que de garder ce genre d'article dans des coffres. Je sais que les banquiers ne sont pas censés y fourrer leur nez, mais je n'avais pas l'intention de faire dépendre ma liberté de la promesse d'un de ces types. En outre, une fois cachée la documentation, le tableau, encrassé et placé dans un cadre adéquat, avait l'air très convaincant. Alors j'ai appelé ces crétins d'experts de la maison de vente aux enchères. Ils ont passé en revue la collection en une demi-heure environ – visite qu'ils se sont fait payer une somme exorbitante – et ont à peine jeté un coup d'œil à ce tableau.

» Par conséquent, je possède désormais, en vue d'une exportation éventuelle, des certificats signés par la Protection du patrimoine anglais, les experts de la salle des ventes et les services du Trésor lui-même, affirmant que le tableau est un faux Kneller estimé à peine à cinq cents livres, du fait de son mauvais état. Parfait. Les experts possèdent une grande vertu : on les croit. Mais mes craintes étaient fondées : il existait une gravure grâce à laquelle vous avez reconnu le tableau. Même si ça vous a pris un bon bout de temps...

— Alors, que s'est-il passé avec Forster ? demanda Argyll, balayant d'un revers de main la remarque sur ses compétences. Que savait-il sur vous ?

— Ce qui s'était passé à Florence, et il avait des documents sur le Pollaiuolo, ainsi que pas mal de renseignements glanés en comparant des archives de maisons de vente aux enchères et les inventaires de la collection Weller. S'il ne pouvait rien prouver à propos de la mort de Veronica, il y avait assez d'éléments pour me lier sans conteste à deux vols en particulier. Et une fois qu'une enquête est lancée... C'est pourquoi il voulait que je lui achète ces éléments.

— Vous avez préféré le tuer ? »

Qu'il puisse avoir une si piètre opinion d'elle parut l'attrister.

« Non, j'ai accepté le marché, répliqua-t-elle d'un ton de reproche. Je n'ai pas l'habitude de tuer les gens, vous savez. Je me suis inclinée. Mais il s'est montré de plus en plus gourmand. J'ai touché un million pour le tableau et j'aurai un million de plus au moment de la livraison, dans un mois environ. Une misère, mais je m'en fiche. Forster exigeait trois millions pour ses sales petits bouts de papier. Il a essayé de me pousser au-delà de mes possibilités. Alors j'ai perdu patience. Je suis allée voir Fancelli et j'ai envoyé Winterton rencontrer Sandano. La police a mordu à l'hameçon, vous êtes arrivé et Forster a été chercher ses preuves.

— Et vous avez réglé son compte à Forster. Seigneur ! » Argyll se passa la main sur le visage, ferma les yeux pour digérer tous ces renseignements, réalisant l'énormité de son erreur.

« Désolée, Jonathan, dit Mary avec douceur. Vous devez avoir l'impression qu'on s'est terriblement joué de vous. Et je vous comprends. Je me suis beaucoup attachée à vous ces derniers jours. J'aurais préféré que les choses se terminent autrement. Mais que devais-je faire ? Vous ne pouvez pas me demander d'aller en prison uniquement parce que je vous aime bien... »

Il hocha la tête en silence. Il ne savait trop que penser.

Elle continua à le regarder d'un air de sympathie et d'affection sincères.

« La question est de savoir ce que vous comptez faire, vous, reprit-elle.

— Hmm ?

— Allez-vous être franc comme l'or, “droit comme une flèche”, comme disent nos amis américains ? Rapporter à Flavia ce que vous avez appris ? Je ne vais pas vous sauter dessus une hache à la main, si c'est ce que vous redoutez. Il existe une différence, vous savez, entre ces gens et vous.

— Ravi de l'apprendre, lâcha-t-il avec un soupir.

— Alors ?

— Dans d'autres circonstances, j'aurais eu plaisir à vous demander conseil. Je faisais grandement confiance à votre bon sens.

— Merci. Je peux vous exposer les différentes options, si vous le désirez. Je serai juge et partie, naturellement, mais ce sera à vous de dire si mon exposé est exhaustif.

— Je vous écoute !

— Le comportement du bon citoyen, commença-t-elle d'un ton allègre. Vous allez directement voir Manstead. “S'il vous plaît, monsieur l'inspecteur, Mme Verney est une voleuse.” Grâce au Vélasquez et aux indices fournis par vous, il aura assez d'éléments pour m'inculper, ainsi que Winterton. Cependant, je doute d'être accusée du meurtre de Forster ou de Veronica. Il n'y a pas la moindre preuve. Que dalle ! George ne vendra pas la mèche.

» Justice est faite, malgré tout. J'expie mon existence dévoyée. Bravo ! Mais pour avoir la satisfaction de me boucler pendant un certain nombre d'années et de récupérer un tableau de plus, il y aura des pénalités à payer. Surtout par Flavia, qui sera forcée d'expliquer clairement pourquoi elle a trompé son chef, menti à la police britannique et cherché, en somme, à entraver gravement le cours de la justice. Le tout en suivant vos conseils, si ma mémoire est bonne. Je crois comprendre que ça la tracasse quelque peu déjà. Attendez qu'elle apprenne le dernier épisode ! »

Il se frotta les yeux et émit un petit grognement.

« D'après ce que vous me dites, son chef n'en sortira pas non plus vraiment grandi, puisqu'il vient de raconter une flopée de bobards à ses supérieurs, poursuivit-elle. Déclarer qu'il n'était pas au courant de ce qui se passait ne les impressionnera pas réellement, et j'imagine que l'homme qu'il vient d'humilier sera ravi de pouvoir prendre sa revanche. »

Il la regardait d'un œil froid.

« Continuez !

— L'autre option est de suivre le conseil que vous donnez si volontiers aux autres. Oubliez Forster, Veronica, Winterton, Vélasquez, et moi. Après avoir créé un beau gâchis, vous avez désormais le choix entre aggraver la situation ou...

— Ou ?

— ... ou non. Ne faites rien ! Oubliez tout ! »

Il s'affala dans son fauteuil et fixa le plafond en réfléchissant à ces paroles.

« Tenez ! ajouta-t-elle. Peut-être n'est-ce plus tout à fait à la hauteur, mais j'allais vous offrir ceci comme cadeau d'adieu. »

Elle lui tendit une boîte en carton. Il défit l'emballage et retira le couvercle. À l'intérieur, enveloppé dans du papier de soie, se trouvait un dessin représentant une main.

Un Léonard de Vinci. Son rêve le plus cher...

« Je suppose qu'en l'occurrence on peut sauter les remerciements chaleureux, dit sèchement Mary. Mais il avait l'air de vous plaire, alors que moi je n'y attache aucune importance. Considérez ça comme une marque d'affection. Sans grande valeur, je le crains, mais j'espérais vous manifester par là le plaisir que j'ai pris à votre compagnie durant ces derniers jours. Plaisir qui était tout à fait réel, même si je ne m'attends plus que vous me croyiez à ce sujet. Je regrette que les choses aient mal tourné, mais j'espère que vous accepterez quand même ce cadeau. En guise d'excuse. »

Le regard triste d'Argyll passa de Mary au dessin. Nom d'un chien ! on n'aurait pas pu sans doute choisir un pire moment pour lui offrir un foutu Léonard. Je fais un cauchemar, pensa-t-il.

Quelques jours plus tôt, il aurait immédiatement révélé à Mary Verney de quoi il s'agissait. Ils auraient fêté sa propre finesse et la bonne fortune de Mary, et scellé ainsi leur amitié. Il n'aurait jamais accepté un tel cadeau sans rien dire, même si c'était ce qu'aurait fait un vrai marchand de tableaux comme Winterton. Mais maintenant ? Vu les circonstances, agir en homme honnête ne semblait guère approprié.

À nouveau, il regarda le dessin dans son cadre poussiéreux, sous son verre fendu. La somme obtenue en le vendant lui permettrait de s'établir comme galeriste avec de fortes chances de succès. Seigneur, il n'aurait même plus besoin de chercher à réussir ! Il pourrait prendre sa retraite. C'est précisément ainsi qu'on triomphe dans ce métier, se dit-il. Repérer la bonne affaire et la saisir à deux mains. Voyez Winterton : il avait commencé sa carrière ainsi.

« Et si je préfère aller à la police ?

— Alors vous préservez votre pureté et votre fierté, mais il vous faudra vivre avec la pensée que d'autres font les frais de votre vertueuse indécision. Et notamment votre fiancée.

» Allez-y, si ça vous chante ! Personne ne peut vous en empêcher. Même pas moi, désormais. Mais dans ce cas, je vous conseille de chercher une nouvelle petite amie, car elle aura du mal à vous pardonner. Ce serait mon cas, à sa place. Vous lui avez expliqué qu'il était de son devoir de farder la vérité pour Bottando, et elle vous a écouté. N'êtes-vous pas prêt à faire la même chose pour elle ?

» Quoi que vous fassiez, poursuivit-elle d'un ton ferme en fixant sur lui un long regard acéré, cette fois-ci décidez-vous plus rapidement. L'indécision, due à d'intempestifs scrupules, est chez vous un défaut majeur. Mais de toute façon, emportez ce dessin.

— Je n'en veux pas. »

Elle s'en empara et prit un briquet qu'elle plaça dessous.

« Moi non plus. Ou vous l'acceptez ou il n'appartiendra plus à personne.

— Je l'accepte ! Oui, je l'accepte ! s'écria-t-il en hâte.

— Très bien. Je ne sais pas pourquoi ça compte autant pour moi de vous l'offrir, mais c'est ainsi. »

Elle haussa les épaules, un peu surprise par ses propres sentiments, puis ramassa les verres et la bouteille, et les posa sur le plateau, tandis qu'Argyll contemplait la cheminée d'un air maussade. Il avait l'impression que depuis une dizaine de jours tous ceux qu'il avait rencontrés lui avaient conseillé de se décider. Il ne s'était jamais considéré comme quelqu'un de particulièrement irrésolu, mais la majorité des gens semblait d'un avis contraire. C'était quand même un peu fort qu'une criminelle lui fasse la morale. En tout cas, personne ne pouvait lui reprocher à elle d'être paralysée par les doutes et les cas de conscience.

Elle avait raison sur un point au moins : cette fois, il devait prendre une résolution rapide. Il regarda le dessin. Quelle beauté ! Et sans doute n'avait-il jamais rêvé de posséder un tel trésor. Le musée Moresby serait ravi de lui en offrir une fortune. Mais malgré sa beauté il représentait désormais toutes les erreurs idiotes commises depuis un ou deux jours. Il le fixa d'un œil torve. N'était-il pas étrange qu'il pense à ça et non à Forster ? Réfléchis ! se dit-il. Mary avait-elle raison ? Il imagina la scène. Flavia le croirait. La police reviendrait. Il n'y aurait pas de Vélasquez. Personne au village ne piperait mot. Il n'y aurait guère de chances de progresser beaucoup.

Et quels seraient les inconvénients ? On devrait faire appel à la police anglaise qui serait obligée d'émettre une protestation officielle. Flavia n'en sortirait pas indemne. Quant à Bottando... Non. Mary Verney avait là aussi raison.

Et le Léonard... Argyll était-il réellement prêt à assister à la destruction de quelque chose d'aussi beau rien que parce qu'il était furieux d'avoir perdu la partie ? Cela n'aggraverait-il pas la situation ? Si. Mais s'il l'acceptait il serait compromis. C'était le sens du cadeau, bien sûr.

« Alors ? fit-elle. Que décide-t-on ?

— Dites-moi un peu ! Vous affirmez avoir volé trente et un tableaux ?

— Trente-deux avec le Fra Angelico. Mais je ne le compte pas.

— Quels sont les dix-neuf dont Winterton a parlé à Flavia ?

— Ce sont ceux dont les nouveaux propriétaires ne peuvent pas nous identifier. Les autres devront rester cachés de crainte que quelqu'un ne prononce un mot malheureux. Je suis sûre que Flavia l'avait compris lorsqu'elle s'est entretenue avec lui. »

Présenté ainsi, le dilemme était quasiment résolu. Elle avait raison. Il ne pouvait rien faire de toute façon.

Il se leva donc et prit le dessin avec une assurance entièrement feinte. Le geste constituait sa réponse à toutes les questions, ce que Mary comprit immédiatement.

« Parfait ! déclara-t-elle, l'air grave. J'espère que vous ne le prendrez pas mal si je vous dis que vous choisissez la bonne solution. Et maintenant que vous avez franchi ce premier obstacle, pourquoi ne pas continuer sur votre lancée en l'épousant ? »

Il fit un triste sourire et se dirigea en silence vers la porte.

« Jonathan... »

Il se retourna et la regarda fixement.

« Je suis vraiment désolée, vous savez. »

Il hocha la tête et s'éloigna.

Quelques minutes plus tard, Weller House disparaissait dans son rétroviseur, puis Jonathan prit le chemin de l'autoroute en direction de Londres et de l'aéroport. Il passa sur le milieu de la chaussée pour éviter George Barton qui rentrait à son domicile à pied. Lui, en tout cas, s'en tirait bien. Argyll lui fit un signe de la main puis atteignit la partie de la route où, quelques jours auparavant, il avait fait des sauts de cabri pour attirer l'attention du policier Hanson. Il était profondément malheureux et ne pouvait chasser de son esprit ce qui venait de se passer. Chaque fois qu'il essayait d'oublier, il pensait au beau dessin abhorré placé à côté de lui, sur le siège du mort. C'était son plus grand triomphe, mais voyez à quel prix il l'avait obtenu...

Presque inconsciemment, il ralentit et s'engagea dans l'allée étroite, s'arrêta et sortit de voiture. Bon, pensa-t-il, si Flavia peut mentir pour aider Bottando, moi je peux faire la même chose pour elle. Tant pis pour moi ! Mais, nom de Dieu, je n'ai pas envie de devenir un Arthur Winterton. Pas question !

Une lumière brillait dans la maison. Lorsqu'il frappa, Jessica Forster ouvrit la porte. Il souhaitait lui dire au revoir. Il s'identifiait à elle, en quelque sorte. Utilisé, manipulé, exploité. La seule différence était qu'elle ne paraissait pas s'apitoyer sur son sort avec la même intensité dramatique que lui.

« Je repars. J'ai voulu voir comment vous alliez. Au fait, je m'appelle Jonathan Argyll. »

Souriant d'un air reconnaissant et mélancolique, Mme Forster insista pour qu'il se mette à l'abri de la pluie.

« Entrez, je vous en prie, monsieur Argyll. Merci d'être passé me voir. Vous êtes l'ami de l'Italienne, c'est bien ça ? »

Argyll dit que oui. Elle avait dû retourner en Italie en hâte, ce qui expliquait qu'elle n'ait pu venir le saluer en personne. Elle l'avait donc chargé de le faire à sa place.

Jessica Forster hocha la tête.

« Remerciez-la pour moi de cette aimable pensée. Elle est très bonne. Savez-vous que les deux seules personnes à m'avoir montré un peu de gentillesse pendant tous ces événements sont Mlle di Stefano – que je ne connaissais pas – et Mme Verney, pour qui je n'ai jamais vraiment eu beaucoup de sympathie ? Les autres m'ont fuie comme la peste. Ils devaient s'imaginer que j'allais être arrêtée pour le meurtre de Geoffrey.

— Comment vous sentez-vous aujourd'hui ? »

Elle haussa les épaules.

« Je reprends le dessus. J'essaye de réorganiser ma vie. C'est mon but principal pour le moment. Au moins je n'ai pas à me faire de souci. La police m'affirme que c'était un simple accident. Savez-vous que ça me réjouit le cœur ? Geoff avait ses défauts, j'étais bien placée pour le savoir, mais être assassiné ! Ç'aurait été une horrible manière de mourir.

— En effet. Il va vous falloir quelque temps pour émerger, j'imagine. Avez-vous décidé ce que vous allez faire maintenant ?

— Je n'y ai pas réellement réfléchi. Je vais sans doute partir vivre à Londres. Voir si j'arrive à trouver du travail. Quoi ? je n'en sais trop rien, vu mon absence de qualifications. Mais j'ai toujours détesté la campagne et maintenant que je suis toute seule je peux m'échapper. J'ai horreur des vaches, des ragots du coin et des fêtes de village. Je suppose que je vais devoir rester ici encore un peu pour trier les affaires de Geoff.

Même s'il n'y a pas grand-chose à trier. Il semble qu'il n'y ait que des dettes. J'ai encore du mal à croire que tout ça s'est vraiment passé. »

Il la comprenait et lui dit qu'il avait dû mal à le croire lui-même. Il trouvait que Mme Verney avait la dent dure : Jessica Forster n'était certes pas un foudre de guerre, mais elle avait un certain ressort et, à sa manière, elle était courageuse. Elle méritait d'être mieux traitée qu'on ne l'avait fait.

« Il a laissé les choses dans un état épouvantable, n'est-ce pas ?

— Je le crains, répondit-elle avec un brave sourire. Je suis désormais toute seule. On n'avait pas d'économies, ni d'assurance, et il y a un tas de dettes et d'hypothèques à payer. Même ses tableaux n'ont guère de valeur, paraît-il.

— Ah, bon sang ! En fait, je ne suis pas venu uniquement pour prendre de vos nouvelles... J'ai ceci pour vous. »

Il présenta le petit paquet.

« Il appartenait à votre mari. Voilà quelque chose qu'il vous a laissé. »

Elle fit la grimace.

« Alors je suppose qu'il me faudra trouver son propriétaire légitime.

— Non. Ça lui appartenait vraiment. Il n'y a aucune entourloupette. Votre mari l'a acheté de façon tout à fait régulière. J'ai pensé que ça vous plairait. »

Elle défit l'emballage et regarda le dessin d'un air sceptique.

« Je suis pas sûre que ça me plaise. C'est tout petit, non ?

— Il est petit, c'est vrai. Mais à votre place, je le vendrais. Cela pourrait vous aider énormément sur le plan financier. À Los Angeles, le musée Moresby cherche toujours des œuvres. Si vous voulez, je vais contacter le directeur et lui envoyer les caractéristiques du dessin. Je possède tous les renseignements dont il aura besoin.

— Qu'est-ce que ça vaut ? Pas grand-chose, sans doute. Il n'est même pas fini...

— Laissez-moi m'occuper des démarches. Je lui indiquerai la somme que vous demandez et ferai en sorte que vous l'obteniez. »

Elle haussa à nouveau les épaules, déconcertée par l'étrangeté de la vie, avant de remiser le dessin sur une étagère au-dessus du poste de télévision.

« Vous êtes très aimable. Je vous suis très reconnaissante de votre proposition. Bien sûr, je vous dédommagerai pour votre peine...

— Non ! s'écria-t-il vivement. Non ! répéta-t-il d'un ton plus doux, la voyant reculer devant tant de véhémence. Ne vous en faites pas, je vous aiderai avec plaisir.

— Eh bien alors, merci ! répondit-elle simplement.

— Il n'y a pas de quoi. Mais n'en parlez à personne avant d'être en contact avec le musée Moresby. D'accord ?

— Pourquoi donc ?

— Le monde de l'art est bizarre. Et vous ne voudriez pas qu'avant votre départ Gordon vous fasse une visite inopinée. En plus, si le fisc décide que ça fait partie de la succession de votre mari, vous pourriez être empêchée de le vendre des mois durant. »

Elle opina du chef.

« Bien, poursuivit Argyll en hochant la tête, j'ai un avion à prendre. Bonne chance ! Et surtout, s'il vous plaît, ne perdez pas ce dessin. »

C'est ainsi que Jonathan Argyll, ancien marchand de tableaux, quitta Weller et tout ce qu'il renfermait.

Plus il roulait, mieux il respirait. Il se mit en devoir de rédiger mentalement une lettre destinée à l'université internationale pour accepter sa généreuse offre. Il commença même à se demander comment diable il allait pouvoir enseigner à une tripotée d'adolescents boutonneux et ignorants la subtilité, la grâce et la profondeur de l'art baroque.

Mais, comme il n'en avait pas la moindre idée, il cessa complètement d'y penser, et se contenta de fredonner tout en conduisant.

DÉJÀ PARUS

Robert Daley
Trafic d'influence, 1994
En plein cœur, 1995
La Fuite en avant, 1997

Daniel Easterman
Le Septième Sanctuaire, 1993
Le Nom de la bête, 1994
Le Testament de Judas, 1995
La Nuit de l'Apocalypse, 1996

Allan Folsom
L'Empire du mal, 1994

Dick Francis
L'Amour du mal, 1998

James Grippando
Le Pardon, 1995
L'Informateur, 1997

Colin Harrison
Corruptions, 1995
Manhattan nocturne, 1997

A. J. Holt
Meurtres en réseau, 1997

John Lescroart
Justice sauvage, 1996

Judy Mercer
Amnesia, 1995

Iain Pears
L'Affaire Raphaël, 2000
Le Comité Tiziano, 2000
L'Affaire Bernini, 2001
Le Jugement dernier, 2003

Junius Podrug
Un hiver meurtrier, 1997

John Sandford
Le Jeu du chien-loup, 1993
Une proie en hiver, 1994
La Proie de l'ombre, 1995
La Proie de la nuit, 1996

Rosamond Smith
Une troublante identité, 1999
Double délice, 2000

Tom Topor
Le Codicille, 1996

Michael Weaver
Obsession mortelle, 1994
La Part du mensonge, 1995

Impression réalisée sur CAMERON par

BUSSIÈRE CAMEDAN IMPRIMERIES

GROUPE CPI

à Saint-Amand-Montrond (Cher)
en janvier 2004
pour les Éditions Belfond
12, avenue d'Italie
75013 Paris

Composition : Nord Compo

N° d'édition : 3781. — N° d'impression : 040004/1.
Dépôt légal : janvier 2004.

Imprimé en France